中公文庫

たおやかに輪をえがいて

窪　美澄

中央公論新社

目次

たおやかに輪をえがいて

雨が降ってくるように頭の上から赤んぼうの泣き声がした。

マンションの駐輪場に向かうために、自転車のハンドルを握《にぎ》っていた絵里子《えりこ》は顔を上げた。声色から推測するに、生まれたばかりといったところだろうか。おんぎゃあ、というひらがなの文字そのものの泣き声が次第に大きくなる。なかなか泣き止《や》まないことを考えると、同じ部屋にいるであろう母親は今、大慌てでミルクを作っているのかもしれない。

絵里子が住んでいるのは七階建て分譲マンションの六階で、ここには全部で四十二世帯の家族が住んでいる。絵里子と夫、生まれたばかりの萌《もえ》とここで暮らし始めたのは、二十年近く前のことで、その頃は新築だったこのマンションも、こうやって間近に眺めてみると、長い年月、風雨に晒《さら》された建物独特の趣がある。

泣き声がふいに途切れた。哺《ほ》乳瓶《にゅうびん》か母親の乳首が、赤んぼうの口に差し込まれたのだろう。その母親に会ったことはないので家族構成などわからないが、金曜日の午後三時過ぎ、生まれたばかりの赤んぼうと一人で向き合っているかもしれない彼女のことを考えると、母親として同情したくなる気持ちと、自分はもう死ぬまでそういう時間を持つことはないという寂《さび》しい気持ちの両方が絵里子の心に浮かんだ。

娘の萌は赤んぼうの頃、左右のこぶしを顔のそばに添《そ》えて、真っ赤な顔でごくごくと音をたててミルクを飲んだ。幼稚園に入るまではすぐに熱を出す子どもだった。夫が残業で遅い夜、出張でいない夜、萌が急に熱を出すと不安でたまらなかった。絵里子の実家は関東とはいえ、ここから遠く離れていたし、夫の実家は四国だ。頼れる親族もいなかった。子育てのほとんどを絵里子一人でやった。夫は萌のおむつを替えたこともミルクをあげたことも、ほとんどない。イクメンなんて言葉もなかった。けれど、絵里子は不満を感じたことはない。今から約二十年前、自分と同じような家庭、夫は会社員、妻が専業主婦なら、それは珍しいことではなかった。絵里子は結婚と同時に仕事をやめていた。夫は会社で、私は家庭で。それぞれの持ち場でそれぞれの義務を果たしているのだ。絵里子は自分と夫の役割分担の意味をそうとらえていた。

萌はいま大学二年だ。自分の子育てはもうほとんど終わったと考えてもいいだろう。このまま何事もなければ、萌はあと二年で大学を卒業し、就職する。萌の学費の心配もあと二年。二歳上の夫の定年まであと六年。マンションのローンは繰り上げ返済でほぼ完済していた。

自分の人生は穏《おだ》やかに終わりに近づいているのだ。

絵里子はからりと晴れ上がった十一月の空を見ながらそう思った。

家に入り、絵里子はトートバッグをキッチンの床に置き、洗面所に向かった。洗面所の正面には、正方形の、新聞紙を広げたサイズほどの鏡がある。鏡に映った自分の顔を意識的に見ないようになってどれくらい経つだろう。若い頃は鏡を見るのが嫌じゃなかった。絵里子は美人ではない。同い年の女性が十人いれば、八番目か九番目にきれいと言われるくらいの顔であることは絵里子がいちばんよく知っている。それでも、若い頃は鏡やショーウインドウに映る自分を飽《あ》きもせず、誰かの目も気にせず、じっと眺めたものだった。

両手についた石鹼《せっけん》の泡を洗い流しながら、ほんの一瞬、絵里子は目線を上げる。腰を少し曲げた自分の頭頂部が目に入る。もう白髪《しらが》が目立ち始めている。また、染めないといけない。そう考えると、面倒くさいなあ、という萌の口癖が絵里子の頭の中に浮かぶ。絵里子は自分の髪を自分で染めていた。半透明のケープをまとい、櫛《くし》で分け目を作り、髪の毛の根元にクリームを塗《ぬ》りつけるという段取りにはもうすっかり慣れてしまったけれど、白髪を染める、という作業がそもそも絵里子は好きではなかった。

六十代、七十代になれば、すっかり白髪にしてしまう、という選択肢もある。けれど、今の年齢で白髪を放置してしまえば、若さへのあきらめから生じる老いが、自分の体を侵食していくような気がする。髪が真っ白のもうすぐ五十二歳になる女性、というのも、なにか世間に対してもの申しているような雰囲気を醸《かも》し出すのではないか。

絵里子は新聞もよく読むし、ニュースも見るけれど、声高に誰かに強く語るような意見があるわけではない。感じることは毎日変わるから、誰かや、何かを支持するようなこともなければ、誰かを貶《おとし》めるようなこともない。できるだけ目立ちたくない。それが絵里子の人生訓、と言ってもいいのかもしれなかった。だから、白髪染めクリームも、黒でも茶でもない、いちばん人気です、と売り場に書かれている焦《こ》げ茶を選び、目立ってきた白髪を目立たせないように、好きでもない白髪染めという作業を三週間おきに繰り返していた。

今日はパートがなかったので、顔には日焼け止めをかねたＣＣクリームを塗って、眉《まゆ》毛《げ》だけを描いている。ＣＣクリームも、萌が「これ私に合わないからママにあげる」と言ってくれたお下がりだった。パートに行くときには、頬《ほお》のしみもコンシーラーで自分なりに隠してはみるが、メイクに時間をかければかけるほど、悪あがき、という思いがつのる。

白髪染めと同じだ。自分がしたいからしているわけではなく、みっともなさを最低限隠すためにやっていることだ。世間のためにしている。そう考えて、絵里子はふと思う。

自分が考える世間とはどのあたりの人を指すのか。家族、夫や萌とだけ顔を合わせる毎日が続くなら、絵里子は白髪を染めず、メイクもしなくなるような気がする。パートに行くときはする。ということはあの場所が自分にとっての世間なのだろうか。同僚たちの顔が浮かぶ。ホームセンターのレジ打ちをしてもう五年になる。二十代から六十代までいるが、ほぼ女性だ。あれが自分にとっての世間なのか、と考えたら、絵里子は自分がとてつもなく狭いところで生きているように思えてきた。

十一月の夕暮れは早い。昼の長かった夏がまるで夢のように遠い。買って来た食材を冷蔵庫にしまってから、ベランダに干した洗濯物に気づき、慌てて取り込む。リビングの照明をつけ、テレビの前のラグに正座して洗濯物を畳《たた》んだ。大人三人が一日に使うバスタオル、フェイスタオル、タオルハンカチ。ファッションには疎《うと》い絵里子だが、タオルの手触りだけにはこだわりがあって、いつも決まったブランドのものをネットで購入していた。

今治《いまばり》タオルで色は白だけ。それが絵里子にとっての唯一の贅沢《ぜいたく》らしい贅沢なのかもしれなかった。思い返せば、絵里子は幼稚園に入る頃になっても、赤んぼう時代に使っていたタオルケットがないと眠れない子どもだった。そのタオルケットを抱えて幼稚園のバスに乗ろうとして母親に見つかったことがあった。絵里子から引っ剝《ぺ》がすようにして、絵里子の母親はタオルケットを洗濯したが、絵里子は庭の物干し台の近くに立っていて、母が言うのも聞かず、母が干したそばから生乾きのタオルケットに顔を埋《うず》めた。ちょうどその頃、妹が生まれたばかりで、四歳の自分は多少、情緒不安定だったのではないか、と絵里子は思うことがある。

タオルをゆっくり畳みながら、手の甲でその表面を撫《な》でる。絵里子には今、とりたてて不安なことも気に病むようなこともないが、お気に入りのタオルを触っていると、絵里子の心のなかでふくふくとした何かが膨《ふく》らみ、どこかがなぐさめられているような気持ちになった。

タオルの次は細かいものを畳んだ。夫のトランクス、夫のハンカチ。そのどれもが絵里子の選んだものだった。夫も絵里子と同じように、ファッションに詳しいわけではない。スーツやワイシャツは、年に二回のセールの時期に夫が買ってくるが、特別高価でもデザインが凝《こ》っているわけでもない。コーヒーや紅茶、ウーロン茶、ミネラルウォーターなど、飲料を中心に扱うメーカーの物流課課長として恥ずかしくない程度の、目立つわけでも、また逆に垢抜《あかぬ》けないというわけでもない無難なスーツばかりだった。

下着やハンカチは絵里子が近所の量販店で安いものを買った。下着はブリーフではなくトランクス、という好みがあるだけで、夫は絵里子が買って箪笥《たんす》の引き出しに用意してあるものを黙って身につけ続けている。色は黒かグレー。絵里子も下着はベージュか白がほとんどなので、タオルと二人の下着を畳んでいると、そこには色がない。

それに反して萌の下着やハンカチなどの小物は色と柄で溢《あふ》れかえっている。大学に入学したら、自分の下着は自分で洗うようにとあれほど言ったはずなのに、朝、洗濯カゴの中にはぎょっとするような柄の萌の下着が必ず入っている。

「ママー、ブラジャーとショーツはパパやママのものとは別に洗濯してよ。必ずネットに入れて陰干ししてね」

「自分の下着くらい自分で洗濯しなさいよ！」

何度、萌にそう言ったかわからない。けれど、萌はやりたくないことは絶対にやらない頑固な子だ。小さな頃からそうだった。こちらが真剣に怒れば怒るほど、萌の顔は無表情にかたまっていくばかりで、声を嗄《か》らして感情的になっている自分が馬鹿らしくなってくる。

特に中学時代の反抗期はひどかった。絵里子と一日中口をきかない、という日々が続いた。「おはよう」も「いただきます」も言わないという萌の反抗の仕方に、絵里子はほとほと疲れてしまった。反抗しはじめの頃は、絵里子も親らしく「返事をしなさい」と叱《しか》っていたが、萌のだんまりがそれで解決するわけでもなかった。自分に何か親として至らないところがあるのかと、絵里子は考えてみたけれど、毎日家族のために食事を作り、家のなかを整えている自分のどこに非があるのか、わからなかった。きょうだいのいないひとり娘だからわがままに育ってしまったのだろうか。萌に妹か弟を、と考えたことはあったが、中学生になった頃には年齢的に出産はもう難しかった。

それでも時間が解決するだろう、と思ったのは、中学のＰＴＡの会合で同じようなことに悩んでいる親たちの声を聞いてからだった。

「そういう時期なのよ。仕方ないから。放っておいたほうがいいよ」

そう言うほかの親たちの言葉を疑うこともなく信じて、絵里子は萌の態度が自然に軟《なん》化《か》するのを待った。確かにその通りだった。高校受験が終わる頃には、反抗期前の萌に戻っていった。

高校に入ると、絵里子自身が驚くほどに絵里子にまとわりついてくるようになった。家に帰ると、絵里子が聞いていようといまいと、ママ、ママ、とその日にあったことをぺらぺらと話し続ける。幼稚園時代の萌に戻ったようでうれしかった。パートで疲れている日には、萌の声のトーンで頭痛が起こることもあったが、それでも無視され、だんまりを続けられるより、絵里子の心は穏やかだった。休みの日には、萌と二人で繁華街に出かけ、萌が行きたいカフェに行き、帰りには何かひとつ、萌が欲しがるものでそれほど高価ではないもの、例えばドラッグストアで売っているマスカラやマニキュアを、夫のボーナスが出たときには、渋谷に行って洋服を買ってやった。

絵里子は萌が可愛くて仕方なかった。

絵里子自身は、自分の母親とこんなふうに過ごした記憶がない。そもそも、親に反抗をしたという記憶がない。特に母は子どものしつけに厳しい人だったから、言うことをきかないと、頭をはたかれたり、洋裁に使うものさしで背中をぶたれたりした。当時は、虐待なんて言葉もなく、絵里子の近所の子どもたちを見ても同じようなものだった。

もしかしたら甘やかしすぎているのかも。自分はペットのように萌を可愛がっているだけなのかも、と思わないこともなかったが、萌が中学時代のような反抗をしないのなら、どこまでも甘やかしてしまいたかった。

悪いところがある子じゃない。大学も高校時代の萌の成績を考えれば高望み、とまわりから言われたが、萌は聞く耳を持たず勉強を続け、現役で入った。大学を卒業して就職をすれば、苦労することも多いだろう。結婚すればなおさらだ。だからこそ、実家にいる間は、快適な暮らしを萌に差し出してやりたかった。実際のところ、萌と絵里子の関係はうまくいっていると絵里子自身も思う。大きな問題はなにもない。だけど……、この頃の萌の下着、なんだかやけに派手すぎないだろうか。

高校までは夫と同じように絵里子が選んだ下着を黙って身につけていた萌だったが、大学に入ってからは自分のバイト代で買ってくるようになった。

今、絵里子が手にしているのは、ピンク色の生地に白と赤い糸で薔薇《ばら》が刺繍《ししゅう》されている萌のブラジャーだった。カップの内側にはふわふわのパッドが内蔵されている。その柄と同じショーツは、さっき畳んだ絵里子のタオルハンカチよりも小さく、くしゃくしゃと丸めれば絵里子の手のひらのなかにすっぽりと収まってしまいそうだ。

　これを脱がせる相手がいるのかな。

　ふいに絵里子の頭に浮かんだのはそんな思いだった。

夫と絵里子の地味な下着の上に載《の》せた、萌の下着の色は、ニホンザルのメスが発情したときのおしりの色に似ていると思った。母親なのにいったい何を考えているのか。頬のあたりがかすかに熱い。発情という言葉を、娘に向かって思い浮かべる自分が恥ずかしくなったのだ。

　萌の年頃でこんなデザインの下着をつけることは別におかしいことではない。

　絵里子が知らないだけで、彼氏がいたって構わないし、好きな人だっているかもしれない。当たり前だ。萌が健《すこ》やかに育っている証なんだから。でも萌がつきあっている人がいるとしたらどんな人なのだろう。そういう親としての単純な興味がないわけではない。けれど、絵里子はそれをあえて聞いたりはしなかった。その問いがきっかけで萌がまた、中学時代のような反抗を自分に対して起こすのではないか。絵里子がいちばんに恐れていたことはそれだった。できればこのまま萌とは凪《なぎ》の状態を続けていきたい。それが絵里子の本心だった。そう思いながら絵里子は立ち上がり、萌の部屋に向かう。萌のベッドの上に下着を置き、それからリビング横の寝室に向かった。夫と自分の下着を箪笥にしまった。

ああ、夫のスーツとスラックスをクリーニングに出さなくちゃ。絵里子はクローゼットの扉《とびら》を開けた。その床にカラフルな何かが落ちているのが目に入った。萌と同じような下着をつけた女の子が笑っている名刺大の紙片。絵里子は紙片を手に取り、二つ折りのそれを開いた。何かのポイントカードだろうか。枠の中、ボールペンで書かれた日付の上に真っ赤なハートのスタンプが押されている。それがもうすぐいっぱいになりそうだった。部屋が暗いし、老眼のせいで、絵里子はその表面に書かれている文字がよく読めない。目を細め、紙片を遠く離して文字を拾った。

「渋谷、ブルー、ベリー、ジャム？」

絵里子は声に出して読んだ。「渋谷ブルーベリージャム」。それがジャム屋のポイントカードでないことくらい、絵里子にだってわかる。いかがわしい何かの店、だと思うけれど、そのいかがわしさを具体的にイメージできない。そもそも、どうしてこんなものがここにあるのだろう。

寝室のこのクローゼットには、夫と自分の洋服しか収納していない。とはいえ、絵里子の洋服は冠婚葬祭に着るスーツや幾枚かのよそ行きのワンピース、ダウンやコートが少しあるだけで、ほとんどは夫が四季を通して着る通勤用のスーツだ。こんなカードに見覚えはない。絵里子は家計簿をつけているから、一日の終わりには、財布の中のレシートはすべて取り出していたし、初めて買い物した店で作ったポイントカードは、財布とは別のカードホルダーにしまっていた。だとすれば、これは、夫のスラックスか、背広のポケットから落ちたものに違いない。そう思ってはみたものの、これが夫のものであるとはどうしても絵里子には思えなかった。夫と、今、手にしている「渋谷ブルーベリージャム」という何かの店が、どうしても結びつかない。きっと、夫がどこかで拾ってゴミ箱に入れようとして忘れたものなんだろう、と絵里子は考えた。それならば、これはゴミ箱に捨ててしまえばいい。絵里子はカードをエプロンのポケットにしまい、クリーニングに出す夫のスーツとスラックスを抱えて、寝室を出た。

〈今日は友だちと外で食べるから夕食いらなーい〉

　と、萌からＬＩＮＥが来たのはもう七時を過ぎた頃だった。ごめんなさい、と頭を下げるクマの動画のスタンプが添えられている。最近、特に萌の帰りは遅い。週に三日、大学そばのイタリア料理店でのバイトではまかないが出るが、それ以外の平日の夕食も、この頃は家で食べないことが多い。休日も昼近くまで寝ていて、朝、昼兼用の食事を軽くとってから外出すると夜遅くまで帰ってこない。「今日は友だちの家に泊まる」と言って外泊することもある。ふだんの日は、一応、夜の十二時まで、と門限は決めているが、それを過ぎることはしばしばあって、終電ギリギリで帰ってくる。絵里子も十二時までは寝ないで待っていたが、最近は最低でも七時間は寝ないと、翌日、頭がふらふらするので、先に休むようにしていた。夫も今年の春から、全社をあげての新しい飲料のキャンペーンが始まったようで、ほぼ終電、あるいはタクシーで帰ってくる。休日も萌と同じように、昼近くまで寝ている日もあるが、仕事をするから、と言って近くのファミレスに行ってしまうこともあるし、早朝から接待ゴルフに出かけてしまう日もある。家族三人が揃《そろ》うことはまれだった。休日だけではない。平日もほとんど毎日、絵里子は一人で夕食をとっていた。家族がバラバラだとは思わないが、家族団欒《だんらん》の時間はすっかり遠いものになってしまった。

　鶏胸肉の照り焼きにかぼちゃとナッツのサラダ、切り干し大根の煮物、冬瓜《とうがん》と春雨《はるさめ》のスープ。萌の分の皿にラップをかけて冷蔵庫にしまう。萌は夜遅く帰ってきても寝る前だから、と食べないが、夫は気まぐれのように食べることもある。萌と同様、夕食がいらないのなら早めに連絡をしてほしいと思うのだが、仕事をしている途中でタイミングよく連絡できないこともあるのだろう、と絵里子は自分を納得させていた。萌と夫が食べない夕食は、絵里子の翌日の昼の、もしくはパート先に持っていくお弁当のおかずになった。

　おかずを盛った皿を並べ、テレビをつけた瞬間に、タレントのわああっ、という笑い声が響いて、絵里子は思わず音量を下げる。萌が小さい頃にはあれほど、テレビを見ながらごはんを食べてはいけません、と言ったはずなのに、一人で食事をするようになってからは、絵里子は自然にテレビをつけてしまう。無音で食事をしていると、自分一人の咀嚼音《そしゃくおん》が響いて、なんとも物悲しい。ラジオを聴く趣味はないし、音楽も聴かない。番組の内容はどうでもいいが、なんとなくテレビから漏《も》れてくる人の気配が欲しいのだ。とはいえ、午後七時台のテレビは絵里子が見てもどれもおもしろいとは思えなかった。

　食事をしながら、しっかり噛《か》もう、ゆっくり食事しようと絵里子は思う。一人で食事をしているとどうしても食べるのが早くなる。それに家族とはいえ、人の目がないと、だんだんと行儀も悪くなっていくような気がする。萌とＬＩＮＥをしながら食事をすることが以前はあったが、はたと考えて、五十を過ぎた女が片手で箸《はし》を動かしながら、片手でスマホを操作している姿はみっともない、と絵里子は思った。そのことに気づいてから、食事中は萌や、パート仲間や友人からＬＩＮＥが来ても無視する。返信は食事を終えてから。そうすることに決めていた。

　一人の食事は十五分もかからずに終わってしまった。使った食器をシンクに運び、食後のお茶を飲もうと電気ケトルでお湯を沸《わ》かす。五十になる前から、体重がゆるやかに増え続けて、絵里子の今の体重は萌を妊娠していたときの人生最高体重すら超えている。おなかを中心に太っていくタイプなのか、ウエストのサイズがどんどん大きくなり、デニムのパンツはもうずいぶん前から穿《は》いていない。おなかを締《し》め付けないゴムのスカートやゆるめのパンツを穿き、おなかを隠す長めのブラウスやチュニックを着るようになったら、さらにおなかは丸く前に突き出すように出っ張り始めた。夜にごはんを食べないようにするくらいでは、体重はなかなか減ってはくれない。しゅうしゅうと湯気を上げ始め、電気ケトルのなかで泡立つお湯を見ながら、絵里子は自分のおなかをさする。なんだかおなかがきついような気がしていたが、エプロンをつけたままだった。

　エプロンのポケットにはさっき、クローゼットの中で拾ったカードが入ったままだ。絵里子は銀色の四角いゴミ箱のペダルを踏んだ。蓋《ふた》がぱかりと開く。カードをここに捨てる。ゴミ箱はもうすぐいっぱいだ。明日の朝にでも家中のゴミをまとめ、ゴミ袋の口をしばって、一階にあるゴミ置き場に持っていけば、それで終わりだ。このカードも見なかったことになる。絵里子はポケットからつまんで出したカードをゴミ箱に入れようとしてしばらく考える。夕食前から絵里子が意識的に考えないようにしていたのは、このカードに書かれている「渋谷ブルーベリージャム」という店を検索してみる、ということだった。かちり、と音がして電気ケトルの中のお湯が沸騰《ふっとう》しきったことがわかる。絵里子はリビングの隅にあるテーブルの上のノートパソコンに目をやる。それは夫のお古で、家族三人の共有物、ということになっていたが、夫も萌も自分のパソコンを所持しているから、そのパソコンに触れることはほとんどない。実質、絵里子一人が使っているようなものだった。とはいえ、絵里子はパソコンが嫌いだ。パソコンというよりネットの世界が苦手だった。何かを検索しているとき、ひょんなことから、有名な巨大掲示板に辿《たど》りついてしまい、そこに書かれている言葉の汚さと、悪意に驚いた。自分だって清廉潔白《せいれんけっぱく》な人間ではないし、そこに書かれているのは確かに人間の本音だろうけれど、こんなふうに文字にしてしまったら、流れていく感情が形になっていつまでも残ってしまう。それが絵里子にはとても恐ろしいことに思えた。だから、極力、パソコンには触れずに生活してきた。時折、ベランダで育てている草花について調べることはあったが、別にパソコンがなくてもかまわない。スマホで家族や友人とメールやＬＩＮＥができればそれでよかった。

　とはいうものの、今、自分は大きな誘惑にかられている。絵里子の性格からすれば珍しいことだった。「渋谷ブルーベリージャム」がいったい何なのか、それが知りたい。検索すればすぐにわかるだろう。わかって自分はどうするつもりなのか。そう思いながら、片手にカードを手にしたままパソコンを立ち上げている。古いパソコンだから画面が出てくるまでに時間がかかる。この気持ちはいつか体験したことがある。

　絵里子は記憶をたぐり寄せる。そうだ。短大を出てまだ会社に勤めていたとき、よく当たると評判のタロット占いの店に行ったことがあった。毒舌《どくぜつ》で有名な占い師らしく、占われた人はあまりの鋭い指摘に泣くこともあると聞かされて、絵里子は腰が引けていたが、どんなにきつい言葉を投げつけられても自分の未来を占ってもらいたいという好奇心が勝った。初めて見るタロットカードの図柄がおどろおどろしかったことを覚えている。絵里子はそのとき好きだった会社の先輩との相性を占ってもらった。うまくいかないよ、とだけ女性は言い、絵里子の目の前に一枚のカードを差し出した。炎や煙が出ている塔から人が逆さまに飛び降りている不吉な絵だった。

　パソコン画面に、日本でいちばん有名なポータルサイトの画面があらわれる。渋谷ブルー、ベリー、ジャム。ブラインドタッチができない絵里子はその文字をゆっくりと打つ。Ｅｎｔｅｒ。最初に目に飛び込んできたのは、「渋谷風俗《ふうぞく》　ブルーベリージャム」という文字だった。せっかくお湯を沸かしたのに、絵里子はお茶を入れることもエプロンをとることも忘れていた。迷わずその文字をクリックしページが飛んだ。

「渋谷風俗　ブルーベリージャム」というピンクで縁取《ふちど》られた文字の上に「店舗型美少女専門」という文字が躍《おど》る。萌とそれほど年齢の変わらない女の子が、派手な下着を身につけたあられもない姿でこちらを向いていた。頭のなかに、あのときの不吉なタロットの絵柄が浮かぶ。もしかして今、塔から真っ逆さまに落ちているのは自分なのではないかと絵里子は思った。

　金髪のショートヘアの女の子が下着姿で唇《くちびる》を突きだし、こちらを見ている。写真の下で光っているのは、「18歳以上　ＥＮＴＥＲ」「18歳未満　ＬＥＡＶＥ」の文字の並び。さらにその下には、ピンクのブラウスにミニスカート、黒い透《す》けたストッキングを穿いた女の子が、開いた脚《あし》の間に両手を置いて、顎《あご》を引き、こちらに微笑《ほほえ》みかけていた。どちらの女の子も、カラコンや、つけまつげや、マスカラで、目を強調している。アンバランスな目の大きさが、女の子の若さや、幼さを余計に際立たせていた。胃のあたりがきゅっと重くなる。見ていられなくなった絵里子はパソコンの画面を、さっきまでのポータルサイトに変えた。

パソコンから目を逸《そ》らす。老眼鏡をかけずにパソコンの画面を見つめていたせいで、目が異様に乾いていた。パソコンの脇にある小さな整理棚から、目薬の箱を取り出した。「ＯＶＥＲ50！ 細かい文字が見えにくい方に！」と大きく書かれた箱から、派手な黄色の目薬を取り出し、左右の目にさした。あふれた目薬が目尻からこめかみのあたりに流れる。上を向いたまま、テーブルの端《はし》にあるティッシュペーパーの箱を手で探る。一枚抜くと、絵里子はそれで目尻をそっと拭《ぬぐ》った。

落ち着かないといけない。まず、絵里子が考えたことはそれだった。

壁の時計を確認する。午後九時にもなっていない。夫も萌も、帰ってくるまでにはまだ十分時間がある。お茶でも飲んで気持ちを落ち着けよう。絵里子はキッチンに向かい、電気ケトルにミネラルウォーターを入れようとして、さっきお湯を沸かしたことをすっかり忘れているのに気づいた。けれど、お湯はもう冷めている。もう一度、電気ケトルの電源を入れた。お湯が沸くまで手持ち無沙汰《ぶさた》で、絵里子は冷蔵庫を開けてしまう。

萌が高校生くらいまでは、市販のゼリーやプリンなど、何かしら買って入れていたものだが、最近はそんな買い置きもしなくなった。整然と並べられた味噌《みそ》やヨーグルトのプラスチックケース、ジャムの瓶、バターの紙箱や漬け物の入った容器。夫か萌が食べるかもしれない、ラップのかけられた今晩のおかずの皿。余計なものが入っていない。冷蔵庫の扉を閉じ、横に並ぶ食器棚の一番下の段を開けてみる。そこにはお菓子の買い置きを入れていたが、今は空のタッパーが入っているだけだ。そんなことはわかっていたはずなのに、扉を開けずにはいられなかった。おなかはすいていないけれど、絵里子は何かを口に入れたかった。何かを嚙み砕《くだ》きたかった。できれば硬いおせんべいのようなものをバリバリと音を立てて何枚も。

　お湯が沸いたものの、カフェインが入ったものを飲むと余計に胃が重くなるような気がして、絵里子は沸いたお湯をそのままマグカップに入れた。そのカップを持って、パソコンが置かれたテーブルに再び向かう。知りたいことはいろいろあった。というより、絵里子は「風俗」というものに対して、ぼんやりとしたイメージしか持っていない。風俗っていったいなんなのだ？　絵里子はそれをまず知りたいと思った。

　今度は老眼鏡をかけてパソコンに向かう。「風俗　何するところ」と検索窓に入れると、百八十万にも及ぶサイトがあることがわかった。思わずため息が出る。絵里子はマグカップを手にして、すするようにお湯を飲んだ。いちばん上からページを開いていく。ファッションヘルス、デリヘル、ピンサロ、ソープ……。そんなカタカナが目に飛び込んでくるたび、その文字が蛍光《けいこう》色に光っているように見えてくる。ソープ、は、絵里子でもなんとなく想像はついた。多分、性交渉をする場所だろうと思った。「ソープランド」で検索すると、確かに「……休憩《きゅうけい》を挟《はさ》んだあと、ベッドに移って本番を行う」という文章がすぐに見つかる。そのサイトに飛ぶと、それぞれの風俗をわかりやすく説明したページにぶつかった。

例えば、「デリヘル」という言葉を選ぶと、「デリバリーヘルスの略称。ホテルや自宅に女性を派遣して、本番以外のサービスを24時間提供している。サービスは、シャワー↓全身リップ↓シックスナイン↓素股やフェラ、手コキ↓発射が基本サービス」と、その詳細が書かれていた。けれど、一度読んでも、書いてあることがスムーズに頭に入ってこない。絵里子は同じ文章を三回読んだ。五十過ぎで子どももいるのだから、絵里子だってそこに書かれていることが何を意味するかくらいはわかる。

「イメクラ」は「イメージクラブ」の略だろう、という絵里子の勘《かん》は当たった。けれど、「電車内で痴漢がしたい、医者になって女子高生を診察したい、など、男性の妄想を実現化してくれるサービス」という一文で憂鬱《ゆううつ》になった。サイトの文章を読み進めて、絵里子がいちばん意外に感じたのは「ピンサロ」だった。若い女の子がいるキャバレー程度の認識だった。「一般的にはフェラチオによる口内発射のあと、おしぼりなどで男性器を洗浄してもらって終了。クンニやシックスナイン、指入れなど本番行為以外ならほぼ可能」えっ。そこまでする場所なのだと、今の今まで絵里子は知らなかった。「おっパブ」という言葉も絵里子は初めて知った。「おっぱいパブの略。一定の時間になると音楽が流れ、おっぱいで遊ぶことができる」としか書かれていなかったが、おっぱいで遊ぶ、という言葉がどうしても飲み込めない。

眉間《みけん》に皺《しわ》を寄せたり、胃がしくしく痛んだり、それでも絵里子は風俗についての情報をひとつひとつ読み込んでいった。ネットに教えてもらっている。ネットが大学教授なら、絵里子は幼稚園に入ったばかりの子どものようなものだった。そこまで調べて、はたと思う。「渋谷ブルーベリージャム」は、じゃあ、ここに羅列してある業態のなかでどれになるのか。何ができる場所なのか。万一、これが夫のものであったとしたら、彼はいったいそこで何をしていたんだろう。そもそもはそれが知りたかったのだ。再び、「渋谷ブルーベリージャム」のサイトに飛ぶ。そこにある「店舗型」とはどういうことなのか。「店舗型風俗って？」と打ち込む。すぐに答えが出た。「店舗型とは風俗街で店を構える性風俗店、すなわちファッションヘルスのこと。店の中に個室があり、そこで女性とプレイする。プレイ内容は……」。

続く文章はデリヘルと同じだった。することに変わりはないが、デリヘルは自宅やホテルに女性が出向く。反対に、店舗型は客が店に足を運ぶ。どちらも本番はなし。つまり、今、テーブルの上にある「渋谷ブルーベリージャム」のカードが夫のものならば、夫は「渋谷ブルーベリージャム」に行き、自分よりはるかに若い女性と、性交渉以前のことをしていた、ということになる。

頭がふらふらした。夫が風俗を利用しているかもしれない、なんて、今までまったく考えたこともなかった。もっと怒りの感情が湧《わ》いてきてもいいはずなのに、なぜだか、そうはならなかった。それ以前に、絵里子は今、自分が検索したネットの情報に酔《よ》いそうになっていた。男の性欲を解消するために、きめの細かい、ありとあらゆるサービスがこの世に存在する。お金さえ出せば、男の人はいくらでもこんなサービスを利用できる。そして、そこには男性の性欲を解消するために多くの女性が働いていて……。考え出すと目がまわる。五十二年も生きてきたのに、世の中には知らないことがありすぎる。

そのとき、ダイニングテーブルに置いたままだったスマホが大きな音を放った。驚いて、絵里子の体がびくっと動いた。立ち上がり、スマホを手にする。夫からのＬＩＮＥだった。

〈今日も残業で終電ギリギリになりそう。あと、週明けの出張の準備よろしく〉

いつもならただ読み流すだけの夫のメッセージ。けれど、今日はその素っ気なさに、何かしら意味を感じてしまう。本当に夫は今、会社にいるんだろうか。ファッションヘルスに向かう途中でこのメッセージを打っているとしたら？　絵里子はもう一度、「渋谷ブルーベリージャム」のカードを手に取り、それを開いて眺めてみる。内側には二十の枠があり、日付と真っ赤なスタンプでもう埋まってしまいそうだ。日付を見るとほぼ月に一度のペースで訪れている。いや、これが夫のものであるという証拠はどこにもないのだ。最初に思ったように、夫はこのカードをゴミとしてどこかで拾って自分のポケットに入れたのかもしれないじゃないか。絵里子がそう思ってしまうのは、夫があまりにも性的に淡泊《たんぱく》だからだ。夫と風俗が、絵里子のなかでどうしても結びつかない。

スマホの画面を見ると、時間はもう午後十時に近かった。お風呂に入って寝なければ。明日はパートがある日だ。今日はこのことを考えるのをいったん保留にしようと絵里子は思った。長い結婚生活でも子育てでも、考えても答えの出ないことは、とりあえず考えるのを打ち切る、そういう方法を絵里子はとってきた。子育て中の最大の事件だったような気がする萌の反抗期も、それについて考えることをやめたら、時間が解決してくれた。だから、このカードのことも、とりあえず今日はもう考えないことにする。絵里子はパソコンの電源を落とした。寝室に向かい、クローゼットを開けて、夫の背広のポケットにカードを落とした。これは見なかったことにしよう。絵里子はそう決めて、クローゼットの扉を閉めた。

ぬるめのお湯をためた浴槽《よくそう》の中で、絵里子は手足を伸ばした。たるんだおなかの下に目をやる。陰毛に白髪が生えたのはいくつのときだっただろうか。発見したときは、頭に白髪を見つけたときよりもショックだったが、その頃から、絵里子は鏡に映った自分の顔も、体もじっくり見ることが少なくなったような気がする。萌と若さを競う気も、張り合う気もない。自分が産んだ娘に嫉妬することはない。けれど、どうしても、今夜は浴槽に沈む自分の体に、さっき見た「渋谷ブルーベリージャム」の女の子の体を重ねてしまう。考えるのをやめようと思ったばかりなのに、どうしてもそれを思い出してしまう。

　わあああっと、わざと大きな声を出して絵里子は浴槽からあがり、シャワーのお湯を勢いよく出して、髪の毛と体を洗った。萌には自分専用のシャンプーとコンディショナーとボディソープがあり「これ、ママは絶対使わないでね」と釘を刺されていた。そんなふうに言われなくても、萌のあとにお風呂に入ると、強烈な甘い香りが残っていて、どう考えても若い人向けのその商品を、使う気にはなれなかった。夫と自分は同じものを使っていた。シャンプーもボディソープも香りがそれほど強くなく、油分の抜けはじめた体をやさしく保湿してくれるもの。夫は、下着やハンカチと同様に、自分の体を洗うものにも興味はなく、絵里子が選んだものを黙って使っていた。結婚したときからそうだった。

　ボディタオルで腕や臑《すね》を擦《こす》って洗った。あんまり力をこめると色素沈着を起こしてしまうとテレビで聞いたことがあるが、絵里子はどうしても力強く擦らないと洗った気がしない。今日は、足の指の間も、わきの下も、どこもかしこも、きれいに洗ってしまいたかった。

シャワーで泡を流す。泡は張りのない乳房《ちぶさ》の間を流れ、下腹部をつたって床に落ちる。見たくはないけれど、泡が消えたあとの自分の体がどうしても目に入る。ふいに、最後に夫としたのはいつだったか、と思う。生理は一年前にとうに終わっていた。それ以来、夫と体を交わしていない。最後にしたのは、五十を過ぎて一度、萌がサークルの合宿でいなかった、梅雨が明けたばかりの蒸し暑い夜のことだった。それは唐突に始まり、性急に終わった。その夜だけでなく、夫と絵里子のセックスは、たいていの場合、そうだった。夫から求められれば、それに応えた。絵里子のほうから夫を誘ったことはない。いつも夫のタイミングで進められた。ほかの夫婦のことはわからない。そんな話を誰かとしようと思ったこともないが、パート先の休憩時間などに、時折耳をかすめる話から、うちの夫は性的に淡泊なほう、と絵里子は思っていた。若いとき、二人で暮らし始めた頃だって、月に二度くらいのペースだった。萌が生まれてからは、半年以上、夫と体を交わしていないという年も珍しくはなかった。「夜泣きするから」「萌が目をさますから」と絵里子が言いさえすれば、夫は伸ばした手を引っこめた。一年しなかった、という年もあるはずだ。私は子育てに、夫は仕事に追われていた。今なら、絵里子と夫の状態は、セックスレスとして問題になるのかもしれなかったが、絵里子が若い頃にはそんな言葉もなかった。そもそも、そんなペースを絵里子自身が不満に感じてはいなかった。どちらかが過剰すぎて困る。そんな話はパート先でもよく聞いた。夫以上に自分は性的なことには淡泊だし、そういう自分と夫は、性的な意味でもよい組み合わせだったのだ、と絵里子は思い続けていた。けれど、それは、もしかしたら、絵里子だけがそう思っていたのではないか。

お気に入りの今治タオルで風呂上がりの体を包む。いつもなら、ふわりとしたあたたかな感触に、今日も一日無事に終わった、と穏やかな気持ちになるのに、今夜はなぜだか、その感触ですら、絵里子の肌をチクチクと刺激するように感じる。

バスタオルを体に巻いたまま、浴室と隣り合った洗面所で、化粧水、乳液、クリームを順番に顔に塗り、バスタオルを洗い籠《かご》に入れて、裸《はだか》のまま、ボディローションを体に伸ばした。下着をつけ、パジャマを着る。濡《ぬ》れた髪の毛をタオルで拭きながら、キッチンに向かい、冷蔵庫のなかから豆乳の紙パックを出した。マグカップに注《そそ》ぎ、電子レンジで温める。温まった豆乳に蜂蜜《はちみつ》を少し垂《た》らした。

かすかに甘くなった豆乳を口にふくみ、リビングの壁の時計を見る。もう午後十一時半だ。夫も萌もまだ帰ってはこない。絵里子の住むマンションは、駅から大通り沿いに十分ほど歩き、角を曲がって、二本目の裏道にある。マンション前の道は、夜遅くなると、ほとんど人通りがない。何年かに一度、ひったくりや痴漢があった、と町内会からお知らせが届く。

夫はまだしも、萌が心配だ。同じような時間に帰ってくるのなら、二人で待ち合わせて帰ってくれればいいのに、と絵里子は思うが、メールやＬＩＮＥで二人がそんなふうなやりとりをしている様子はない。自分には「ママ、ママ」と甘えてくる萌だが、最近は夫と萌がまともに話しているのを見たことがない。萌より先に帰っていた夫が帰宅が遅いことを咎《とが》めると、「ふん、自分だって」と萌が声を荒らげるのを見て一人はらはらしているのが絵里子だった。

　そこまで考えると、また、さっきまで見ていた「渋谷ブルーベリージャム」のサイトにあった若い女の子の顔が浮かんでしまう。あの子たちは、萌とそれほど年齢が変わらないんじゃないだろうか。その先を考えようとする自分を必死でとめようと、まだマグカップに残っていた豆乳をシンクに流し、マグカップを、洗剤を垂らしたスポンジでごしごしと洗った。

　髪をドライヤーで乾かし、歯を磨《みが》く。玄関と廊下、リビングの間接照明だけを灯《とも》して、絵里子は寝室に向かった。シングルベッドがふたつ。ベッドとベッドの間にある小さなチェストが、ふたつのベッドを遠ざけている。絵里子は窓側のベッドに入り、枕にそっと頭を載せた。幸いなことに絵里子はこれまで眠れなくてつらい、という状況になったことがない。いつもならベッドに入ったのとほぼ同時に眠りが訪れるのに、今日はうまく眠れる自信がなかった。左腕を伸ばし、夫の希望でつけた遮光カーテンの裾をめくる。今夜は風が強いせいで、窓の外の木々の影が大きく揺れている。夜になって気温もぐっと下がったのか、手に窓越しの空気の冷たさを感じる。こんな夜に夫も萌もまだ家の外にいる。この家の外にそんなに楽しいことがあるのだろうか。絵里子はカーテンから手を離し、その手で自分の両目を覆《おお》った。

萌が生まれる前、絵里子と夫はダブルベッドに寝ていた。萌が赤んぼうの頃は、ダブルベッドの横にベビーベッドを置いた。夜泣きがひどい時期もあったから、自分と萌だけ夫と違う部屋で寝ようか、と提案してみたが、「そんなことはしなくていい」と夫は言ってくれた。萌が小学生になり、自分の部屋で寝るようになってからも、夫と同じベッドに寝ていた。夫のぬくもりや、息づかいが、いつもすぐそばにあった。それがあたりまえのことだと思っていた。

「夜遅くなって、寝ている絵里子を起こしたら悪いから」

萌が高校に入る頃、夫からそう言われた。私のことを思いやってくれている、と絵里子は思った。ダブルベッドを不用品回収に出し、新品のシングルベッドをふたつ並べた。確かに、夫の仕事が急激に忙しくなり、帰宅時間も遅くなった時期だった。思えば、その頃から、夫が絵里子の体に触れることも少なくなっていった。けれど、二人の年齢を考えれば、それは自然なことだと思っていた。思えば、夫が風俗に通い始めたのは、あの頃からだったのではないか。

かちゃり、と玄関ドアが開く音がした。ヒールの踵《かかと》の音、廊下を、足を摺《す》るように歩く音。萌が帰ってきたのだろう。しばらくすると、浴室から水音がし、その後にドライヤーの音が長く聞こえて、萌の部屋のドアが閉められる音がした。

その音と入れ替わりに、再び玄関ドアが開く音がした。萌とは違う、重い足音。

萌と同じようにすぐに風呂場に向かうのか、と思っていたら、いきなり寝室のドアが開いた。絵里子は思わず体をかたくする。息をひそめて、眠っているふりをした。ベッドのそばでベルトを外す音、ネクタイを緩《ゆる》める音がして、夫がそのまま自分のベッドに潜《もぐ》りこむ気配がする。手も洗わず、歯磨きもしないのかと絵里子は驚く。

いつもは絵里子が眠っているときに帰ってきても、夫がバスタオルを使った形跡があるし、夫は翌朝、パジャマ姿で起きてきた。こんなふうに風呂にも入れないほど、最近の夫は疲れきっているのだろうか。

すぐに夫の寝息が聞こえてきた。さっきから気づかないようにしていたけれど、夫からかすかにボディソープの香りがする、ような気がする。いつも、絵里子と夫がこの家の風呂場で使っているあの香りではない。萌が使っているような甘いボディソープの香り。さっき萌がシャワーを浴《あ》びたから、たぶんそのせいだ。浴室に漂う残り香が、ドアが開いた瞬間にこの部屋に侵入してきたのだ。絵里子はそう思いこもうとした。けれど、もしかしたら、夫は風俗の店に今夜も行っていたのではないか。絵里子は自分の両耳を塞《ふさ》いで、その想像を止める努力をしたが、夫から漂うボディソープの香りが真実を告げているような気がする。寝返りに見せかけて、夫に背を向ける。瞼《まぶた》をそっと開く。今夜、自分がネットから得た情報が、自分の体のなかでミキサーにかけられたようにぐるぐると回っている。そんな気がした。

「酒井《さかい》さん、なんか顔色悪くない？」

パート先の休憩室でパート仲間の西尾《にしお》さんに声をかけられた。夫も萌も結局、昨晩の夕食には手をつけず、絵里子はそれをお弁当箱に詰《つ》めてきたが、どうにも食が進まない。箸を持ったまま、ぼんやりとしていたところだった。西尾さんが絵里子の向かいの席に座る。

「あ、う、うん、朝からなんだか少し頭が痛くて……」

「もういやよね、更年期であっちこっち。私も今日はのぼせがひどくて」

そう言いながら西尾さんは、ハンカチで額の汗を拭いた。

「そうねえ……」と絵里子は相槌《あいづち》を打ったが、正直なところ、西尾さんが言うような更年期の症状を、今まで強く感じたことはない。西尾さんと絵里子はほぼ同時期に、このホームセンターでパートを始めた。西尾さんは絵里子より二歳年上、萌と同じ年齢の次女、四歳上の長女がいる。同じガーデニング用品売り場の担当になって、西尾さんのほうから積極的に話しかけてくるようになった。西尾さんに限らず、人間関係において、絵里子はいつも受け身の側だった。なぜだか、絵里子と気が合いそうと思ってくれる人がこの世の中にはいて、その人は、絵里子の存在を見つけると、知り合ってそう時間も経たないのに、そこまで聞いていいのかと思うようなことまで打ち明けてくれる。

　西尾さんも例外ではなかった。

「夏子《なつこ》の彼氏がね、この前来たのよ、家に」

　西尾さんは、声をひそめ、パート割引で買った三色弁当のプラスチックの蓋を開けながら言った。西尾さんの長女、夏子さんのことはすでに何度か聞いていた。大学を出て、テレビでも名前をよく聞く通販会社で働いていること、半年前に同期入社の彼氏ができ、結婚を前提につきあっているということ。何度か、西尾さんと西尾さんの夫、夏子さん、彼氏を交えて食事をしていること。その四人で何を食べたのか、何を話したのか。そこまで知ってもいいのか、と絵里子が思うことも、西尾さんは話して聞かせた。

「改まった様子でね、夏子も、その日は絶対にお母さんもお父さんも家にいてくれって」

「もしかして……結婚の挨拶《あいさつ》に？」

　絵里子は食べることをあきらめて、お弁当箱の蓋を閉めながら聞いた。

「それだけだったらいいんだけど」

　西尾さんがペットボトルのお茶を口にする。

「それがね……夏子」

西尾さんが絵里子に顔を近づけ、声をひそめて言った。

「妊娠四カ月なんだって」

「えっ」と絵里子は思わず大きな声をあげてしまい、前のめりになった体がテーブルにぶつかった。番茶の入ったステンレスのミニボトルが倒れそうになり、慌てて手で押さえる。

「それで、挨拶に来たってわけ」

西尾さんの声はあくまで冷静だ。

「……ご主人は、なんて？」

「最初はね、怒ってたのよ。うちの娘になんてことするんだ、なんてね。……だけど、夏子の会社、私もよく知らなかったんだけど、産休も育休もしっかりしてるの。夏子も子ども産んだら、またすぐ働くって。夏子の彼氏も、家事も子育てもしっかりやりますって、私と主人に約束してね。……そこまで言われて冷静に考えたら、別に悪い話じゃないじゃない？」

同意を求められて、絵里子は思わず、

「そうねえ……」と答えたものの、ほんとうにそれが悪い話じゃないのか、どうにも自信がない。絵里子の弱々しい調子に気づいたのか西尾さんも、

「そりゃ、ちょっと早いかな、とも思うわよ。順番も違うしね」

と、そこまで言って、西尾さんは休憩室のなかを見回した。

「でも、いつまでも結婚しなくて、親の臑かじって、っていうよりは、よっぽどいいじゃない」

西尾さんが声をひそめる理由はよくわかる。

この休憩室で、絵里子や西尾さんと同年代の女性から、息子／娘に結婚する気配がまったくない、誰かとつきあっている気配もない、うちの息子／娘のことを放っておいていいんだろうか、というのは、よく聞く話だからだ。もっと小さい子どもがいる女性からは、学校でのいじめや、不登校の悩みを耳にした。なかには、六十歳を過ぎた女性から、子どもが長い間、部屋に引きこもっていて、私が死んだらどうなるんだろう、という重い話も聞いた覚えがある。

どの話も、絵里子が無理に聞き出したわけではない。休憩がいっしょになると、皆、西尾さんのように家庭の事情を詳《つまび》らかに話していった。そんな話を立て続けに聞かされると負担にも感じる。それ以前に、どうして皆、家庭の事情を、素性もよく知らない他人に聞かせることができるのか、絵里子には、それが不思議だった。

「おめでとうございます」で良いのだろうかと思いながら、絵里子が頭を下げると、

「やだ、ちょっと、やめてよ、そんなの」と西尾さんが両手を振る。

「あーあ、来年の春にはおばあちゃんよ」と言いながらも、その表情に翳《かげ》りはない。

言いたいことを言ってすっきりしたのか、西尾さんは勢いよく、三色弁当を食べはじめた。その前向きな思考を少しでもいいから分けてほしい、と絵里子は心から思った。もし、同じことを萌がしたら、同じような状況に自分が置かれたら、西尾さんのように明るくいられる自信がまったくなかった。夏子さんはいわゆる「デキ婚」だ。それを自分は許すことができるだろうか。大学二年で、結婚などまだまだ先のこと、まずは就職、と思っていたけれど、就職すれば、自《おの》ずと萌の結婚のことを、私も夫も意識しはじめるだろうという気がした。反抗期には悩まされたが、ぐれたわけでも、不登校になったわけでもない。大学も浪人せず入学し、留年もしていない。この休憩室で、さまざまな家族の、さまざまな子どもの話を聞くたび、自分の家族が何のトラブルもなく、続いていることが奇跡のように思えた。同時に、萌の人生にはいまだ傷ひとつない、という事実が絵里子を支えてもいた。

それと同時にこうも思った。萌が健やかにどこかに迷うことなくいられるのは、自分の子育てがうまくいったとか、そういうことじゃなく、ただ単に自分に割り振られた萌という娘、その運が、たまたま良かっただけなんじゃないかと。萌と同じように、夫にしてもそうだ。自分のこれまでの人生、大きな盛り上がりもなかったけれど、夫のことで今まで悩んだことがない。この休憩室で聞かされるのは、子どもの話だけではなかった。お酒に溺《おぼ》れる、暴力をふるう、家にお金を入れない夫たち。そうした話を聞かされるたび、自分は夫の運も良かったんだと胸をなで下ろしてもいた。だからどうか、このまま何も起こりませんように。それが絵里子の願いだった。それなのに。

目の前の西尾さんはいつの間にか、三色弁当を食べ終えていて、プラスチック容器に入ったカスタードプリンの蓋を開けようとしている。

「うちの夫、風俗に行っているかもしれないの。どうしたらいい？」

その言葉を絵里子は心のうちで何度もつぶやいてみる。西尾さんに話せたら、ほんとうに今の自分の気持ちが少しは楽になるのだろうか。それすら絵里子はよくわからなくなっていた。

昨日の夜遅くまで、強い雨が降り続いていたようだが、土曜日の今日はどこか宝石の硬さを感じさせるような青空が広がった。

普段と同じように、午前六時過ぎに絵里子は目を醒《さ》ましてしまった。休日なのだからもう少し寝ていてもいいのだが、いつの頃からか、二度寝をすると頭痛が起きるようになった。だから、休日も起きる時間は変わらない。隣のベッドに寝ている夫は寝息もたてずにぐっすりと眠っている。絵里子はそっとベッドから抜け出し、着替えをして、部屋を出た。萌もまだ寝ている時間だ。

洗面所で顔を洗い、歯を磨いて、顔にＣＣクリームを塗り、眉毛を描いた。キッチンに行き、コーヒーミルで豆をひき、コーヒーメーカーをセットする。リビングの掃《は》き出し窓を開けると、ひんやりとした空気が入ってきたが、その冷たさが滞った室内の空気を清浄にしてくれるようで心地よかった。

ベランダ用のサンダルを履《は》き、プランターの植物を眺める。絵里子にとって、それは至福の時間だった。もうすぐ本格的な冬がやってくるというのに、ポーチュラカの花はまだ次々に咲き続けている。ウインターコスモスやチョコレートコスモス、ユウゼンギク、センニチコウなど、絵里子は小さな花弁の花が好きだった。パート先で担当しているガーデニング用品売り場では、さまざまな花やハーブの苗が売られている。パートであれば、割引してもらえるし、

「ちょっとこれは枯れてしまってもうだめだなあ。廃棄しちゃうけど酒井さん、いる？」

と社員の人に聞かれたものまで持ち帰ってくるので、広めのベランダとはいえ、いつの間にか大小二十近いプランターが置かれている。

咲き終わった花や、枯れた葉があれば取り除き、表面が乾いている鉢《はち》には水をあげる。一週間に一度は液体肥料を薄めてあげていた。手をかければかけるほど、植物は健気《けなげ》に花を咲かせる。それがいじらしく、かわいらしいと絵里子は思った。スマホを取り出して、カランコエの写真をアップで撮った。伸びた茎の先に、白、黄色、オレンジなど、

色鮮《いろあざ》やかな花を丸く咲かせる。小さな花火のようにも見えるその花が絵里子は好きだった。絵里子のスマホにはベランダの花の写真ばかりが保存されている。それを時々、見るともなしに眺める、そんな時間が好きだった。

　洗濯機のスイッチを押す。明日はまた夕方から天気が崩れると言っていた。できれば、夫や萌の枕カバーやシーツも洗濯したいところだが、それは明日に回して、乾燥機で乾かそうと思った。乾燥機付きの洗濯機を購入してずいぶんと経つが、絵里子は天気が良いなら、外気と太陽の光にあてて洗濯物を干したいと思う人間だった。お気に入りのタオルも、乾燥機で乾かしたほうがふんわりと仕上がるが、天気のいい日に乾燥機を使うのが、どことなくもったいないと思ってしまう貧乏性だ。

　リビングもキッチンも、洗面所も風呂場もトイレも、普段からこまめに掃除をしているから、大きな汚れはないが、それでも大人三人が生活をしていれば、はっきりとした汚れ、とまではいかなくても、どことなく埃《ほこり》っぽく、掃除したてのように綺麗《きれい》という状態とは言えなくなる。年末の大掃除には、夫にも手伝ってもらって、掃き出し窓や、エアコンや、ガスレンジなどを綺麗にしよう、と思いながら、絵里子は長い棒の先に付いた拭き取りシートでリビングの床を拭く。一通りの掃除が済むと、キッチンのスツールに座ってコーヒーを飲んだ。じわりと広がる苦みが、今の絵里子の胃にはきつすぎるような気がして、冷蔵庫のなかからパックの牛乳を取りだし、マグカップのなかに注いだ。

夫のポケットから落ちたらしい風俗のポイントカードを見つけて、一週間が経っていた。絵里子はそのことについて夫に何か言ってはいないし、夫が、絵里子がそれを見たことに気づいたという気配もない。二人の生活はまったく以前と変わらない様子で継続していた。

けれど、あのカードを見つけて、風俗というものについて、そして、そのポイントカードを発行している「渋谷ブルーベリージャム」についてネットで情報を検索して以来、絵里子のおなかのなかには、消化しきれない重苦しいものが横たわっていた。実際、空腹時などに胃が突然痛みだすこともあった。胃薬を飲めばいつしか痛みも治まるが、それまで絵里子は胃の痛みを感じることなど、ほとんどなかったのだ。夫のものかもしれない風俗のポイントカードが、胃の痛みを引き起こしていることは明らかだった。「見なかったもの」として、「見ないふり」をしようとやり過ごしているのに、「目を逸らすな」と警告するように胃の痛みはやってきた。

カードを前に、「これはあなたのものなの？」と絵里子が聞いたとして、夫が素直に「そうだ」と言うはずはないだろう。「なんだそれ、知らない」と言われればそこで終わってしまう。

夫がこの風俗に通っている決定的な証拠のようなものがなければ。

そう思ったが、それをつきつけて、いったい自分はどうしたいのか。それが今ひとつわからない。夫が風俗に行っているからといって、離婚してほしいなどと思うほど絵里子は若くもない。「風俗なんかに行って！」と泣きわめいて夫をとっちめれば、自分は気が済むのだろうか。考え始めるとわからなくなる。

そもそも、誰かに対して、何かに対して、激しい感情をぶつけるということが、絵里子は元々得意ではない。子どもの頃は、「何を考えているのかわからない子ども」と母親によく言われていた。人としての喜怒哀楽はもちろんあるが、それを表す前に、まわりの空気を読んでしまうようなところがある。

絵里子だけでなく、夫もそういう意味で言えば、絵里子と似た人間なのかもしれなかった。長い結婚生活において、絵里子と夫は互いに激しい感情のやりとりをしたことがない。そうなる前にどちらかが相手の気持ちを汲《く》んで（多くの場合は絵里子だったが）、事が大きくなる前に、静かに収まっていった。絵里子はその状態を「夫婦仲はうまくいっている」と認識していた。

今の絵里子の気持ちを顕微鏡で拡大していけば、それは確かに怒りという感情になるのかもしれなかった。けれど、絵里子はその感情を持てあましてしまう。夫が風俗に行っている、と仮定して、自分のどこかに非があったのじゃないか、と、まず考えてしまうのが絵里子だった。風俗に行くほど、仕事のストレスをためていたんじゃないか、それに自分は気づかなかったんじゃないか、と。カードを手にしたあの日から、機械的に家事を片付けながら、絵里子の頭のなかにそんな思いが浮かんでは消えていった。

明日は同窓会で、今日はお昼前から美容院に行くと前々から伝えてあったが、夫や萌が起きてくる気配はない。朝食兼昼食さえ用意しておけば、それぞれ勝手に食べるだろうと、絵里子は二人分の焼きそばとスープを作り始めた。鍋《なべ》に湯を沸かし、野菜を切る。同窓会に行くのも久しぶりだ。高校のときの同窓会で、中学や短大のときより、頻繁《ひんぱん》に開かれているようだったが、絵里子が出席するのはずいぶんと久しぶりのことだった。高校のときにいちばん仲の良かった内藤詩織《ないとうしおり》に誘われたことも大きかった。

詩織に会えるなら行ってみたい。詩織は絵里子と同じ高校から大学の英文学科に進んだが、絵里子が短大のときに一度、会社勤めをしているときに一度、詩織と二人で海外旅行に行ったことがある。中学まで親の仕事の都合で、海外で過ごすことの多かった詩織は、英語とフランス語とスペイン語が堪能だった。絵里子にとって、初めての海外旅行だったパリも、その次に訪れたヴェネチアも、詩織がいてくれたおかげで臆《おく》することなく旅を楽しむことができた。詩織は顔の造作が派手な美人で、背が高く、スタイルも良かった。高校時代からボーイフレンドが途切れたことがなく、海外でもひっきりなしに声をかけられていた。絵里子自身はモテた経験はないのに、地味な自分でも詩織のそばにいると、なんとなく女としての自尊心が満たされてくるのが不思議だった。

絵里子は二十五で結婚し、詩織は三十で結婚した。けれど、詩織の結婚生活は一年にも満たなかった。それからずっと独り身を通してきたが、会うたび、違う男の人を連れていた。絵里子が三十二で萌を産んでからは、それほど頻繁に会うことはできず、手紙やメールのやりとりをするくらいで、実際に会ったのは片手で数えるくらいしかなかったが、今は広尾に輸入下着の店を一人で構えている。

〈絵里子、萌ちゃんの子育てもう終わったんでしょ？　だったらもっと頻繁に会おうよ。次の同窓会には絶対においで。一次会だけさっと顔出して、二人でお酒でも飲もうよ〉

詩織からのそんなメールに背中を押されて、絵里子は同窓会に行くことを決めた。風俗のカードを見つけたのは、同窓会への出席を決めた後のことだったが、絵里子は気分転換をしたかった。マンションとパート先とスーパーマーケットの三カ所をぐるぐると回っているだけの生活にうんざりしていた。ここしばらく電車にも乗っていない。悶々《もんもん》とした気分を変えるために、同窓会会場のホテルがある新宿に行きたかったし、詩織の顔を見たかった。

食事を作り終えると、もう午前十一時近かったが、夫と萌が起きてくる気配はない。

「美容院に行ってきます。夕飯前には帰ります」とメモを書いて、絵里子は家を出た。

美容院に自転車で向かう。いつもは家でしている白髪染めも、今日は奮発して美容院でやってもらうことにした。絵里子の髪を担当してくれている茂木《もぎ》さんという若い女性が、髪の毛の色見本を持ってくる。

「今より少し明るめにしても、軽い感じになってお似合いになると思いますよ。このあたりとか……」と茂木さんが、二つ折りファイルに貼られた毛束を絵里子に示す。焦げ茶と茶色の間くらいで、普段、絵里子が買っている市販の白髪染めより、ずいぶんと色が明るい。これじゃパート先で目立ちすぎる。

「ううん、もう少し目立たないほうがいいかな。それで白髪がしっかり隠れれば」

茂木さんが示したのより、もっと濃い色を絵里子は示す。茂木さんは、わかりました、と笑って言ってくれたが、美容師にとってみれば、冒険をしない、つまらない客だろう。

若い頃は違った。少なくとも結婚するまでは。

美容院ですすめられた髪型に挑戦してみたし、派手なパーマや髪色にして失敗したこともある。あの頃は、髪型を変えることで違う自分が見られるんじゃないかと、わくわくした気持ちがあった。髪が自分を美しく見せてくれるとか、違う世界に導いてくれるかもしれないとか、そんな幻想はもうない。今はとにかく現状維持できればそれでいい。

茂木さんに髪を染めてもらいながら、目の前にいくつか置かれた本のなかから一冊を選び、開いた。この美容院では女性誌を出されることはない。写真集や画集、多分、スタッフの趣味で集めたものなのだろうが、それを見ることは絵里子の楽しみでもあった。手にしたのは一冊の洋書で、フランス語でタイトルが書かれているが、絵里子には読めない。表紙は白髪をボブに切った、絵里子とそう年齢の変わらない女性の横顔だった。ページをめくると、出てくる女性は皆、白髪だ。Age 56とか、Age 62とか、ページの右端に年齢が示されている。ショート、ボブ、ロング、アップスタイル。白髪に、レッドやピンクの鮮やかな口紅や大ぶりでカラフルなアクセサリーが映える。自分より年齢が上なのに、女の絵里子から見ても色気があるし、どこかしら女としての現役感に溢れている。日本だと、年を重ねれば重ねるほど、染めることや伸ばすことをやめて、無造作な短髪にしてしまう人がほとんどなのに、写真の女性たちには、何かをあきらめたりしている様子はない。自分の意志で、メイク、洋服、アクセサリーを選んでいる。

「その本、素敵ですよね」

熱心に見ている絵里子に気づいたのか、茂木さんが絵里子の背後から声をかける。

「ほんとうに素敵……」

それは絵里子の心からの言葉だった。

「その本を見て、うちのお客さまでも、白髪染めやめるっていう方もいるんですよ」

「え、そうなの」

「はい。もちろん段階を踏んでいく必要はありますし、それなりに髪の毛のケアもしなくちゃいけないんですけど……酒井さん、興味あります?」

茂木さんが人なつっこい笑顔を絵里子に向ける。絵里子はしばらく考える。自分はまだ、ここまで思い切れない。

「うーん。私は勇気がないなぁ……」

「ですよね」

「でも、なんか、こういう年齢の人が素敵だと、なんだか元気でるわね」

「うちはいつでもできますから、もしご希望でしたらおっしゃってください」

茂木さんの言葉に頷《うなず》き、絵里子はもう一度、最初から本のページをめくった。明日、同窓会で会う詩織が、この本のどこかのページにいるような、そんな気がした。


新宿駅の西口ってこんなだったかな。

絵里子は履き慣れないハイヒールの踵の痛みに耐えながら思った。

都心に出る場合、絵里子が住んでいる町を通る私鉄の終着駅は渋谷なので、どうしても渋谷に出る機会が多くなる。新宿駅で降りたのは何年ぶりだろう。スマホで場所を確認してから、ホテルの方角に歩きだす。変わった風景はたくさんあるけれど、弧《こ》を描くようなタクシー乗り場や、中央がぽかりとあいて空が見えるところなどは、絵里子の記憶のなかにある新宿駅の西口のままだ。

短大を出て、住宅メーカーでＯＬをしていたときは、新宿支店に配属されていたので、このあたりには思い出も多い。地上に出れば、絵里子が勤めていた支店はまだあるはずだ。ランチや飲み会で訪れた店も残っているかもしれない。もう三十年も前になるのね。そう思った途端に、自分がひどく年をとった気分になる。

道なりにしばらく進むと、同窓会の会場であるホテルの入り口が見えてきた。時間はまだ早い。化粧を直しておこうと、絵里子はホテルに入り、まっすぐに化粧室に向かった。化粧室にはマンダリンオレンジのような柑橘《かんきつ》系の香りが漂っている。コートを脱いで、洗面所の反対側にある化粧スペースの椅子《いす》に絵里子は腰をかけた。ハイヒールを脱いでみると、やっぱり踵が赤くなっている。慣れない靴は履くものじゃないわ、と思いながら、靴を再び履く。絵里子は化粧道具を入れたポーチをハンドバッグから取り出した。あぶらとり紙で額や鼻をおさえ、プレストパウダーをはたく。もうすでに落ちかかっている眉とアイラインを描き直し、ベージュピンクの口紅を塗った。今日のこのメイクが絵里子にとってのフルメイクだ。パートに行くときには、アイラインも口紅も使わない。

「ママ、なんか、ちょっと地味すぎない？」

出かけるときにそう言った萌は、マスカラと頬紅を絵里子に貸してくれた。

萌に言われるまま使ってはみたものの、マスカラを塗った睫毛《まつげ》はなんだか重いような気がするし、頬紅を塗った顔は絵里子にとっては派手すぎた。こんな顔でどうしようと思ったまま電車に乗ったが、頬紅はホテルに来るまでに落ちてしまったようで安心した。

洗面所にも化粧スペースにも、絵里子以外に人はいなかった。椅子から立ち上がり、全身を鏡に映してみる。黒の、体のラインを隠すようなワンピースに、コットンパールのネックレスにイヤリング。ハイヒールも黒だ。昨日、美容院で染めた髪は自分でおだんごにまとめた。絵里子なりにおしゃれをしたつもりでも、どこか冠婚葬祭の雰囲気がある。ふいに、昨日、美容院の写真集で見た白髪のマダムたちを思い出す。髪がまっ白でも、マダムたちはたくさんの色を自在に身にまとっていた。いつかあんなふうに年を重ねられたら。絵里子はあまりにもあの写真集が気にいってしまい、茂木さんにタイトルをメモしてもらった。パート代が入ったら、萌に頼んで買ってきてもらおう。

　そのとき、靴音もなく一人の女性が化粧室に入ってきた。鏡の前に立つ絵里子の後ろを通り過ぎて、トイレの個室に入っていく。オレンジや赤、暖色の大きな花柄の体のラインがはっきりとわかるミニワンピースに、ごつい黒のワークブーツ、ライダーズジャケットを袖《そで》を通さず羽織っている。じろじろと見ては失礼だ、と思ってはいるのに、彼女が視界から消えるまで、絵里子は目で追ってしまう。水を流す音が聞こえ、瞬《またた》く間に女性はトイレから出てきた。真ん中で分けた金髪は頬にかかるほどの長さで、耳にかけた左側は刈り上げられていた。大ぶりの黒いイヤリングがよく似合っている。絵里子は視線を外して、自分のポーチをバッグにしまった。こういうかっこいい女の人がいる新宿って都会なんだな、とぼんやり思っていると、突然、背中から声をかけられた。

「絵里子」その声には聞き覚えがあった。

「なに、ぼーっと立ってんの」手を洗いながら、派手な彼女が言う。

「えっ⁉」絵里子が驚くと、彼女が真っ赤な口紅を塗った顔で声を出して笑った。

「幽霊《ゆうれい》見たみたいな顔しないでよ。私だって！　詩織！　声は変わってないでしょう？」

「詩織⁉」もう一度、絵里子は大声を出した。目の前にいる詩織の顔は、絵里子の知っている詩織の顔ではない。どう見ても三十代くらいにしか見えない。ええと、今は令和二年、私と詩織は五十二歳になった。それなのに、詩織の顔だけが昔のままで……そう考えると、現実感が奇妙に歪《ゆが》んで、絵里子は頭がくらっ、とした。

「いろいろいじったんだよ。言ってなかったっけ？」

そう言いながら、詩織は肩にかけたバッグの中から小さなポーチを出し、口紅を塗り直した。

「たるみとか、皺とかさ、一切合切、去年、手術して」

詩織はアトマイザーに入れた香水を手首に吹きつけてこすり合わせ、さらに、耳たぶの後ろにつける。

「今日、絵里子、ゆっくりできるんでしょ。まあ、それはあとで話すからさ」と詩織は絵里子をまじまじと見た。詩織の視線が絵里子の頭から足までをゆっくり上下する。電車のなかなどで、年齢のいった女性が、ほかの女性を値踏みしている視線に出くわすことがある。そういう光景を見ると、あれだけはやめておこうと思うが、同じことをさっき詩織に対して絵里子もやった。そして、今度は自分が詩織に見られている。こういうところは顔を若くしても、五十二、という年齢の呪縛から解き放たれることはないのだ、と思いながら、絵里子は詩織の視線の動きに耐えた。

「うん。なんか、絵里子は変わんないね。安心した。幸せそうだし」と、詩織は言って、絵里子をハグした。絵里子より頭ひとつ大きい詩織の体から、スパイシーでエキゾチックな香水の香りがする。ハグされたまま、絵里子は、詩織はこんなことをする人だったっけ？　と戸惑った。確かに詩織は派手な美人だったが……。

早めに会場に入り、壁際の椅子に座った絵里子と詩織は、見るともなしに、やってくる同級生たちを見ていた。

「あっ、西《にし》さんは顔、レーザーやってる。フォトフェイシャルかな。それに歯もホワイトニングしたね」

「大久保《おおくぼ》さんはリフトした。間違いない。瞼と目の下のたるみも取ったね」

「んん、赤瀬川《あかせがわ》君て、禿《は》げてなかったっけ？　増毛でもしたのかな」

「伊藤《いとう》君、あれは絶対、腹筋割れてるわ。ライザップ系の食事制限と筋トレだ」

詩織は誰か一人来るたび、絵里子に耳うちする。

「松江《まつえ》さん、下着のサイズが合ってなーい。背中のお肉、段々になってるじゃん」

「ねえ、なにあれ、ペールピンクのミニワンピースって。お嬢さんて言うよりもはや老婆だよ」

同級生の誰が、どこをお直ししたか、体のどこを変えたのか、あるいはどこがダメなのかを、詩織は絵里子に逐一教えてくれる。絵里子が同じ人間を見ても、綺麗になったな、とか、痩《や》せたな、くらいしか、わからないのに、詩織の意見は具体的でストレート過ぎた。会場に入ってきた同級生の幾人かは、絵里子の顔を見つけると、「あ！」という顔をして、近づいてくる。

「わあ、絵里子、久しぶり！」

「ほんと、何年ぶりだろうね」

「絵里子、変わらないね」

「そんなことないよ」という当たり障りのない会話のあと、皆、絵里子の隣にいる詩織を見て、「この人は誰だろう？」という顔をする。その視線に気づくと、

「私、内藤詩織だよ。顔、整形したから、わからないでしょう？」

と、詩織は自ら、今の自分についてカミングアウトした。

「え、詩織⁉ すっごい綺麗！」と感想を無邪気に伝える同級生もいれば、

「詩織……いったい、どうしたの……」と言ったまま黙ってしまう同級生もいた。

確かに、五十を過ぎた人間が集まる今日の同窓会で、詩織の存在は浮いていた。詩織が言うように、さまざまな施術を顔や体に施《ほどこ》していても、誰もが皆、かすかな老いを背負っている。絵里子だって同じようなものだ。多少、若作りの服装をしていても、一生懸命ドレスアップしても肩や腰の丸みはやはり隠せない。三十代の顔をして、誰とも似ていないファッションをしている詩織だけが、この会場でたった一人の異分子だった。

「あー、あの二人、今夜あたり、できちゃうかもね」

シャンパングラスを手にした詩織が会場の奥を指さす。

詩織がさっき、腹筋が割れていると言った伊藤君と、レーザーをやってると言った西さんが、二人だけで話しこんでいる。確か二人とも既婚者だったはず。そう言われてみると、二人がただの同級生というだけでなく、男女の関係に見えてくるのが不思議だ。

「同窓会なんて、そんな目的でもなくちゃ、だるいだけの会だもんね」

そう言いながら、詩織は黒いネイルの塗られた指で、キャビアの載ったカナッペをぱくり、と口に入れた。

同窓会で始まる不倫なんて、小説や週刊誌の記事だけの話かと、絵里子は思っていた。けれど、自分が今日この会場に来る同級生の男性を意識しなかったか、と問われれば、答えはNOだ。つきあうことはできなかったが、好意を持っていた男子はいた。石井《いしい》君。もしかしたら石井君が来るかも、と考えて、ほんの少し、気持ちが浮き上がったのは確かなのだ。背が高く、サッカー部で、いつも皆の中心にいて笑っていた。石井君のことが好きだった女子だってたくさんいた。

絵里子は、詩織の隣に座ったまま、目だけを動かして、石井君を探した。会場入り口で渡された名札を皆、胸につけている。そのとき、会場の真ん中あたり、男女合わせて五人くらいで立ち話をしているグループから大きな笑い声が上がった。絵里子はそのメンバーに目をやる。白髪のやや背中が丸くなった男性の胸に、石井、とある。老人のように見えるわけでも、みすぼらしい服装をしているわけでもない。それなのに、高校生のときのように、胸はときめかない。石井君はもう石井君ではなく、確かに五十代の男性なのだ。絵里子の夫のように、枕カバーからは加齢臭だってするだろう。人のことは言えない。高校時代を知っている誰かが今の自分を見れば、おばさんになったね、としか思われないだろう。多少、着飾ったところで、どんぐりの背比べなのだ。

「私、ここにいるからさ、絵里子、話したい人と話しておいでよ」

詩織は小さな鏡でアイラインの滲《にじ》みを確認しながら言う。

そうは言っても出席者が十五人にも満たない会で、来ていない人も多い。病気で亡くなった人も二人いると聞いた。少人数のグループで、話が盛り上がっているが、絵里子には、そこに飛び込んでいく勇気もない。自分は詩織に会いに来たようなものなのだ。

「詩織、もう、出ようか？」そう言ったのは意外にも絵里子のほうだった。

「いいねえ。まだ早いから、上のラウンジで何か食べながら飲もうか」詩織が白い歯を見せて笑った。顔が変わっても笑顔というのは変わらないものか、と絵里子は思った。

同窓会会場よりも高層階にあるラウンジからは、新宿西口の街が見下ろせた。高いところから見下ろすと、関東平野というのは、名前のとおり、どこまでも平らな土地が続く場所なのだとつくづく思う。その遥《はる》か彼方《かなた》まで、建物が密集する光景が続く。それを見ていたら、絵里子は自分のこめかみのあたりがどんよりと重くなってきたのを感じた。

詩織はメニューを開いたまま言う。

「シェアして食べよう。カプレーゼに、合鴨《あいがも》のロースト、大アサリのパン粉焼き、ペンネ・アラビアータは大丈夫？」

「あ、私、今、辛いものはちょっと」

「あれ、そうだったっけ？　あとチーズの盛り合わせと、ワインは白がいいな。あんまり甘くなくて料理に合うのを適当に選んでくれる？」

ウエイターにメニューを返すと、詩織はバッグの中から出した電子タバコをくわえたが、店員の視線に気づいたのか、「あ、これもここはだめなのか」と、ため息をついた。

「どこもかしこも禁煙、禁煙て。喫煙者をそんなにいじめなくても」

そう言いながら、詩織はグラスの炭酸水を飲む。その顔を絵里子はじっと見てしまう。

絵里子の視線に気づいた詩織が言う。

「顔、慣れないよね。私もそうだったもん。どうぞ、じっくり見て」

そう言いながら顎を上げる。加齢によってできるはずの皺やしみが、詩織の顔からは綺麗に消えている。顔だけではなく、首にも皺はない。顔の造作は確かに詩織のままなのだ。けれど、普通の人にある左右の目のアンバランスさ、とか、かすかな口のゆがみ、とか、自然な不自然さ、というものが詩織の顔には一切ない。その完璧さが絵里子の気持ちを不安定にさせる。

「痛かった？」

「最初の一週間はね。私の顔どうなっちゃうんだろうって、怖くて泣いてたよ。いろんなことをいっぺんにやったから」

やってきたチーズの盛り合わせの皿に詩織が手を伸ばす。

「でも、勇気あるなあ……」絵里子もフォークで自分の皿にチーズを取った。

詩織はグラスに注がれた白ワインをまるで水を飲むように口にしてから言った。

「大失恋したんだ。若い女に。それがきっかけだった」

「女の人⁉」

絵里子は心のなかで叫んでいたが口には出さなかった。

テーブルには詩織がオーダーした料理が次々に運ばれて来る。詩織はまず絵里子の皿に料理を取り分け、自分の皿にも載せた。おなかが空いているのか、すぐにフォークを手にとって食べ始めたが、その様はあくまでもエレガントだ。そうだった。詩織はいつも綺麗に食事をする人だった、と絵里子は若い頃の詩織の姿を今の詩織に重ねた。

「驚いた？」

「うん、少しね……」

少し、というよりは、かなり、なのだが、そうは言わずに詩織が皿に分けてくれた料理を絵里子も口に運んだ。絵里子が家で作る料理は、ほとんど和食だ。ガーリックやハーブをたくさん使った料理は、いかにも外で食事をしているという香りと風味がする。低下気味だった絵里子の食欲もほんの少し戻ってきたような気がした。

詩織は自分のワイングラスにワインを注ぎながら絵里子に問いかける。

「私、女が好きな人間なのよ。気持ち悪いでしょう？」

「そんなこと思わないよ。……だけど、詩織、結婚だってしていたじゃない？」

絵里子はアサリの身をフォークで取りながら答えた。貝柱の部分がうまく取れない。その様子を見かねたのか、詩織は笑いながら絵里子の皿のアサリを自分の皿にうつすと、ナイフで器用に切って詩織の皿に戻してくれた。

「あの頃は自分がそうだなんて、気づいてもいなかったんだよね。離婚のときは、旦那が一方的に悪いって責めたてたけど、今考えたら悪いことしたと思う」

そう言って笑う詩織の歯は綺麗にホワイトニングされて、ひとつひとつが真珠《しんじゅ》のように輝く。きっと矯正もしたのだろう。若い頃目立っていた八重歯もほかの歯と同じように並んでいる。

　詩織の元の夫には絵里子も会ったことがある。外資系の化粧品メーカーで営業をしている人で、高学歴、高身長、高収入、今ではめったにそんな言葉も聞かないが、昔流行った〝三高〟を絵に描いたような人だった。真っ白いウエディングドレスに身を包んだ詩織はためいきが出るほど美しかった。結婚後に詩織が住んでいた高層マンションにも何度か行ったことがある。インテリアも、食器も、窓から見える景色も、その頃の詩織のセンスで選ばれた極上のものだった。詩織の元の夫だって、絵里子から見れば優しくていい人だった。絵里子もその頃には結婚はしていたが、夫も、その当時住んでいたマンションも、まったく勝負にならないわ、と心のなかで苦笑したことを覚えている。

　そんな結婚も一年も経たずに破綻《はたん》してしまった。「性格の不一致」と耳慣れた言葉で詩織は説明したが、離婚してすぐ、新しい恋人ができたことを知らされて、ああ、詩織は一生、男の人にちやほやされて暮らしていくのだろうと思っていた。それなのに、なぜ。

「最初に気づいたのはセックスだったの」

　詩織が白ワインをぐいっと飲み干して言う。セックスという言葉に絵里子はどぎまぎしてしまう。セックスという言葉さえ、自分は今まで発したことがないのではないか。

顔が赤くなってくるのは昼間に飲んでいる白ワインのせいだけではないような気がした。

「男と女のセックスってさ、結局はどうやっても、最後は男に屈服した形になるじゃない？　形っていうのは概念とかじゃなくて、実際、男の体の下に組み敷かれて……、私はこう見えても、変なプレイとかには興味ないのよ。男としていたときは、……まあ、キスして触りあって、いろんな体位でやったあとに最後は正常位で終わる、みたいな。絵に描いたような、ごく普通のセックスをしていたの。たいていはそんなもんでしょう？」

そう聞かれて絵里子はチーズのかたまりが喉《のど》に詰まりそうになった。確かに詩織の言うとおりだ。自分がしているセックスのことを言い当てられた気がして、絵里子は慌ててチーズを白ワインで飲み下した。

「男の体の下で声をあげて、たいして気持ちが良くもないのに、いったふりして。私もそれが正解だと思っていたから、疑いもしなかったんだよね。誰に教えられたわけでもないのに、祭りのかけ声みたいにわざとらしいあえぎ声出してさ」

詩織が声を出して笑う。詩織の声は大して大きくはないが、隣のテーブルでは、自分たちより年齢が上に見える老夫婦が静かに食事を楽しんでいる。この会話が彼らの耳に届かないだろうかと、絵里子は不安になった。

「そんなもんなんだ、と思っていたんだよね。恋愛なんてこんなものだろう、セックスなんてこんなものだろう、って。なんとなく子どもの頃からの刷《す》り込みってあるじゃない？ その刷り込みを自分なりにやってみたってだけで、心なんて全然ときめいてもいないし、置いてけぼりだったんだよ」

うん、と絵里子は頷いた。返す言葉はないが、詩織の話をしっかり聞いている、という意思表示のつもりだった。詩織は合鴨のローストをナイフとフォークで小さく切り分け、口に入れた。咀嚼する間、顔を上げ、窓の外に目をやる。絵里子は聞いた。

「その……好きになった女の子ってどんな人だったの？」

詩織が絵里子に静かに笑いかける。ぴん、と張った肌には毛穴ひとつない。今、詩織に見られている自分の顔はどんななんだろう、と考えると、絵里子はかすかに憂鬱になった。

「……一昨年かな。私の店に来てくれたお客さんだったの。一度、来てくれたら、それから、何度も通ってくれるようになって。若いのに、彼女が選ぶ下着ってすごいセンスがいいの」

「お客さん……」

非難するつもりなどさらさらないが、絵里子の言葉にひそむかすかなニュアンスを詩織は敏感に感じとったらしい。

「お客さんにそんな気持ち持ったの、その子だけよ。いくら下着屋だからって、お客さんをそんな目で見てはいないよ」

うん、と絵里子は黙って頷く。

「だけど、そのときは……」

詩織がまた窓の外に目をやる。

「どうしようもなく恋に巻き込まれちゃったという感じ……」

夕方に近い時間になってきたせいか、日曜日のラウンジには次第に人が増えてきた。絵里子がまわりを見渡すと、皆、笑顔を浮かべながらお酒や食事を楽しんでいる。そのとき、ふいに、自宅で自分が用意した夕食を食べるはずの夫と萌の顔が浮かんだが、絵里子は強引に頭の外に押しやった。今は、詩織の恋の話を聞いていたい。

「最初は本当にお客さんだったのよ。私の店のお得意さま。だけどね、その子が店に来ない日もその子のことを思い出してる自分に気づいちゃったんだよね。ふっと気が抜けたときなんかに。仕事終わって、一人寂しくワイン飲みながら、自分が食べるだけの料理作ってると、あの子は今何しているのかな……なんて思ったりしてさ」

詩織が口元をナプキンで拭う。さっき真っ赤に塗られていた口紅は、食事でだいぶ剝げていたが、そのせいだろうか、詩織の顔はなんだか穏やかに見えた。

「最初は私にとってはただのお客さんだったのよ。それは信じてくれる？」

「もちろん」

絵里子はそう言って白ワインを口にした。水のようにワインを飲む詩織につきあっていると、ついついワインを口にしてしまう。絵里子はそれほど酒に強くない。けれど、今日くらい、少しは酔ってもいいじゃないか、と思う自分もいた。

「最初はただ、その子のことをいい子だな、センスのいい子だな、って本当にそれだけだったの。だけど、そのうちね……」

詩織がまた、ワインを口にし、絵里子に顔を近づけて、ひそやかな声で言った。

「一人エッチなんかしているときに、その子のことが浮かぶようになって」

絵里子は息をのんだ。絵里子が知っている詩織はここまであけすけに性を語る人ではなかった。同性への恋か、整形か、何が詩織を変えたのだろう。詩織が口にしたセックスという言葉より、一人エッチという言葉のほうが絵里子の羞恥心を激しく刺激した。絵里子はただ黙って詩織の話に聞き入る。

「試着でその子の裸は見たことがあるわけでしょう。浮かぶんだよね、一人でしてると。あの子の胸に顔を埋めたいとか、小さなショーツを脱がしてみたい、とか……。その子のことを考えてすると、私の体もすごいの……濡れまくるし、すぐいっちゃうし」

絵里子の耳たぶが、かっ、と赤くなる。

「私はそれまで一人でするときは、ネットとかで拾った動画で適当に済ませていたのよ。動画見ながら、ささっ、てさ。女の人だって、そうだよね。男と変わらない。たいていそんな感じじゃない？」

　頷くかどうか迷ったが、絵里子にだってもちろんそんな経験がないわけではない。最近は夫とすらしていないが、もっと若い頃は、いや、つい最近だってそうしたことはあった。夫と萌のいない昼間、一人でベッドに潜って。夫の風俗のカードが見つかる前のことだ。のんきに自分を慰《なぐさ》めていたことを思うと、情けなくもなってくる。

けれど、そういう自分の下半身の事情をどうしても話せない。話す言葉を絵里子は持っていない。学生の頃も働いていた頃も、下ネタを聞かされることはあったが、話の輪に加わることはなかった。詩織が絵里子を見つめている。言葉は返せないが、絵里子が頷くと、ほっとしたような表情になった。

「それまでは男と女がやってるのばっかりだったの。だって、自分は男が好きだと思い込んでいたから。だけど、その子のことが好きになってさ、試しにレズビアン動画とか探してみたら、あれ、私がしたいセックスって、本当はこういうのなんじゃないかと思ったの。つまり、恋もセックスも、対象は男じゃなかったんだよね。それに気がつくまで、三十年もかかってしまった。元の旦那にも悪いことしたなあって」

　詩織が笑ったので、絵里子もつられて笑ったが、詩織が放つ言葉の数々に、どうしようと、どぎまぎしている自分がいる。

「だけどね、それがわかったからって、その頃の自分はどうしていいかわからなかったんだよね。どうにもできないじゃない。相手は二十八よ。五十のおばさんなんて相手にされるわけない。ましてや女で、自分の裸も見られている下着店の店長。だから、彼女への気持ちはなかったことにして、私も努力して冷静にふるまったよ。彼氏がいるって聞いてたから、私が選んだこの下着を、その男に脱がされている彼女を想像して興奮したし、妄想も膨らむばかりだったけどね。彼氏にも嫉妬したりさ……本当にどうかしていたよ。あの頃の自分。顧客名簿があるでしょう。彼女の住んでいるマンションまで行ったこともあったの。犯罪すれすれだよね。というか、犯罪だよね。店が終わって、彼女のマンションまで行って、部屋の灯《あか》りがついているのを見たら、どうしようもなく切なくなってさ……」

　そう言いながら、詩織はナプキンで目の縁をぬぐった。かすかに目が赤い。

「だけど、どうしても我慢《がまん》できなくて、私は下着を売るっていう商売をしている人間として最低なことをしたの。ある日、店に来た彼女が帰る間際に、『あなたのことが好きです』って、言ってしまったのよ。そのときの彼女の顔を思い出すと、本当に今でも胸が苦しくなる。人ってあまりに怖いことを目の前にすると、無表情になるんだよね。さっきまで私に微笑んでくれていた彼女の優しい笑顔はもう見られなかった。買った下着も持たずに、そのまま彼女は店を飛び出したの。追いかける権利なんて私にないよね。気持ちの悪いおばさんに一方的に好かれてさ……」

詩織の目から一筋涙が流れた。詩織はそれを拭いもせずに、そのままにしている。絵里子は何か言葉をかけたかったが、慰めの言葉も見つからず、黙って、詩織の背中に手を触れた。詩織はずいぶん痩せたのか、肩甲骨の出っ張りが手のひらに触れる。

「その日以来、彼女は店に姿を見せなくなった。当たり前だよね。それからは心に誓ったの。自分は女が好きだって気づいたけれど、店のお客さんには絶対に手を出さないって。誓って本当よ、それは信じてくれる？」

「もちろん信じてるよ」

絵里子は詩織の背中を撫でながら言った。

「だけど、ひどい痛手は負ったのね。その恋愛で。本当に恋って、年齢が上に行くほど、やっかいだって実感した。離婚のときの苦しさなんて、蚊《か》に食われるようなもんだったわ」

詩織が乾いた声で笑い、グラスにほんの少し残っていたワインを飲み干した。詩織は絵里子のグラスと、自分のグラスにワインを注いだ。窓からの光に透かされた瓶のなかには、もう中身が残っていない。ほとんど詩織が飲んだけれど、詩織には酔った様子はない。そうだった。詩織は酒に強い人だったと思い出し、絵里子もワイングラスに口をつけた。

「泣いて、泣いて、泣き暮らしてね。店にいても、家にいても、彼女のことを思い出して涙が出てくるの。ひどいのよ。若い女なら、泣き顔が綺麗だったりするじゃない。だけど、私たちくらいの年齢になるとね、瞼の下も頬も涙でぼろぼろになるの。年食った女は美しく泣き暮らすってことも許されてないのね」

　自分と同じ年齢なのに三十代の顔でそう言う詩織の顔を、絵里子はまたまじまじと見た。終わってしまったことなのに、昔の恋を語る詩織を、綺麗だな、と素直に思った。

「それで顔を……」

　絵里子はグラスの水を飲んで言った。詩織が絵里子の顔を見る。もう会って数時間は経つのに、未だに詩織の顔に慣れない自分がいる。

「整形したの?」

　詩織はフォークでチーズを自分の皿に取り、まるで怒りをぶつけているように、それを半分にし、さらに半分にした。

「あの子の記憶のなかにある自分の顔をなくしたかったの」

　詩織はチーズを口に運び、飲み込んでから言った。

「町ですれ違ってもわからないくらいには顔を変えたかったのよ。あの子が怖い思いをしないように。……店をやめることも、どこか違う場所に店を移すことも、一時は考えたよ。だけど、おかげさまで、お得意様もずいぶんといるし、自分で食べていかないといけないし……だから、お店の場所も変えずにそのまま。あの子はもう絶対に私の店には来ないだろうけれど、何かの用事で店のあるあたりに来て、どこかですれ違ったり、万一、店をのぞいたとしても、あの子が見た私はこの世にいないくらいに、私は顔を変えたかったの」

詩織はまだその子のことをどこかで恋しく思っているのではないだろうか。

詩織の話を聞いていると、ふとそんな気になった。

絵里子はもう何年も、恋という出来事に触れていない。詩織のように、涙を浮かべて語る恋も、恋人もいない。夫は恋人ではなく、まぎれもなく家族だ。昔、『恋を何年休んでますか』というドラマがあったけれど、そういう意味では、自分は永久凍土の下に眠るマンモスみたいな存在なのだ、と思った。今の絵里子にとって、恋は永遠に遠い。

恋に身を焦がし、翻弄《ほんろう》され、自分の顔を変えようと思うほどの出来事に遭遇するような人生を送っている詩織とは、もう何もかもが違う。それでも、絵里子は詩織のことが好きだった。

学生時代から続いていて、こんなふうに話をしてくれる友人など、絵里子にとっては詩織しかいない。女が好きだろうと、顔を変えようと、心を開いて自分の本当のことを話してくれる詩織の存在がありがたいと思った。

窓の外は日が傾《かたむ》き、空が薄紫と薄桃色のグラデーションに染まっている。遠くのほうに並ぶ高層ビルの赤い灯りがはっきりと見えるようになった。

その空は、自宅のマンションから見える夕暮れとはずいぶんと違う。こんな時間の空のことをマジックアワーと言うらしいと、いつか萌が話していなかったかな、と、絵里子はぼんやりと思った。久しぶりに飲んだ白ワインのふわふわとした酔いが、足下から全身に巡《めぐ》ってくるような気がした。いつもは言わないようなことがふいに口をついて出てしまった。

「お金もずいぶんかかったでしょう？」

　詩織はバッグの中から取り出した、折り畳み式の手鏡で自分の目元を確かめている。そう聞いてはみたものの、ずいぶんと失礼なことを言ってしまったのではないかと絵里子は心の中で激しく後悔した。けれど、詩織はまったく気にする様子はない。そんなぶしつけな質問を今まで何度も受けてきたんじゃないかと、絵里子は思った。

「そうねえ……絵里子に言ったらぎょっとするような額よ。でも、たくさんお金払って、私もあの子のことを少しは忘れられたような気もするな。離婚の慰謝料じゃないけれど、誰かときっちり縁を切りたいときは、お金をたくさん払ったほうがいいんじゃないかな。身銭を切るって、本当はそういうことなんじゃない」

　そう言われて、すぐに絵里子の頭のなかに浮かんだのは、今の今まで頭の隅に追いやろうとしていた夫の風俗店のカードのことだった。あのカードが夫のもので、夫が風俗に通っているとして、いったい夫は今までいくらのお金をそれに費《つい》やしたのだろう。

銀行口座に振り込まれる夫の給与を、絵里子は生活費として使っていたが、老後の貯蓄は多ければ多いほどいいはず、と、絵里子なりに節約を心がけてきた。

夫は自分名義のクレジットカードを持っているし、仕事上のつきあいも多いだろうと、生活費のなかから、夫の交際費として比較的多めの金額を割り当ててはいた。夫が稼《かせ》いできたお金なのだから、夫が自由に使う権利がある。

けれど、それが風俗となると、絵里子にはやはり納得がいかない。

ふいに、万一、夫が誰かと不倫していたとして、風俗とどちらが嫌だろう、と考え始めようとする自分を、絵里子は全力で止めた。不毛で答えのない自虐的な問いだ。人より敏感とは言えない自分でもそれくらいのことはわかる。

「ねえ、絵里子、今日はもう少し時間大丈夫なんでしょう？　私の家に来ない？　ここよりゆっくりできると思うよ」

そう言う詩織は絵里子の返事も聞かず、会計伝票を手に立ち上がろうとしている。

「ここは私のおごりね。私ばっかり話しちゃったし」

「え、やめてよ、そういうの。半分にして」

絵里子が自分のバッグから財布を取り出そうとすると、

「どっちが払う、って会計前にもめるのは老化の証だよ。あれ、みっともないからさ。絶対に二人の間ではやめようよ。ここは私が一人でワイン飲んだようなものだし」

そう言うと詩織は黒いライダーズジャケットを手に早足で歩き、さっさと会計を済ませてしまった。確かに、ごくたまに、パート仲間数人と、夕飯前にファミレスでお茶を一杯飲んで帰ることもあったが、そういうときは一人ずつ会計をするようにしていた。それが皆の納得する形ではあったが、小銭をまごまごと出していると、後ろに並んでいる男性客に、もたもたすんな、と言いたげな厳しい視線を投げかけられることもある。自分より年齢が上の、十人近い老人たちのグループが、自分たちと同じように一人ずつ支払っているのを見て、絵里子自身がいらいらしたことだってあった。

「絶対に二人の間ではやめようよ」

言われてみれば、確かにそうだ。同い年とはいえ、自分よりずいぶんと若くなった詩織にそんなみっともないことをさせたくはない。

けれど、やはり絵里子は感じてしまう。詩織のことは大好きだけれど、顔を変え、女が好きだと言い、自分がめったに来ることのないホテルのラウンジの支払いも迷うことなく済ませてしまう詩織との距離を。

同じ高校に通っていたときは、同じ制服を着て、同じ校舎で学び、自分とそれほど変わらない人生を歩いていたはずなのに、三十年以上の月日が、絵里子と詩織だけでなく、今日このホテルに集まった同級生すべての人生を大きく変えているのだろうと。それを考え始めると、めまいすら感じる。

だって、高校生のときは、五十過ぎた自分なんて想像もしなかった。

急降下していくエレベーターの中、たくさんの人に押され、詩織だけ、奥に追いやられてしまった。入り口近くに立っている絵里子のところからは、エレベーターの内側の鏡に映った詩織の顔がよく見える。スマホを手に俯《うつむ》く姿を見て、私たちが同級生で同い年だなんて信じてくれる人はいないだろう。自分の顔が目に入る。ホテルにちょっとおしゃれしてやってきたおばさん。それが現実の今の自分だ。絵里子にとって詩織はかけがえのない友人だけれど、おばさんみたいな自分とさっきまでいっしょにいて、詩織は恥ずかしかったり、退屈じゃなかったのだろうかと思った。

「タクシーで行こう」

そう言って、さっきと同じように絵里子の返事も聞かぬまま、詩織はホテルの入り口に停《と》まっていた車に乗り込む。詩織が耳慣れない住所をタクシーの運転手に説明している。それは絵里子が知っている詩織の住所ではなかった。詩織は自分の店のそばに、マンションの一室を持っていたはずだ。

「あれ、引っ越したの？」

「引っ越したというか、前のマンションはそのままあるのよ。とはいっても今は、半分は店の倉庫みたいになっちゃったけど。生活の拠点はこっち」

甲州街道をしばらく走り、車は詩織が誘導する通りに左折し、住宅街の中を進んで行く。左折してからはあっという間だった。絵里子を先に降ろし、カードでタクシー代を払っている。もう、払うつもりだったのに、と絵里子は心の中で歯ぎしりした。

詩織は、絵里子の前を歩き、築数十年以上は経っているように見える古いマンションのガラスの扉を開ける。すでに管理人室のカーテンは閉められ、オートロックすらないマンションはなんだか不安だなあ、と思いながら、絵里子は詩織の後に続いた。ガタガタと音を立てて、エレベーターはゆっくりと上昇していく。

「ボロでびっくりしてるでしょ？　絵里子んとこのマンションと違って」

詩織が絵里子の顔をのぞき込むようにして聞いた。

正直なところ、かなり図星だったが、

「そんなことないよ」と慌てて答えた。

「絵里子は変わらないよね。昔からそう。思ってることがすぐに顔に出る。それなのに、私みたいになんでも思ったそばから言葉にしないよね。まあ、そういうのを思慮深い大人というのか……」

そこまで言うと詩織はつらそうな顔で眉間に皺を寄せた。急に気分でも悪くなったか、と絵里子は不安になったが、

「ああ、煙草《たばこ》、煙草が吸いたい。それにトイレ。膀胱《ぼうこう》がもう破裂しそう」

詩織の言葉に吹きだした。エレベーターが八階に到着すると、詩織は奇妙な体勢で走

り出し、廊下のいちばん奥にある部屋のドアを開けた。鍵《かぎ》を開けた様子はない。誰かがすでに部屋にいるのだ。そのことに絵里子はかすかに緊張し始めていた。

ゆっくりと廊下を歩き、玄関のドアを開けると、狭い三和土《たたき》に詩織が慌てて脱いだワークブーツだけが転がっている。それ以外の靴やサンダルは見当たらない。絵里子は「お邪魔します」と小さな声で言ってハイヒールを脱いだ。スリッパらしきものもないので、いいのかな、と思いながら、ストッキングで部屋に上がった。天井《てんじょう》からの間接照明が照らす短い廊下を進み、リビングらしき部屋の前で足を止めた。

左の壁際に木製の棚がふたつ並んでいるのが見える。その上には写真やイラストの額がいくつかあるが、飾られている物は極度に少ない。棚のなかにも、洋書や写真集が数冊見えるだけだ。

リノベーション物件と言うのだろうか、古いマンションを改装しただけで、すぐ売れる、という記事を絵里子は新聞で読んだことがあるが、ここもそうなのだろう。天井や大きな柱はコンクリートが剝《む》き出しだが、天井のダウンライトや、多分、外国でしか売っていないであろう薄いグレーのアニマル柄の壁紙は、いかにも若い人が好きそうな、流行のカフェのような雰囲気を漂わせている。

「絵里子ー、勝手にやってていいからねー。ソファでもどこでもくつろいでー、休んでー」

トイレか洗面所だろうか、通り過ぎた廊下脇のどこかの部屋から詩織の声がする。

絵里子は遠慮せず、足を進めた。鮮やかなフューシャピンクのカーペットの上に黒い木のローテーブルがあり、それを囲むようにしてL字型のソファがあった。その上には、キリム柄のクッションがいくつか。そして、それを枕にして寝ている子が絵里子の視界に入った。

絵里子は最初、男の子かと思った。パーカのフードをすっぽりとかぶり、顔はほとんど見えない。ジャージを穿いた足は細く長い。腕を組んでいるから、胸の膨らみはほとんどわからない。ふと、中学生のときの萌が、こんな体をしていたことを絵里子は思い出した。体そのものが薄いのだ。肉の重みというのを感じさせないほどに痩せている。深く眠っているのか、さっきの詩織の大声にも絵里子が部屋に入ってきたことにも気づいてはいない。

　あまりに無防備すぎやしないだろうか。絵里子はその寝姿を見て、不安に思う。どこかでドアが開かれる音、さらにドアが閉まる音が続き、詩織の声が近づいてくる。

「絵里子、おなか空いてない？　簡単なものなら作るよ。それとも、あったかいコーヒー？　紅茶がいいかな？」

振り返ると、詩織はタオルで出来たヘアバンドで髪を上げ、すっかりメイクを落としていた。眉毛も口紅も消えてしまったが、整形したとはいえ、素顔の詩織のほうが、絵里子にはまだ身近に思えた。

「あら、やだ、この子、また、こんなところで寝て。やあねえ」

そう言いながら、詩織は再び廊下を歩き、どこかの部屋のドアを開け、畳んだ白い毛布を手にリビングに戻ってきた。いかにも柔らかそうな毛布をそっと、寝ている「その子」にかける。まるで母親が自分の子どもの世話を焼くように。

「今の彼女なの」

詩織は毛布の上から、彼女の体を優しく、いかにも愛《いと》おしいもののように撫でながら言う。

「とにかく絵里子、座って、紅茶でいいかな。私は甘いチャイが飲みたいんだけど、絵里子もそれでいい？」

うん、と頷きながら、絵里子はソファに寝ている彼女から、なるべく遠いところに座った。やたらに若く見える「その子」は詩織の「彼女」なんだ、と絵里子は改めて思った。

詩織の作ってくれたチャイは、どこかほっとする味がした。スパイスが香る、ほどよい温度のチャイがおなかのなかにすべり落ちると、体全体が温まってくる感じがする。

絵里子も家でチャイを作ったことがある。けれど、ミルクパンにこびりつく牛乳の膜がいくら洗ってもきれいに取れず、二、三度作っただけでやめてしまった。意外に手のかかるチャイを丁寧《ていねい》に作って、こんなふうに自分にふるまってくれる詩織の余裕を、絵里子はうらやましく思った。

詩織はソファの前に敷かれたカーペットの上に座って、絵里子と同じ北欧風の青い柄のマグカップを手にしていた。

「いい？」と紙巻き煙草の箱を絵里子に掲げて見せる。

「もちろん」

絵里子は即答した。ここは詩織の家なのだから。

詩織は緑色のパッケージの箱から煙草を一本取り出し、ライターで火をつけた。深く吸い込むと、煙草の先がじじ、と音を立てた。

「電子タバコじゃだめなんだよねえ。やっぱり紙巻きの、体にずどん、と重いものが来る感じ。いかにも体に悪いですよ、っていうのがないと」

そう言いながら、詩織はおいしそうに煙草を吸う。

なつかしい香りだ、と絵里子は思った。絵里子自身も夫も煙草を吸わないが、絵里子の母は、絵里子が子どもの頃から喫煙者だった。幼い絵里子にとって母は、いつもコーヒーと煙草のにおいがする人で、詩織の吸う煙草の香りを嗅《か》いでいたら、自動的に絵里子は母のことを思い出した。週に一度は電話がかかってくるが、今のところは元気そうだ。二度目の再婚相手ともうまくいっているのだろう。

絵里子が短大を出て就職した翌年、絵里子の両親は離婚した。中学生になった頃から、薄々、父と母との間はうまくいっていないのだろう、と思ってはいたが、離婚すると聞かされたときは、やはり驚いた。母はその一年後、最初の再婚をしたが、結婚生活は長くは続かなかった。

「誰と結婚しても結局は同じなのよね。もう結婚はこりごり。一人でいいわ」と言っていたにもかかわらず、再婚相手との離婚から五年後、母は二度目の再婚をした。母は五十四歳になっていた。母が二度目の再婚をしたのは、今の絵里子よりも年を重ねたときなのか、と思うたび、絵里子は愕然《がくぜん》とする。万一、今の年齢で自分が離婚したとして、そのあと、自分と結婚をしたい、と言ってくれる誰かがあらわれるとは到底思えなかった。やはり、それは、母が美人だからだろうか。

絵里子は美人の母には似ず、父に顔がそっくりだった。四歳下の妹の芙美子《ふみこ》は母似の美人だ。子どもの頃は、親戚の集まりなどで、「芙美子ちゃんは、かわいいねえ」と賞賛を浴びている芙美子のことがうらやましかった。芙美子は三年前に離婚し、十二歳になる息子を一人で育てている。絵里子の父は、母と離婚してすぐ、肝臓癌《がん》で亡くなった。父が亡くなるまで面倒を看《み》たのは絵里子だった。母は再々婚、妹はシングルマザー。まともな家庭を築いているのは、私のところだけか、と絵里子は思う。まともな。自分から素直に浮かんだその言葉に絵里子は引っかかりを覚える。夫が風俗通いをしているかもしれないのだ。もし、そうなら、自分の家庭はまともだと言えるだろうか。

「疲れた？」

黙ったままの絵里子に気づいたのか、詩織が声をかけた。

「……うん、少しね。都心て、人も多いし、刺激も強くて」

「都内に住んでる人の発言とは思えないなあ。まあ、今日は刺激の強い私の話も聞いたしね」

そう言って詩織は笑い、親指と人差し指で新しい煙草をつまみ出し、口にくわえるとすぐに火をつけた。詩織は煙草をゆっくりと吸いながら、ソファで深く眠ったままの女の子を見つめる。その目は、恋人を見つめている、というより、母親の視線のように思えた。女の子は呼吸をしているのかどうかもわからないくらい、寝息もたてずに静かに眠っている。この部屋に、詩織が作り出す穏やかな雰囲気に、安心しきっているように見える。

「……もう、つきあって長いの？」

「うーん、一年くらいかなあ？　出会ってすぐに暮らし始めてね。あっという間だね、一年なんて」

「あの……その」言いかけて絵里子は言いよどんだ。

ん？　という顔で詩織が絵里子を見る。

「彼女も、詩織の、その、お店の？」

「まさか！　さっきも言ったけど、そんなことしたのは一度だけ。そういう店があるのよ。女同士が出会いを求める店、バーというかクラブみたいなところがあって、そこで知り合ったの」

　詩織のクラブ、のイントネーションは、銀座の「クラブ」ではなく、若者が行くほうの「クラブ」だった。

　詩織はローテーブルの端においてあったノートパソコンを引き寄せ、立ち上げる。起動音が部屋に響いた。キーボードを素早く叩《たた》いて何かを打ち込み、パソコンの画面を絵里子に向けた。絵里子も詩織のそばに座る。パソコンの画面には、女性の首から下、下着など何も身につけていない裸体が映っていた。胸は膨らみ始めた頃のように小さく、腰まわりは子どものように細い。けれど、子どもではないと思わせたのは、綺麗に処理された陰毛の形だった。

「彼女は写真を撮る子なの。セルフヌードね。これは」

　どぎまぎはしなかったものの、自分がこれを見てもいいのだろうか、と絵里子は思った。振り返り、ソファの上の女の子を見た。絵里子が裸を見ているとも知らず眠っている彼女に対して、かすかな罪悪感を覚えた。詩織は絵里子の様子を気にかけることもなく、「ほら」と、モニターの写真の右あたりをクリックする。黒いレースのブラジャーをつけた女性の写真があらわれた。胸の膨らみや、鎖骨の浮き具合で、一枚目と同じ彼女なのだとわかる。

「最初は私の店の、商品の写真を撮ってもらって、それから仲良くなったの。彼女の写真使うようになってから、オンラインショップの売り上げも伸びてね」

詩織の声に屈託はない。いくつかの下着姿の写真が続いた後に、突然、詩織の姿が目に飛び込んできた。笑いもせずに、まっすぐこちらを向いている。デニムを穿いているが、上半身は裸。その胸は丸く、桃のように張りがあった。

「これって……」

「そう、これ、私。胸を大きくしたときに撮ってもらったのかな。記念に」

「胸も？」

「なんだか垂れて貧相だったからね。ヒアルロン酸ちゅーって」

そう言って詩織は指で胸に注射を打つような仕草をした。

「そんなに簡単なもの？」

絵里子はモニター上の詩織の胸を見ながら言った。

「まあ、ヒアルロン酸なんて、時間が経てば少しずつ吸収されちゃうから、また、やる必要はあるけど。絵里子、興味あるなら、病院紹介するよ」

「まさか、まさか」と絵里子は慌てて返事をしたが、目はパソコンの画面の上、詩織の、丸いやわらかそうな胸から離れない。自分の貧相な胸を思い出した。若いときはそれなりに大きさも張りもあったが、萌の授乳が終わった途端、それはしぼみ、下垂した。出産も授乳もしたのだから仕方がない、と自分を慰めてみるものの、裸になるたび、目にする自分の胸に、失望感を味わっていることも事実だ。詩織のように顔を大胆にいじるつもりなど毛頭ないが、簡単にこんなに張りのある胸になれるのなら……。そこまで考えて、もう詩織に影響されてきている、と絵里子は心のなかで苦笑した。

　ううーん、と子どもが昼寝から目を醒ましたときのような声が聞こえた。ソファの上の女の子が眠そうに目をこすったあと、大きく伸びをした。すかさず、詩織が駆け寄り、そばに座る。

「おなか空いてない。何か作ろうか？」

　詩織がそう聞くと、彼女はこくりと頷き、絵里子に目をやった。

「前にも話したことあるよね。絵里子が遊びに来てくれたの」

「こんばんは。突然、お邪魔してごめんなさい」

　そう絵里子が言っても彼女は口を閉ざしたままだ。完全に目覚めきっていないのか、ぼんやりとした目で絵里子を見つめている。その視線は絵里子をとらえているが、なぜ絵里子がそこにいるのかを理解できていない様子だ。彼女は絵里子から視線を外し、ソファの上に身を起こすと、頭にかぶっていたパーカのフードを、真っ赤なネイルが塗られている手で払った。肩まで伸びたまっすぐな黒い髪を耳にかけると、軟骨の部分にいくつものピアスが並んでいるのが見えた。

「ワインか何か飲まない？」

詩織が立ち上がりながら絵里子に尋《たず》ねる。

「ううん、私はもう十分」

「みなもは？」

彼女は黙って頷いた。みなも、というやわらかい響きのその名前が、絵里子はなぜだか彼女の本名ではないような気がした。キッチンから戻った詩織は、ワイングラスではなく、小ぶりなデュラレックスのグラスを二つと、ワインの瓶をローテーブルに置いた。それぞれのグラスになみなみとワインを注ぐと、「飲まないと料理できないんだよね」と言いながら、ひとつのグラスを持って再びキッチンに向かった。

みなもは腕を伸ばし、グラスを手に取ると、ちびりと一口だけワインを口にした。袖をまくったところから見える腕は、真っ白で驚くほど細い。さっき見たみなもの裸が浮かんだ。女性、というよりも、どこか少年のような雰囲気がある。キッチンのほうから、詩織が何かを刻《きざ》むリズミカルな音が聞こえてくる。

「おばさんて、詩織の何？」

いきなり、みなもに視線を向けられ、そう言われて絵里子はぎょっとした。

パートをしているホームセンターで高齢の客に、おばさん、と呼びかけられることはあるが、みなもくらいの女性にこんなふうにストレートにおばさんと言われたことはない。萌が小学校や中学の頃、家に遊びに来た萌の友だちにおばさん、と呼びかけられたときは、何の違和感もなかった。自分は確かにもうすっかりおばさんなのだが、詩織の彼女におばさんと言われると、なぜだか、自分のどこかがかすかに痛い。

「……同級生。高校のときの」

ふうん、と返事をしたものの、みなもが絵里子に興味があるのかないのかよくわからない。

「子どもいる？」

「娘が一人」

「いくつ？」

「二十歳」

「……若いね。私の十一個下かあ」そう言うと、みなもはまた、ワインをほんの少し口にした。

三十代とわかって、どこかで絵里子は安堵《あんど》していた。もっと若いかと思っていた。

みなもはパーカのポケットからスマホを取り出し、画面を眺めている。その横顔はとても三十一には見えない。とはいえ、詩織との年齢差は二十一、しかも、みなもは女だ。

詩織に対しても、詩織の彼女であるみなもに対しても、拒絶する気持ちはない。それでも今、詩織がいる世界と、自分がいる世界のあまりの違いに、どこでどうしてこうなったんだろう、と不思議な気持ちになっているのは事実だった。

久しぶりに詩織に会えるんだ、同級生の石井君も来るのかな、と、昨日、浮き立つ気分で美容院に行き、写真集をめくっていたときの自分がずいぶん遠いところにいるような気がした。

「ほら、みなも、フォークとスプーン出して」

詩織がそう言いながら、緑色のパスタが載った皿を手にして戻ってきた。ジェノベーゼだろうか、ガーリックの香りが鼻をくすぐる。詩織は布のランチョンマットをテーブルに広げる。みなもは立ち上がってキッチンに向かい、一人分のフォークとスプーンを手にテーブルに戻ってきた。

みなもは、いただきます、と手を合わせると、湯気の立ったパスタをゆっくり口に運んだ。音も立てず、猫背にもならず、綺麗に食事をする体の動きは、どこか詩織にも似ていた。詩織はワインを飲みながら、みなもを笑顔で見つめる。絵里子もまた、食事をしているみなもをつい見てしまう。

「あんま二人で見ないで。恥ずかしいから」

みなもが言うと、ごめんごめんと、詩織が笑いながらあやまった。

「なんか、こんなことあったね、昔」

詩織がワインを口にして言った。

「萌ちゃんがまだ幼稚園の頃だったかな。絵里子の家に遊びに行ったことあったじゃない。萌ちゃん、ナポリタンかなんか食べてて、私と絵里子で、萌ちゃんのこと、こんなふうに見てたよね。萌ちゃん、口のまわりケチャップでオレンジにしてさ、かわいかったなあ……」

そうだった。萌が小学校に入るくらいまで、詩織は時折、絵里子の家に遊びに来てくれた。詩織が離婚をして、実家に戻ったり、下着店を始める前に再び会社員をしていた頃だ。

会えるのはそう頻繁ではなかったが、家に来るときには、必ず、萌のおもちゃや絵本をおみやげに持ってきてくれた。あの頃は会うたびに、詩織の新しい彼氏の話を聞いた。家事と子育てにどっぷりと浸っていた自分には、とても遠い話だったけれど、詩織の話は日常にどこか風穴を開けてくれた。詩織は、一人で家のことを任されている絵里子の愚痴《ぐち》も黙って聞いてくれた。そういう人なのだ。その詩織が二十一歳下の、しかも女性といっしょに暮らしていたって、今が幸せならいいじゃないか。絵里子はもうすっかり冷めてしまったチャイの残りを口に含みながらそう思った。

食事をしているみなをなるべく見ないようにしながら、絵里子は詩織と会話を続けた。

すっかり冷えてしまったチャイの代わりに、詩織は絵里子にコーヒーを淹《い》れてくれた。豆が新鮮なのか、淹れ方が上手なのか、自分の家で飲むコーヒーより格段においしい。チャイも、コーヒーも、今、みなもが食べているパスタも（絵里子はそれを口にしなかったので実際の味はわからないが）、詩織が丁寧にその作業をしていることがわかる。

詩織が昔、結婚していたときに、食事に幾度か招かれたことがあった。詩織が作ったローストビーフや、鯛《たい》の塩竈《しおがま》焼きなどを食べた記憶がある。材料費も時間も手間もかけたであろう、その料理は確かにおいしかった。けれど、うれしそうなのは、それを供される詩織の元の夫だけで、詩織はどことなく疲れた、浮かない顔をしていたのを覚えている。料理は、いや料理だけでなく、家事というものが詩織はあまり好きではないのだろうと絵里子は思っていた。そもそも、詩織は結婚をしてもずっと仕事を続けていくのだろうと感じていた。確かに、絵里子や詩織が十七歳になったときに、男女雇用機会均等法はようやく施行されたものの、絵里子や詩織のように結婚を機に家庭に入るという女性も少なくなかった。それでも、詩織があっさりと仕事をやめ、家庭に入ると聞かされたときには、絵里子も「仕事、本当にやめちゃうの？」としつこく聞いてしまったほどだ。

家に招かれるたび、詩織は花が枯れるように、元気をなくしていくように見えた。詩織が専業主婦でいることに、大輪の真っ赤な薔薇が牛乳瓶に活けられているかのような違和感を、絵里子は持った。結婚して一年足らずで、離婚するの、と詩織から聞かされたとき、心のどこかでほっとしてもいたのだ。

　家庭よりも仕事をする人なのだろう。離婚後の詩織を、絵里子はそう捉えていた。けれど、久しぶりに会った詩織は、おいしいチャイを作り、温かいコーヒーを淹れ、眠りから覚めた、みなものために、瞬く間にパスタをこしらえている。そんな詩織の姿を絵里子は今日初めて見た。その変貌に驚いてもいた。女性を好きな自分に気づく。女性に恋をする。女性といっしょに住む。そのことが、詩織という人間の輪郭《りんかく》を、以前より、やわらかな色とたおやかな線で縁取っているような気がした。

「俊太郎《しゅんたろう》さんは元気？」

　詩織がマグカップを両手で持ったまま尋ねる。

「うーん、相変わらずよ。仕事も忙しそうでね、毎日帰りが遅いの」

　曖昧《あいまい》な笑みを浮かべながら絵里子は答えた。

「浮気とか、そういうこともなく？」

「……多分」

　風俗が浮気に含まれるのなら、限りなく夫は黒に近いのだが。

「多分て。何よそれ」

笑っている詩織に夫の風俗通い疑惑について、いっそのこと洗いざらい話してしまおうか、という気持ちになった。

居心地のいい詩織のこの部屋でなら、打ち明けられる気がした。けれど、今日初めて会ったみなもにその話を聞かせていいのかどうか。絵里子は迷った末に口を閉ざした。

「だけど、サラリーマンってえらいよね。たまにラッシュアワーの電車に乗ると思うよ。毎日毎日、あのぎゅう詰めの電車に乗って雨の日も風の日も会社に通うわけでしょう。会社員の仕事なんて、慣れてしまえば実際のところ、たいしておもしろくもないだろうし。……私だってＯＬやってたし、元の夫のことも見ていたから、少しはそのつらさもわかるじゃない。奥さんとか、子どもとか、家族のために日々、堪え忍んでいるんだよね。なんか世の中じゃ、不倫なんてめちゃくちゃ叩かれるけどさ、その気持ちもわからなくはないよ。会社と家の往復だけじゃあ、満たされないこともあるんじゃない？……なにか刺激が欲しくなる、というか……」

詩織の言葉に絵里子の胸がちくりと痛んだ。

みなもは、いつの間にか食事を終え、ティッシュペーパーで口のまわりを拭いながら、詩織の話を聞いている。けれど、詩織を見るその視線はどことなく刺々《とげとげ》しい。みなもは、詩織の今の彼女だ。その彼女の前で元の夫の話とかして大丈夫なのだろうか、と絵里子は不安になった。その気持ちを掻き消すように、慌てて詩織が出してくれたドライフルーツを口に入れた。

「でも、絵里子のとこも結婚もう長いよね？　何年になるっけ？」

「二十……二十七年、かな」

「もうそんな！　すごいよね、何十年も連れ添って」

　みなもは立ち上がり、フォークとスプーンを載せた皿を手に、キッチンに向かう。水音が聞こえたあとに、冷蔵庫の扉が開かれ、ぱたん、と閉じられる音がした。みなもは、ミネラルウォーターのペットボトルを手にしている。詩織の隣に膝《ひざ》を抱えて座ると、詩織の腕に頭をもたせかける。その甘え方があまりに自然だった。まるで猫みたいな子だ、と絵里子は思った。

「連れ添うなんて、そんなたいそうなもんじゃないよ」

「でも、ずーっと俊太郎さんだけでしょう？」

　詩織の言っていることがわからず、絵里子は詩織の顔を見つめてしまった。

「だからさ、ほかの男を好きになったり、つきあったりとか、そういうことないでしょう？」

「もちろんないよ」

　詩織じゃないもの。絵里子は心のなかで続けた。

「なんか、きもちわるーい」

そう言ったのは、みなもだった。詩織も絵里子も、みなもの顔を見た。

「男の面倒みて、毎日、毎日、家事に子育て……なんかきもちわるい。それって、家政婦さんの仕事じゃないの？　家政婦さんがやればいいんじゃない？」

こらっ、と小さく言って、詩織がみなもの頭を撫でた。

「そういう生き方だってあるんだよ、女の人には。みなもにはわからなくても、そういう人のこと、否定したり、気持ち悪いと決めつけるのは良くないよ」

まるで子どもをたしなめるような口調で詩織は言った。みなもの放った、きもちわるい、という言葉が残響のように絵里子の耳に残る。

「それに、絵里子は専業主婦じゃないよ。今は仕事だってしてるし」

「仕事って言ったって、どうせ、誰にでもできるような仕事でしょ？」

みなもが顔を上げ、口を尖《とが》らせて言う。詩織とみなもの会話のテンポは速い。絵里子は口を挟むことも反論することもできなかった。

「仕事に貴賤《きせん》はないのよ。それに仕事しているからえらいってもんでもない。自分以外の生き方や仕事を貶める人に、いい写真なんて撮れないよ」

ぽんぽんと言葉を返す詩織の顔を、絵里子はただ黙って見ていた。

専業主婦であることに引け目を感じる経験なんて、今までだって何度もしてきた。

たとえば、絵里子が、萌の小学校のＰＴＡの役員決めの司会を任されたとき、

「仕事をしている母親にはこんな雑務はできません。会社を休むわけにもいかないでしょう。専業主婦の方がやればいいんじゃないですか」

と仕事を持っている母親に強い口調で言われたことがある。

確かにＰＴＡの仕事はとるに足らない雑務ばかりだ。ＰＴＡそのものが、今の時代には即さない形骸化した組織なのかもしれない。けれど、どんなに大きな声でＰＴＡに対する不満を口にしても、仕事をしている母親も、仕事をしていない母親も、ＰＴＡを変えていこうとか、廃止しようという気概も気力も持ち合わせてはいなかった。役員決めの時期がくれば、誰もが、嵐が通りすぎるのを待つように、自分に雨が降りかからないようにと、ただ黙って目を伏《ふ》せているだけだった。

結局、そのときは、いくら時間が経ってもＰＴＡの役員は決まらず、絵里子が二年続けてそれを受け持つ、ということで、話し合いは終わったのだった。絵里子以外の役員も、仕事を持たない母親ばかりで、月に二度、学校でのＰＴＡの仕事を終えて寄るファミレスでは、仕事をしている母親たちの悪口大会になった。

「私だって好きで専業主婦をやっているわけじゃないのに」

「仕事をしていることがそんなにえらいのかな」

絵里子は積極的には話に加わらず、ただ曖昧な顔でその時間をやり過ごしていた。

午後の、時間が弛緩《しかん》したようなファミレスには、絵里子と同じような母親たちが多くいた。仕事をしていない母親は、服装や顔を見ればわかった。夫の給与で買ったそう高くはない普段着、化粧も薄い。そして、どこか緊張感のない顔をしている。夕方近くになると、皆、食事の準備のためにママチャリを漕《こ》いでスーパーや自宅に向かう。自分もそういう母親の一人だとわかってはいるけれど、そこに交じりきれない自分もいた。

「私は将来、ママみたいな専業主婦になるつもりはない」と、反抗期の萌に言われたこともある。さっき、みなもが言ったのと同じことを萌にも言われた。

「パパの出張の準備までママがやって。子どもじゃないんだから、そんなのパパにやらせればいいんだよ。そもそもパパが外で何してるかなんてママはひとつも知らないじゃない。ママなんて家政婦と同じじゃないの？」と。

「違うよ。主婦は家政婦じゃない」とはっきり言える強さが絵里子にはなかった。

そう言われればそうかもしれない、と思ってしまう。けれど、たとえ、それが萌であっても、専業主婦であることを、専業主婦じゃない誰かに貶められるのは、気持ちのいいものではない。自分を犠牲にして、とは思わないが、夫や萌の生活がうまくまわるように支えること。それを今まで絵里子は自分なりにやってきたつもりだ。

「ごめんね絵里子。この子、まだ世の中のことがよくわからない子どもなんだよ」

黙ってしまった絵里子に気を遣ったのか、詩織が絵里子に目配せしながら言う。

「すぐに子ども扱いして！」

みなもはわざとらしく泣き顔を作って、詩織の腕にしがみつく。

「だって子どもだもん、みなも。ねえ？」と詩織が絵里子に笑いかけたが、どうやっても絵里子の顔は曖昧になってしまう。そんなことを言って、みなもに嫌われやしないかと心配にならないのだろうか、と絵里子は考えてしまう。詩織は自信があるのだ。自分というものをはっきり持っている。絵里子にはないものだ。それが欠点だと痛いくらいにわかってはいるけれど、自分自身に、自分のしていることに、してきたことに、自信がない。その自信さえあれば、夫に「ねえ、風俗に行っているの？」と真正面から問うことができるのだろうか。

　雰囲気を変えるかのように、詩織は壁際の棚に置かれたレコードプレイヤーに近づき、下の棚から一枚のレコードを選ぶ。半透明の白いビニール袋からレコードをそっと取り出し、ターンテーブルに載せる。レコード盤に針を落としたときの、ぷち、ぷち、という音に続いて、ゆったりとした女性ヴォーカルの声が聞こえてきた。

「レコード、懐《なつ》かしいね」

　思わず絵里子が言うと、

「懐かしくないよ。レコード、今だって、みんな聞くよ」みなもがまた口を尖らせる。

「そうだね。でも、普通の家だったら、もうブルートゥースなのかなあ。私や絵里子が子どもの頃にはステレオでレコード聞いてたよねえ。私は懐かしさもあり、新しさも感じて、今はレコードばっかりかなあ」

　そう言って詩織はかけているレコードのジャケットを絵里子に手渡した。パーマのかかった髪に強い眼差しの女性の写真。JANIS IAN と書かれている。

「ジャニス・イアン……懐かしい」そう言った絵里子の言葉に、

「すぐ懐かしいって言うの、禁止ね！」とみなもがつっかかり、詩織は吹きだした。

「私たちが子どもの頃、ドラマかなんかで使われて流行ったよね。……ジャニス・イアンて同性愛者なんだよ。トロントで同性婚もしてるの」

　詩織がローテーブルのそばに座ると、またすぐにみなもが、その膝の上に頭をのせる。本当に猫みたいだ、と絵里子は思った。

　はあああっと、みなもが大きくため息をつき、詩織の顔に腕を伸ばした。白く細い指が詩織の頬をゆっくりと撫でる。二人の姿はもう親子ではなく、恋人同士に絵里子には見え、自分の頬がかすかに赤くなるのがわかった。

「売れたいなああ」

「大丈夫！　絶対にみなもは認められるから」

　自分の頬を撫でるみなもの指をそっと握って、詩織が口づけた。みなもはくすぐったそうな声をあげる。愛情と甘えと信頼。すべてを許しあえる関係。それを同い年の親友が手にしていることが、絵里子にはまぶしかった。

「私、そろそろ……」

「え、もう？　でも、あんまり遅くなったら、俊太郎さんが心配するかもね。妻が同級生と浮気してるかも、なんてさ」

「まさか、まさか」そう言いながら、絵里子は身支度を始めた。

「また、おいでよ。今度はゆっくりごはん食べに。お店のほうにも一度来て。下着のサイズちゃんと測って、いいの選んであげるから。身内割引するよ」

そう言いながら、詩織はコートを着た絵里子をハグする。詩織の体はあたたかかった。もちろん、絵里子は同性愛者ではないが、人に抱きしめられるのは、いいものだな、と素直に思った。詩織の体が離れると、隣に立っていたみなもも自然に絵里子をハグした。

「また、遊びにおいでよ。おば……絵里子さん」

詩織の体とは違う華奢《きゃしゃ》な体に抱きしめられながら、絵里子はみなもの印象が、この部屋に来たときから、やわらかくなっていることを感じた。人を愛して、愛されている人間の体は、あたたかく、やわらかい。さて、自分はどうだろうか、と、玄関で二人に見送られながら、絵里子は思った。


　絵里子が自宅に戻ったのはもう午前零時に近かった。

　玄関のドアを開けると、ふわりとしたあたたかさが絵里子の体を包んだ。玄関にも廊下にも灯りがついている。痛む踵を庇《かば》いながらハイヒールを脱いで、廊下を進み、リビングのドアを開けると、夫がパソコンを開いて、ダイニングテーブルの椅子に座っているのが見えた。

「ただいま。……すっかり遅くなっちゃった」と絵里子が言いながら、キッチンで手を洗っていると、

「ああ、楽しかったか？」とパソコンの画面から顔を上げずに言う。

「うん。とっても。詩織とすっかり話し込んじゃって……」

絵里子の言葉に返事はない。夫はすでに風呂に入ったのか、パジャマ姿で、髪の毛はまだ濡れたままだ。首に白いタオルがかかっている。パソコンの傍《かたわ》らには、缶ビール。すでに二缶目なのか、絵里子が視線を落とすと、洗いかごの中に中をすすいだ後の缶ビールの空き缶がふせてある。

夫は時折、キーボードを叩き、その音だけがリビングに響く。

「仕事？」

「……ああ、明日の社内プレゼンで、いろいろ手間取っていて」

「そう……最近また忙しそうだもんね」

キッチンに立つ絵里子からは、夫のパソコンの画面は見えない。仕事だ、と言われればそれを信じるしかないが、今、夫がどんな画面を見ているのか、自分がこの家に帰る

まで何を見ていたのか、それは絵里子にはわからない。

「萌、夕食も食べずに出かけたぞ」

夫が眼鏡を額に上げ、目頭をもみながら言った。顎のあたりの髭《ひげ》が濃くなっている。

ダイニングテーブルに目をやると、萌の分の夕食がラップをかけられたままになっていた。

「今日は出かけるって言ってなかったけど……」

夫の口調は決して怒ってはいないのだが、絵里子はかすかに緊張してしまう。

「もう深夜だぞ。平日もこんななのか？」

「バイトの日は、最後の片付けまでするると、遅くなっちゃうみたいなのよね」

絵里子はまるで自分が親に言い訳しているような気分になった。

「そんなんでいいのか」

だって、もう子どもじゃないのよ、聞きたいのならあなたが萌に聞けばいいじゃない、と口にしようとしたところで、夫がふいに立ち上がった。残った缶ビールを飲み干すと、キッチンに立っている絵里子に空き缶を渡す。

「もう寝る」そう言うと、パソコンを閉じ、床に置いてあった鞄《かばん》に仕舞う。仕事用の鞄は、なぜだか自分のベッドの足下に置くのが夫の習慣だった。黒いビジネスバッグを手に提《さ》げ、寝室に向かっていく。

言いたいことだけ言って私の言うことなんかちっとも聞いてくれないんだから。結婚してから、もう幾度そう思ったことだろう。結婚前はふと漏らした私の言葉だって全力で受け止めてくれた人だったのに……。

けれど、寝室のドアの向こうに消えていく見慣れた背中を見ながら、もしかして私と萌の帰りを待っていてくれたのかもしれないな、とも思った。

優しいことを優しいままあらわせないのが、夫という人だ。いつもどこか、ぶっきらぼうになる。照れ屋といえば聞こえはいいが、出会ったばかりの頃は、この人はなんでいつも怒ったような顔をしているのだろう、と思っていた。

萌の帰りが遅くなるのはバイトのせいだけじゃないし、「友だちの家に泊まる」と言う言葉も嘘かもしれないと絵里子だってわかっていた。誰かとつきあっているとも、彼氏がいるとも言わないが、二十歳の女の子だ。友だちとお酒を飲んだり、合コンに参加したり、もしかしたら男の子とデートということだってあるだろう。自分だって、二十歳の頃はそうだった。

そう思いながら、絵里子は浴室に向かった。

浴槽に満たされたお湯は、絵里子がいつも入れているハーブの入浴剤で薄桃色に染まっていた。あたたかなお湯に体をしずめながら、絵里子は自分が二十歳の頃を思い出していた。

生まれて初めて彼氏ができたのは、短大二年目の冬の頃だった。

初めての彼氏、片桐《かたぎり》君は、絵里子が通っていた短大の近くにある大学の文学部の学生だった。絵里子も片桐君も二十歳で、お互い、生まれて初めてつきあった異性で、生まれて初めてセックスをした相手になった。あの夜のことは死ぬまで忘れないだろう、と絵里子は思ったけれど、五十二歳になった絵里子には、片桐君の顔さえ、もうどこかおぼろげになっている。

つきあいが始まったときから、別れるまで、ずっと片桐君と呼んでいた。名前を呼んだことはなかった。つきあいは絵里子が就職活動を始めた頃から、次第に疎遠になった。絵里子が住宅メーカーに就職を決めた頃には、月に二度ほど会うだけになり、仕事が始まると、生活時間の違いから、会う機会はゼロに近くなった。

ある日曜日の午後に片桐君から電話がかかってきて、「好きな人ができたからちゃんと別れたい」と告げられた。薄々そんなことだろうと心の準備はできていたけれど、はっきり言葉にされるとやはりつらいものだ、と絵里子は思った。その夜は泣き、一週間くらいは気落ちしていたが、それほど悲しくはなかった。そもそも片桐君という人が大好きだったのか、と聞かれると自信を持ってそうです、とは答えられなかった。男の子とつきあってみたかった、というのが絵里子の本音だった。

その頃の絵里子は失恋をしたら、髪の毛を切るものだと信じ込んでいた。迷うことなく肩まで伸びていた髪をショートボブにした。

会社に行くと、部長から、「失恋したの？」と聞かれた。絵里子の二十代は、そんな問いがハラスメントにもならないくらいのどかな時代でもあった。

当時、絵里子が次につきあったのは会社の先輩だった。片桐君と別れて数カ月が経っていた。

絵里子が勤務していた住宅メーカーでは、全国の支店で受注した一般家屋の手書き図面を基に、ＣＡＤを使って、より正確で見やすい図面が作られていた。ＣＡＤの図面を制作する大型のコンピューターは、絵里子のいた新宿支店にしかなく、設計部には、日替わりで全国各地から毎日一人ずつ、社員がやってきていた。

絵里子が配属されていたのは総務部で、設計部と直接の関わりはそれほどなかったが、狭い支店のフロアでは否応なく顔を合わす。

「今日来た、大阪支店の人がかっこよかった」「今日の仙台支店は外れだったね」などと、絵里子は同僚たちと軽口を叩きあっていた。

どんな理由があったのかは忘れたが、絵里子のいる総務部に、もう幾度か顔を合わせている川越支店の高峯《たかみね》さんがやってきたことがあった。

部長に用があったようだが、部長は不在で、「これ、渡しておいてください」と書類を渡された。絵里子が書類を受け取ると、「その髪型似合うね」と、まるで「今日はいい天気ですね」と言うように、高峯さんは言った。そういうことを言い慣れている人なのだろう、と思いながらも、絵里子の鼓動はかすかに速くなった。

そんな高峯さんだから、総務部だけでなく新宿支店のたくさんの女性に人気があった。高峯さん自身も、自分がもてるということを自覚しているのだろうと絵里子は思った。背が高く、顔もいい。造作がはっきりとした男らしい顔なのに、どこかに、りすのような齧《げっ》歯《し》類《るい》のかわいらしさが見え隠れした。

「ぴりぴりしてる設計部にずっといるとなんか肩が凝るから」と言って、午後になると総務部にお茶を飲みに来たりもした。高峯さん、高峯さん、と同僚たちは、好意を隠そうともせず、彼のためにお茶やコーヒーを淹れ、来客用の高級な菓子を出した。

絵里子はその輪には加わらず、ただ遠目に高峯さんを見ていた。誰かが本気で高峯さんを好きになって告白するかもしれない、と思っていたし、そもそも高峯さんに彼女がいないわけがないだろう、と冷静に思ってもいた。

「あ、もう帰り？　よかったらごはんにつきあってくれない？」

珍しく残業のあった夜のことだった。やってくるエレベーターを待っていると、高峯さんに背中から声をかけられた。冷静に、遠目に、眺めていただけなのに、不意打ちのようにそう言われて、絵里子は拒否する言葉を返す心の準備もなかった。

高峯さんは月に一度のペースで新宿支店にやってきて、そのたびに絵里子を食事に誘った。酔うと、「その髪型すごく似合っている」と繰り返した。

「長い髪の女は不潔っぽくて嫌いなんだ」とも言った。髪型が似合っていると言われれば悪い気はしなかったが、長い髪の女は不潔っぽい、と言われれば、ロングヘアの多い自分の同僚たちを馬鹿にされたようにも思えた。

絵里子は東松山の実家暮らしだったし、高峯さんの勤務先も、今、住んでいるワンルームマンションも川越だった。どちらも埼玉県というところを糸口に話が広がり、池袋で食事をしたり、お酒を飲んだあとは、同じ電車に乗って帰るようになった。

片桐君との恋愛は、恋愛の入り口にも立っていなかったのかもしれないな、と思った頃には、もうすでに高峯さんの存在が絵里子の心の中に深く根を下ろしていた。誰かを好きになることに、もれなくついてくる苦しさやせつなさを味わったのも、高峯さんと会うようになってからだった。高峯さんは、そういう絵里子の気持ちに気づいていない振りをしながら、自分とは適度な距離をとっていたのだ、と絵里子が気づいたのは、高峯さんとの恋愛がすっかり終わり、しばらく経った頃だった。

梅雨が明けそうで明けない、ひどく蒸し暑い夜だった。雑居ビルに入っている居酒屋の帰り、狭いエレベーターの中で、高峯さんのくちびるが、ふいに絵里子の襟足《えりあし》に触れた。その瞬間、おなかの下、さらに奥のほうに、ぽっと火が灯るような気がした。自分に性欲があることだって自覚はしていたが、それがはっきりとした輪郭のある、強い影すら伴う存在だ、ということに、絵里子は高峯さんに会って初めて気づいた。

エレベーターを降りても、まるでそんなことがなかったかのように、絵里子に話しかけてくる。池袋から北西に向かう満員電車の中で、人に押され、絵里子と高峯さんは自然に向かい合った。ごく自然に、高峯さんが絵里子を腕のなかに抱く姿勢になる。香水をつけているのか、高峯さんからは檜《ひのき》のような木の香りがした。腕のなかで絵里子は高峯さんを見上げた。さっき、自分の襟足に触れたくちびるは薄く、乾いている。

もっと。絵里子のなかで誰かがそう言った。いや、誰かではなく、それは絵里子自身の叫びだった。横を向いていた高峯さんが絵里子の視線に気づいたのか、絵里子の顔に目をやる。頭を下げ、「家に来る？」と絵里子だけに聞こえるように言った。

絵里子が思わず首を横に振ると、高峯さんは、そうすると思っていた、と言いたげに声を立てずに笑った。次に同じように誘われれば、高峯さんの部屋に行くだろうと、絵里子は思った。

翌月、高峯さんが新宿支店にやってくる日、絵里子は新品の下着を身につけていた。仕事終わりに駅で待ち合わせ、電車に乗り、そのまま高峯さんの部屋に向かった。

「もう帰らないと」と絵里子が布団の下に隠れるようにして下着を身につけていると、

「もう帰っちゃうの」と甘えた声で言った。

「寂しくて泣いちゃうかも」と言いながら、枕に顔を埋める。

そんなこと思ってないくせに。泣きたいのは私のほうなのに。絵里子はブラジャーのホックを後ろ手に留めながら思った。さっき入ったユニットバスの洗面台、コップの中には、白い歯ブラシが二本あった。それがもし赤と青だったなら、絵里子はもうこの部屋に足を運ぶことはなかったかもしれない。けれど、同じ色の、同じ歯ブラシなら、どちらも高峯さんが使うものなのかも。絵里子はそう考えた。

「高峯さん、彼女いるんですか？」

何気なく、そう気軽に聞くことができれば、この夜で終えられたのかもしれなかった。けれど、聞けなかった。高峯さんと会いたい。高峯さんのことが好き。その思いは絵里子自身が考えているよりも、ずっと重かった。

月に一度、新宿支店にやってくる日だけでなく、会社の休日、そのほとんどの時間を、絵里子は高峯さんの部屋で過ごすことになった。世の中も会社も景気が良かった。驚くほどのボーナスが出た。夏には海へ、冬はスキーに。その頃の多くの若者と同じようなつきあいを絵里子と高峯さんは続けていた。

けれど、同僚たちに「高峯さんとつきあっている」とは言い出せなかった。隠しておいたほうがいい。なぜだかそう思った。高峯さんが新宿支店にやってくる日は、顔を合わせても口をきかず、廊下ですれ違っても絵里子は軽く会釈《えしゃく》をするだけにとどめた。スーツ姿の高峯さんではない、トランクス一枚の高峯さんを自分は知っている。そのことが愉快でもあった。

「高峯さん、彼女いるんだって」

同僚の一人が高峯さんに告白し、そう言って断られたと聞いたときは、生まれてから感じたことのない優越感が絵里子のなかに生まれた。

けれど同時に、それは自分のことなんだろうか、という疑念も強くなった。自分以外の誰かがいるのではないか、というのは、高峯さんの部屋で最初の夜を過ごしたときから、絵里子が感じていたことだ。それでも、休日はほとんどいっしょにいるし、長い休暇のときも多くの時間を共に過ごしている。ほかの誰かが入る隙《すき》などない。絵里子は自分にそう信じ込ませようとした。ある日、シーツの上に、長い髪の毛を見つけたときも、偶然にどこからか紛《まぎ》れこんだのだろうと考えた。

つきあって半年が過ぎて、絵里子の心にぼんやりと浮かんだのは、高峯さんとの結婚のことだった。いつかはそうしたい。気持ちは日に日に強くなっていった。

休日の前の夜には、高峯さんの部屋で夕食を作るのが常だった。本や雑誌に載っているレシピ通りに作れば、それなりにおいしいものができた。ワンルームマンションの狭い台所で、肉や野菜を調理しながら、高峯さんの一週間分の洗濯物を洗った。食事中は空になった高峯さんの椀《わん》に温め直した味噌汁を注ぎ、お盆に載せて出した。母も父に対してそうしていた。だから、絵里子も同じことをした。絵里子がそうしても、父と同じように、高峯さんは黙ったまま、湯気のたつ椀を受け取った。

外泊はできなかったから、洗い終わった衣類をベランダに干し、食器も絵里子が洗い、そして、高峯さんに抱かれ、慌ただしく部屋をあとにした。

「明日は会社に行かなくちゃ。このところ、受注が多くて、ぜんぜん仕事が終わらなくてさ」

休日にも高峯さんが会社に行くことが多くなったのは、つきあい始めて一年近く経った頃だっただろうか。確かに絵里子のいる新宿支店の設計部も残業が多く、休日出勤している人も多かった。だから、高峯さんの言葉を信じた。けれど、その頃から、高峯さんと会う時間が少しずつ減っていった。それでも絵里子は高峯さんとつきあっているのだと思っていた。スケジュール帳を見ながら、四月になってから一度も会っていないな、と気づいたときに、絵里子は胃のあたりに鈍い痛みを感じた。

「高峯さん、会社やめて独立するらしいよ。なんか大学の同級生で、ものすごいお金持ちの彼女と結婚して、その人と二人で設計事務所始めるんだって。すごいよね、逆玉！」

会社近くのレストランで、何人かの同僚とランチをとっているときに、一人が口にした一言に動揺し、絵里子の手からエスプレッソのカップがテーブルの上に落ちた。白いクロスに茶色い染みがみるみるうちに広がっていく。絵里子は膝の上に載せていたハンカチで慌てて拭ったが、不可思議な形に広がった染みは、どうすることもできない。やってきた店員が「ああ、大丈夫ですか。おしぼり持ってきましょうか？　クロスのことは気にしないでください」と言ってくれたが、絵里子の動揺は治まらなかった。

「やだ。絵里子、何慌ててんの？　もしかして絵里子も高峯さんのこと好きだったとか？」

　ふざけた口調でそう言われたが、「まさか」と返すだけで精一杯だった。

　こういう出来事に遭遇したときにはどうすればいいのか、絵里子にはわからなかった。夜遅く、何度か高峯さんの家に電話をしたが、電話の呼出音が鳴るばかりで誰かがとる気配はない。携帯もメールもない時代だった。手紙を書けばいいのだろうか、と思い、仕事帰りに文房具店で白い花の透かし模様の入った便箋《びんせん》と封筒を買ったが、万年筆を手にしても何を書いていいのかわからなかった。

　高峯さんが会社をやめると聞かされてから一週間後、高峯さんが新宿支店にやってきた。廊下ですれ違ったときに、「西口のあの居酒屋にいるから」とだけ言われた。

　仕事を終え、絵里子が重い足取りでその店に向かうと、高峯さんはもう来ていて、店のいちばん奥のテーブルに座っていた。

「仕事がまだ終わっていなくて。夕食食べるって言って出てきた」

　そう言うと、高峯さんは腕時計に目をやった。

「どういうことですか⁉」といきなり怒り出せばよかったのかもしれない。けれど、そんな勇気はなかった。

「聞いているんでしょう？」

高峯さんの言葉に絵里子は頷いた。

「子どもができたんだ」

絵里子の目の前にさっと黒いものがよぎったような気がした。

「向こうの両親が折れなくて。責任をとれって」

言い訳だ、と絵里子は即座に思った。

高峯さんに向かって言いたいことが自分のなかに満ちているのに、どれから言葉にしたらいいのかわからない。ぐるぐると思いは巡るばかりで、絵里子はただ黙って目の前にあるカラフルな居酒屋のメニューを見つめていた。

私は結局、高峯さんの一番ではなかったのだ。ごろん、とした事実が、メニューのなかの皿に盛られた刺身を見ているときに、絵里子のなかに浮かんだ。いつも二本、コップに挿《さ》されていた白い歯ブラシ。シーツの上にあった長い髪の毛。いくらだって、その気配はあった。それに見て見ぬふりをしていたら、こんな目に遭ってしまった。すぐに問い質《ただ》せばよかったのだ。

「私以外に誰かいるの？」と。

高峯さんは黙っている絵里子に向かって言葉を続けたが、どの言葉も絵里子の耳を通り過ぎていった。私よりその人を選んだ。そして、その人と結婚するのだ、という事実をつきつけられただけだった。どうやってその店を出たのかも覚えていない。

自宅に向かう満員の電車の中で、声を押し殺して絵里子は泣いた。

こんな目に遭うのはもう二度と嫌だ。高峯さんのような人とはもう絶対につきあわない。そう心に誓った。けれど、胸のなかにある高峯さんへの思いにどう収拾をつければいいのか、高峯さんへの思いが消えていく日など来るのか、その夜の絵里子にはちっともわからなかった。

高峯さんとのつきあいが終わっても、絵里子の心のなかには、いつまでも、どこかじくじくとしたものが残った。

好きになった人と結ばれない、ということが、これほどつらいことだなんて思いもしなかった。想像以上の痛みだった。

同僚たちが「また失恋しちゃった」などと言って、二、三日は悲しそうな顔をしているが、しばらく経つとけろっとした顔で、「気になる人ができちゃった」と口にする、そのタフさが絵里子には信じられなかった。

失恋をしても、もう絵里子は髪を短くしなかった。

失恋した素振りなど見せず、自分の心の奥にしまって、絵里子は与えられた目の前の仕事だけをただ淡々とこなした。

高峯さんとつきあっていることすら会社の人たちには言えなかった。

隠していたわけではないが、それほど真剣に高峯さんのことが好きだったのだ。ランチや酒の席で、「私、高峯さんとつきあっているんだ」と話せるような気軽さが、絵里子の恋愛にはなかった。もしかしたらそんな自分の一途《いちず》さが、高峯さんにとっては重く感じられたのではないか。そんなことを考えてみても、退社した高峯さんは、以前のように絵里子のいる新宿支店に来ることもないし、この先一生会うことはないのだろう。

そう思うたびに、絵里子の心はきしんだ。

このあとの人生で、高峯さん以上に好きになれる人はあらわれないような気がした。それ以前に、自分はもう誰かを好きになることはないんじゃないか。そう思った。つまずいてしまった。その頃、絵里子は高峯さんとの恋愛をそう捉えるようになっていた。これまでの人生で、絵里子は大きな挫折や悲しい出来事に遭ったことはない。これほど心がくじけた出来事は生まれて初めてだった。

同じ会社のなかでも、設計部のように、特殊技能を身につけた女性が多い部署では、結婚をしても、出産をしても、仕事を続けている人はいたが、絵里子がいる総務部の同僚や先輩は、結婚を機に退社する人も多かった。

隣の席からまわってきた結婚祝いの寄せ書きに、何を書こうかと考えながら、もしかしたら自分はもう一生、恋愛にも結婚にも縁がないんじゃないか、という思いがよぎることもあった。

高峯さんと結ばれないなら、結婚ができないのなら、恋愛も結婚もしたくはなかった。けれど、一人で生きていく、という勇気もなかった。同じ部署には、三十代と四十代の、独身の先輩が二人いたが、彼女たちはほとんど残業もせずに、きっちりと時間通りに仕事を片付けると、アフター5の楽しみに精を出していた。

夏や冬の休暇には長い海外旅行に出かけて、絵里子たちに化粧品のお土産などを渡してくれた。寂しそうに見えるわけでも、ましてや女として彼女たちの人生が下にあるなどと思うわけでもなかった。でも、彼女たちのように結婚もせずに、楽しそうに生きていくことができるだろうか、と考えると、絵里子は心のなかで「いや、無理」とつぶやいた。

「また、あの店に行こうか」

父からそう連絡があったのは、高峯さんとの恋愛が終わって三カ月が過ぎた頃だった。

絵里子の両親は、絵里子が就職した翌年に離婚をしていた。子どもである絵里子から見ても、仲のいい夫婦ではなかった。離婚前の数年は、父と母が会話を交わしているのを見たことがない。母は父への不満を絶えず絵里子や妹の芙美子に口にし、聞かされている絵里子と芙美子は、また始まった、と母の言葉を聞き流していた。仲は良くないとわかってはいたものの、実際に離婚する、と聞かされたときには心底驚いた。

妹の芙美子は高校二年になっていた。来年は受験生になるのに、なんでこのタイミングで、と絵里子は思ったが、母の言葉によれば、「私の大学入学なんか待たなくてもいいから」と芙美子から言われたのだと言う。子どもの頃から、母と芙美子との間には、母と絵里子との間にある以上の親密さがあった。母が露骨《ろこつ》に芙美子をかわいがる、ということもなかったが、母と芙美子との関係には、自分が踏み込めない領域があることを、絵里子は理解していた。一方で、自分は父に、芙美子より目をかけられているのではないか、という多少の自覚もあったから、絵里子の心が奇妙にねじけることもなかった。

活動的で、思ったことを臆せず言葉にする母と芙美子、行動がゆっくりで、何かを思っても口にすることは少ない父と自分。いつからか、そういうチーム分けができていた。だから、両親が離婚をして、住んでいる家から父だけが出ていく、と聞かされたとき、いちばん心が揺れ動いたのも絵里子だった。もしかしたら、自分は父といっしょに家を出たほうがいいのではないか。考えに考えた末、父にそう伝えると、

「お母さんはああ見えて寂しがりやだから。出ていくのは父さんだけでいいんだよ。しっかり者の絵里子がいるんだから何の心配もない」

と言った。

父は、自分が買った家はそのまま母に譲り、もう少し都心に近い場所に二間だけの部屋を借り、一人暮らしを始めた。絵里子は月に二、三度、父と会った。休みの日に父の部屋に行くこともあったし、絵里子と父の会社のちょうど中間あたりにある居酒屋で父

の晩酌《ばんしゃく》につきあうこともあった。

父は家だけでなく、家財道具もすべて妻と娘たちのために残した。芙美子の大学の授業料も父が払うという。父が暴力をふるうとか、お酒に溺《おぼ》れるとか、そういうわかりやすい理由があったわけではない。父だけが離婚の責任を負わされていることが絵里子には不可解だった。父と母の関係が破綻したほんとうの理由は絵里子にもわからなかったし、二人から語られることもなかったが、離婚については、母が主導権を持って進め、母の要求を父はすべてのんだのだった。

父が家を出ていく日の前日から、母は芙美子を連れて温泉旅行に出かけていた。

父の引っ越しには絵里子だけがつきあった。簡素なベッド、テーブル、冷蔵庫、テレビ。父が住む新しい部屋には、人間一人が生活できる最低限のものしかなく、まるで地方から上京したばかりの大学生のようだった。ガラス扉のついた小さな書棚にみっちり詰められた古びた文庫本、それだけが、父があの家から持ち出した父らしいものだった。せめて、窓辺には明るいものをと思って、絵里子は引っ越し後に生活用品を買いに父と行ったホームセンターで、薄い黄色のカーテンを選んだ。

「離婚した男の部屋じゃないみたいだなあ」

と言いながらも、父はどこかうれしそうだった。

トイレや浴室の掃除をしに、父の部屋を訪れても、掃除をする必要がないほど、清潔《せいけつ》に保たれていた。絵里子の住んでいる実家よりも掃除が行き届いている。

確かに母は片付けや掃除が苦手な人だった。最小限のものを整理して暮らすよりも、常に新しい細々としたものを買い、部屋のなかを満たした。和食が好きな父と、洋食が好きな母。派手好きな母と、服装も地味で口数の少ない父。何もかもが違う二人だった。共通の趣味があるわけでもない。

両親が離婚したとき、そもそもこの二人はどうして結婚したんだろう、と絵里子は思ったが、母の言葉によれば、遠縁の親戚にすすめられて見合いを断れなかったから、ということらしい。

そうはいっても、結婚生活を続け、二人も娘をもうけたのだから、ある時点までは、心を通わせてはいたんだろう。結婚生活を半ば強引に終わらせたのは母だ。これまでの人生で、両親が離婚している同級生や同僚、知人に絵里子は会ったことがない。自分の結婚や芙美子の就職に、両親の離婚が暗い影を落とすことはないだろうか。そう考えると不安になった。

母さえ我慢していれば、四人家族でいられたのに。そう思えば思うほど、母との距離が遠くなるような気がした。

父から連絡をもらった絵里子は会社帰りに、いつもの店に向かった。

歓楽街の裏通りにある和風の居酒屋。店構えは古いが、無垢《むく》の欅《けやき》で作られたカウンターも、新鮮な魚が並べられたガラスのショーケースも清潔で、店員さんたちの態度も、べたついたところがなく、いかにも父が好きそうな店だった。

絵里子が紺地《こんじ》の暖簾《のれん》をくぐると、早い時間のせいか、ほかに客の姿はなく、カウンターの奥に父が一人座っているだけだった。絵里子の姿を認めると、父はかすかに笑い、手にしていた杯をあおった。

絵里子は黙って父の隣に座った。小鉢に入った若布《わかめ》と蛸《たこ》の和え物をつまみにおいしそうに日本酒を飲む姿は、いつもと変わらない父だった。

夕方にさっと一瞬だけ降った雨が、湿度をさらに上げていた。店のなかはクーラーが効いていたものの、胸元や脇の下に、にじんだ汗はなかなか引いてはくれない。

たいして飲めはしないのだけれど、なんだか口と胃のなかをさっぱりさせたくて、絵里子は瓶ビールをたのんだ。それに、もろきゅうと刺身の盛り合わせ。この蒸し暑さでは、甘い煮魚、という気分でもなかった。すぐにやってきたビールのグラスを手に取ると、直前まで冷蔵庫で冷やされていたせいで、白く曇《くも》っている。

「珍しいな、絵里子がビール」

そう言いながら、父が絵里子のグラスにビールを注ぐ。絵里子はグラスに口をつけた。きりりと冷えたビールを、おいしい、と絵里子は思った。酔いがふわりと、胃のあたりやこめかみに浮かぶ。

「残りはお父さんが飲んでね」

グラスを父のほうに差し出すと、仕方がないなあ、という顔で父は笑った。

いらっしゃいませ、という店員の声に入り口のあたりを見ると、絵里子とそう年齢が変わらない男女のカップルが入ってきた。デートにこの店を選ぶなんて、随分渋い好みだな、と思いながら、背の高い男の姿形がどことなく高峯さんに似ているような気もした。刺身を口に入れたあと、奥のテーブルに座る男に何気なく目をやった。まったくの別人なのだが、やっぱり痩せ具合や、妙になで肩のところが似ている。ちくり、と毒虫に刺されたような痛みが心のなかに走った。こんな痛みはいつまで続くのだろう、と思いながら、絵里子は箸を置いた。

高峯さんと恋愛の渦中にいたときも、父にそんな話をしたことはなかった。

高峯さんとの恋が始まり、一方的にふられ、いまだに思い出をひきずっている自分。父は、娘のそんな様子に気づいているだろうか。今までつきあっている人を父や母に紹介したことはない。もし、そういう機会があるのなら、それは結婚するときだ、と絵里子は思った。

「父さんな」

父も箸を置き、徳利《とっくり》を手にしようとする。

絵里子が徳利を持つと、ああ、すまんな、と言うように、父が軽く頭を下げた。絵里子が注いだ酒を父は飲み、言った。

「癌みたいなんだよ」

目の前にある刺身の載った皿や、ビール瓶やグラスが、突然ふっと遠くに行ってしまったように思えた。かすかに聞こえていた店のなかのざわつきも聞こえてこない。父の放った癌という言葉の重みが絵里子の肩にのしかかってくるような気がした。何かを言いたいが、口がうまく開かない。そっと隣に座る父を見ると、いつもの父がそこにいた。自分の病気の話をしているのに、淡々と、かすかに笑みさえ浮かべている。いつもと変わらない父、その姿が絵里子にはこたえた。

「春先の会社の健診で再検査になって、それで病院に行って。念のためにふたつの病院で診てもらった。肝臓に癌があるらしい。来月から入院だ」

わあああっと芙美子だったら泣き出すだろうが、絵里子も父に似ている。泣き出したい気持ちをぐっと抑えて、父の話を聞いた。

「病院は絵里子の会社のそばなんだよ。だから……」

「毎日行くよ」

絵里子がそう言うと、父は目で笑った。

「お父さんのところへ会社の帰りに毎日行く」

「心強いな」

ありがとう、と言う父の持つ杯に絵里子はまた酒を注いだ。

父が癌になった、ということの、ほんとうの重さに絵里子が気づいたのは、父が絵里子の会社からほど近い病院に入院した八月初旬のことだった。今の父にとって頼れる家族は絵里子しかいない。病状や治療方針についての説明を絵里子は一人で聞いた。

医師は嚙み砕いて話をしてくれるが、言葉が入ってこない。転移、放射線治療、抗癌剤……。そんな言葉など聞きたくはなかった。けれど、聞かなくてはならない。絵里子はハンカチを握りしめながら、手元のカルテに視線を落としたまま、自分を見ない医師の目をまっすぐに見つめ続ける。長い話が終わり、手術の同意書に絵里子はかすかに震《ふる》える手でサインをした。

心というものが体のどこにあるのかわからないが、父のことを思い出すと、今でもみぞおちのあたりがしくしくと痛む。もっと父に何かしてあげられることがあったのではないか。五十二歳の絵里子はお湯をすくい、わざと音を立てて顔を洗った。

二十一歳の絵里子は、父の手術に一人で立ち会った。

当初三時間かかると言われていた手術は長引き、ゆうに五時間を超えた。手術室からストレッチャーに乗せられて出てきたときの父の顔を見て、暗いものが絵里子の心をよぎった。悪い予感。そして、それは手術後の医師の言葉によって現実のものとなった。

癌は肝臓だけでなく、違う場所にも転移していて手の施しようがないこと。長くてあと半年、ということ。医師の口からこぼれ落ちてくる言葉で自分の体が切り刻まれるような気がした。父の残りの人生があと一年にも満たない、ということに打ちのめされた。

「お父様に病状の説明をしますか？　つまり、告知ということですが」

　中年の男性医師が、感情を乗せない声で絵里子に尋ねる。

「いえ、父には。絶対に父の耳には入れないでください」

　絵里子がそう答えると、医師は頷き、今後の治療や入院生活について、事務的な説明を始めた。

　夏の日はもうすっかり傾いていた。火の玉のような太陽が西の空に沈もうとしている。絵里子は目を見開いて太陽を見た。まぶしくて目がちりちりと痛む。けれど、父のほうがもっとつらい目に遭っているのだと思うと、どうしても目を逸らすことはできなかった。

　会社での仕事を終えると、ほぼ毎日、絵里子は父の病室に向かった。四人部屋で、父は入り口にいちばん近いベッドに寝かされていた。父がその病室に入ってすぐ、父の向かいにいた老人が亡くなった。この前までは、確かに命のあった人がそこに寝ていたはずなのに、綺麗に整えられた空のベッドを見ていると、絵里子は怖くなった。人が死ぬこと。それもいちばん身近な人、自分の父が死ぬということ。その重さに耐えていける自信がなかった。

手術後の父は会うたび、痩せ、衰弱していくように見えた。けれど、その顔を見て驚くような素振りを見せるわけにはいかない。父は手術前と同じように、口数は少なく、絵里子が病室にやってきても、なにかを積極的に話すわけではない。絵里子が話しかけようとすると、カーテンの閉められた別のベッドを細い指でさして、静かに、と聞き取れるかどうかの小さな声でつぶやいた。自分の具合だっていいわけではないのに、他の患者さんに気を遣う、それが絵里子の父だった。

父の病状について、母には絵里子の口から告げた。

それでもやはり、余命のことは言えなかった。母はほんの一瞬、驚いたような顔をしたが、見舞いに行きたいとは言わなかった。一度別れた男女は、たとえ一方が、死の淵《ふち》に立っていても、見て見ぬふりをすることができるものなのだろうか。

父が癌になった原因など、今になってみてもなにもわからないが、母との不仲によるストレス、五十近くになって家族から離れ一人暮らしを始めたことが、関係がないとも言い切れないのではないだろうか。やっぱり、自分は父と共に、家を出て、父と共に暮らす道を選んだほうがよかったのではないか。そうすれば、父の体調の変化にも、もう少し早く気づくことができたのではないか。絵里子は自分を責めた。

高校生の芙美子に、父の病気のことを伝えるかどうか迷ったが、できるだけ一緒にい

る時間を持たせてあげたほうがよいのではないか。絵里子はそう考えた。芙美子は癌という言葉に声を出して子どものように泣き、

「でもお父さん、手術したんだから治るんでしょう？　元気になるんでしょう？」

と絵里子に尋ねた。絵里子は言葉に詰まって曖昧な返事しかしなかったけれど、子どもの頃から勘が鋭い芙美子は、押し黙っている絵里子の態度に何かを感じたらしかった。絵里子が父の病室に行くと、芙美子が父のベッドの横に座り、参考書を広げていることもあった。

父の余命がほんとうに半年だとするなら、自分は父に、結婚相手も、自分の子どもも見せることができないのかと、絵里子は改めて思った。苦しそうな父の寝顔を見ていると、どういうわけだか、高峯さんのことを思い出すことがあった。高峯さんと今も関係が続き、結婚という次のマスに進んでいたら、父に、自分の未来の夫として紹介できたかもしれない。そうすれば、父は、少しは安堵して、逝《い》けるのではないか。ありもしない妄想はなかなか消えなかった。高峯さんは今、絵里子の知らない誰かの夫であり、父親でもあるのに。父の病状を目の前にしても、まだ、高峯さんのことを考えてしまう。それは執着以外の何物でもない。そんな自分のことを絵里子は恐ろしく思った。

父はまだ五十にもなっていない。七月に四十八になったばかりだ。

余命と医師は言ったけれど、それはいつか同僚に連れられて行った占いの言葉のよう

に不確定なものだ。余命宣告を受けたすべての人が、その宣告通りに亡くなるわけでもないだろう。長生きした人だっているはずだ。

父は死なない。絵里子はそう考えようとした。

父の病状では食べたいものを食べさせることができなかったので、絵里子はよく父の手や足をマッサージした。アロマオイルなど当時はまだなかったから、少し高いハンドクリームを買い、父の油分の抜けた手や足に擦り込んだ。爪《つめ》が伸びていれば切り、シェービングクリームを使って髭も剃った。痛み止めでぼんやりとした顔で、父は絵里子に「ありがとう」と言った。涙が出そうになるのを必死で堪えながら、絵里子は父の手や足をやさしく撫で続けた。

その年の夏の休暇のほとんどを絵里子は父の病室で過ごした。帰るときには、父のパジャマや下着を持ち帰り、絵里子が母と住む家で洗濯し、翌日には、清潔なパジャマと下着をバッグに詰めて病院に向かった。

「なんだかあの人がこの家にいるみたいで嫌ね」

母は庭の物干しに吊された父の洗濯物を見て、顔を背けた。

余命のことを知らないとはいえ、一度は夫婦だった相手。絵里子や芙美子にとっては、たった一人の父だ。縁が切れたわけでもない。母はなんでも言葉にしてしまう。自分の母親としてではなく、一人の人間としてどうなのだろう。絵里子はそんな目で母を見るようになっていた。大病を患《わずら》っている人に、人として言葉にしてはいけないことがあるはずだ。絵里子が母に対して、はっきりとした距離を感じ始めたのは、この頃のことだった。お母さんはなにも知らないくせに。怒りにも近い感情がわき上がったが、もちろん絵里子はそれを母に向けて言葉にすることはなかった。母と争っている時間はない。今は、父のことが最優先だ。

父の余命が半年だとして、父は年を越せるのだろうか。駅から病院までの日盛りの道を歩きながら、この夏が父にとっては最後の夏になってしまうのだろうか、と絵里子は思った。人生最後の夏、秋、冬、父と過ごせる最後の夏、秋、冬。蟬時雨《せみしぐれ》を聞きながら、一日でも一秒でも長く、父の生が続くことを祈った。

父は、自分の病状のことも、ましてや余命のことも絵里子には聞かなかった。

気づいていたのかもしれない。そう思ったのは父が亡くなったあとのことだ。娘につらい思いをさせたくなくて、あえて父は聞かなかったのだろう、と。

日に日に、父は痩せていった。体から水分が抜けて、昨日より体が縮んでいるんじゃないだろうか、と思うこともあった。目は落ちくぼみ、頰は削《そ》げ、深い皺が刻まれていた。絵里子は父の前では何事もないように振る舞ったが、父に会い、病室を出るときには、悲しさで体が裂かれるようだった。

駅までの道を歩きながら、頭に浮かぶのは、今までの父との思い出だった。母に一方的になにかを言われ、困った顔でなにも言い返さない父。幼稚園の頃、遊園地にいた大きな着ぐるみが怖くて泣き出した自分を優しくなぐさめてくれた父。二年前の成人式のとき、晴れ着を着た姿を、何枚も写真に収めてくれた父。

秋になり、十一月が来て、絵里子は二十二歳になっていた。

担当医からは、「年が越せるかどうかはわからない」と言われていた。確かに父の体は死に向かっていた。考えてみれば、自分だって生まれたときから死に向かっている。明日、交通事故で突然死んでしまうかもしれない。けれど、医師によってはっきりとした余命宣告を受けた父の生は、絵里子の生よりも、リアルに切実に区切られている。

父には毎日会いたかったが、衰えていく姿を目にするたび、自分のどこかが削がれていくような気がした。そう感じてしまう自分をどこかで切り離したかった。

病院を出てそのまま家に帰りたくなくて、絵里子は目的もなく、新宿の町を歩くことがあった。書店や、デパートの地下、たくさんの人の間をすり抜けるように歩いて、気持ちを切り替える。けれど、その日はどこかで一息つきたかった。

喫茶店でも、ファストフードの店でもよかったが、白っぽい照明の下では、凝り固まった体や心がほぐれていかないような気がした。お酒をのみたいと思ったことなど今まで一度もなかったのに、どこか薄暗い照明の店で、強いお酒を使ったカクテルのようなものを一杯だけでいいからのみたかった。

大通り沿いの雑居ビルの入り口にＢＡＲという文字が見えた。地下に続く階段の上に、ＣＡＬＭＥという赤いネオンチューブが灯っている。いかがわしい店ではないような気がした。絵里子はゆっくりと暗い階段を降り、重い木のドアを開けた。いらっしゃいませ、という声はなかったが、カウンターの向こうにいるバーテンダーの男性が、絵里子を見てかすかに微笑んだ。

カウンターに、テーブル席がいくつか、さらに奥があり、そこに数人の男女が座っているのが見えた。カウンターの端には、絵里子よりもだいぶ年齢が上だと思われる女性が一人座っている。その女性を見てほっとした。この店は、女性が一人でものめる場所なのだ。

絵里子は入り口にいちばん近いカウンター席に座った。すぐさまあたたかいおしぼりと開いたメニューが渡されるが、なにを頼んだらいいのかわからない。思わず絵里子は自分から離れたところに座っている女性を見た。彼女の前には赤いカクテルがある。カクテル一杯だけなら、そう高くはないはず。絵里子の視線に気づいたバーテンダーが言った。

「西瓜《すいか》の果汁を使ったカクテルはいかがですか？　ラムベースで口当たりもいいですよ」

「じゃあ、それを……」

絵里子が答えると、バーテンダーは人の好さそうな笑顔を浮かべた。

このカクテルをのみ終わるまでは、父のことは考えない。目の前にやってきた赤いカクテルを見て絵里子は思った。考え続けたら、自分が壊れてしまう。目を閉じ、一口、一口、味わうように絵里子はカクテルをのんだ。店の中に静かに流れるジャズ。演奏者も曲名もわからないが、好きな曲だ、と絵里子は思った。

父の看病に疲れているとは考えたくなかったが、父の生の終わりを見つめる役目を自分だけが果たしているのかと思うと、頭に重い石を置かれたような気分になる。それでも、この店で一息ついて、明日、また父の病室に行くのだ。ここを給水所にしよう。長いマラソンの給水所のような場所に。ゆっくりカクテルをのみ終わる頃に、絵里子から少し離れた席に人が座る気配がした。誰かが店に入ってきたことにすら絵里子は気づいていなかった。

見るともなしに、絵里子は視線を向けた。絵里子とそう年齢の変わらないように見えるスーツ姿の男性だった。すぐになにかを注文すると、手にしていた文庫本を開き、視線を落とす。男性は本に夢中だ。誰からも話しかけられたくない、という雰囲気は、まるでハリネズミのようだ。時折、眼鏡に手をやっては、目の前のグラスを口にする。神経質そうな人だなあ。それが絵里子の第一印象だった。

それからも父の付き添いに疲れると、絵里子はその店に足を向けた。

いつ行っても、最初に見た男性は、カウンターの同じ場所に座っていた。絵里子より先にいることも、後から来ることもあったが、いつも一人で文庫本を読んでいる。常連さんなのか、と絵里子は思った。

ひどく冷え込む夜で、夜半には雨が雪に変わるかもしれないと、朝の天気予報は告げていた。確かに、店を出ると、冷たい雨が路上を黒く染めていた。駅までは地下街を通っていけばいいかな。そう思って、絵里子が地下街の入り口まで駆け出そうとしたときだった。誰かの手が絵里子の肩に触れた。驚いて振りかえると、あの神経質そうな常連の男性が立っている。

「これ」

そう言って黒い折り畳み傘《がさ》を差し出す。その傘の紐《ひも》には、白い糸で縫《ぬ》った「サカイ」という文字が並んでいる。不格好なその文字の並びを見て、これはきっと、この人が自分で縫い付けたんだろう、と絵里子は思った。

父が入院してからすでに三カ月が経っていた。

病院の建物を囲む木々の葉はすっかり落ち、冬の訪れを告げていた。父が入院した頃、絵里子が仕事を終えて、病院に向かう時間にはまだ明るかった空も、今はもうすっかり暗い。その空を見上げると、絵里子の気持ちもうち沈む。

日に日に、父は衰弱していくように見えた。絵里子が病室を訪れるときには、ベッドで横になっていても、絵里子の顔を見て微笑み、しっかりと話もできたが、近頃は深く眠っていることが多い。それが強い痛みを抑えるための薬の副作用とわかってはいても、このまま父は目を醒まさないのではないか、と考えてしまう。

会社を休職して、一日中、父に付き添うことも考えた。けれど、絵里子がそうすることで、父が自分の病状の重さに気づいてしまうのではないか。それだけは絶対に避けたいことだった。父は自分の病気について、絵里子にも医師にも何か尋ねることはない。それでも、父は自分の容態を悟っている。父のそばにいて、絵里子はそう感じていた。

その日も、父は深く眠ったままだった。掛け布団の上に置かれた父の手を、絵里子は握った。まだ、温もりはある。絵里子が手を握っても、父は握り返すことも、目を醒ますこともない。絵里子はバッグの中から、馬油《バーユ》の瓶を取り出し、蓋を開けて、乳白色のやわらかいかたまりを指ですくい、それを手のひらで温めてから、父の手の甲に伸ばした。

父の病気のことは、会社の親しい同僚には話していた。けれど、余命のことまでは言えなかった。絵里子が父の手をマッサージしている、と話すと、同僚の一人が馬油のことを教えてくれた。アトピーの肌荒れに悩んでいたときに漢方薬局で勧められたのだと言う。その話を聞いた翌日、絵里子は教えられた薬局に行き、馬油の瓶をひとつ買った。

父の手は日に日に乾いていくような気がした。それが死に近づいているしるしのようにも思えた。そのしるしを消すように、絵里子は父の手に馬油を塗りながら撫でた。確かにハンドクリームを塗っていたときより、父の手の皮膚はなめらかになったような気がする。

「……絵里子……」

眠っていたかと思っていた父が急に口を開いた。

驚きながら絵里子は立ち上がり、父の顔を見た。

「何？　どこか具合悪い？」

そうではない、というように、父は首をかすかに横に振る。

「絵里子……」

「ん？」

少しためらうように父が言葉を続ける。

「絵里子には、好きな人とかいないのか？」

「いないよ……」

慌てて目を逸らし、父の手を撫でながら答えた。笑いながら言うつもりだったのに、少し怒ったような口調になってしまったことを絵里子は悔いた。正直なところ、未だに心のなかには高峯さんがいるのだ。日に何度かは高峯さんのことを頭のなかで思い出している。それを父に見透かされたようでどぎまぎした。

「絵里子の結婚式には出たいな……」

そう言われて胸が詰まった。体がつらいとも、何をしてほしいとも言わない父が口にした、たったひとつの願望なのだろうと思った。絵里子は返事ができなかった。それでも、無理に笑顔を作り、父の手を馬油でマッサージし続けた。

父の余命が医師の言葉どおりなのだとしたら、あと三カ月で結婚式をするなんて絶対に無理だ。今から誰かとつきあい始めたとしても、三カ月で結婚に至るはずがない。それなのに、結婚式という言葉で、絵里子の胸のなかに高峯さんではない、ひとりの男の顔が浮かんだ。

あの地下のバーで会う、男の人の横顔。ちょっと神経質で、怖そうで、絵里子の好みからは遠い。まさかね、と絵里子は心のなかで首を振る。足下に置いたバッグに目をやった。いつかの雨の夜。あの男の人に借りた折り畳み傘と、御礼のハンカチが入れたままになっている。サカイさん。あの夜以来、幾度かバーに足を運んだけれど、サカイさんには会えなかった。もう会うこともないか。この傘は、バーの人に預けたほうがいいのかもしれないな。そう思いながらも、絵里子はバッグの中で嵩張《かさば》る折り畳み傘とハンカチを入れた紙袋をいつまでも家に置いておくことができずにいた。

サカイさんに再会できたのは十二月、その年一番の寒気に東京が見舞われた日のことだった。すっかり顔なじみになったバーテンダーに季節のフルーツを使ったカクテルを頼み、それを一杯だけ飲んでから家に帰るようになっていた。

その日、絵里子はカウンターで柚《ゆ》子《ず》を使ったギムレットを口にしていた。父のいる病室と、この店の中はあまりに違う。そばにいることも、毎日、病室に行くことも決して絵里子にとって嫌なことではないのだが、父の病室の白い壁に囲まれ、蛍光灯の下で、弱っていく父のそばにいると、心のどこかが確実に削がれていく。この店はほの昏《ぐら》く、小さな音でジャズがかかっている。会社とも病室とも違う、どこか世俗から離れた空間だ。疲れきった体を包み込むようなオレンジのランプに照らされていると、心の奥深くが慰《い》撫《ぶ》されているような心地になった。

ふいに誰かが座る気配がした。カウンターの端、絵里子からいちばん遠くに座ったその人に目をやる。随分と痩せたような気がするが、あれは確かにサカイさんだ。絵里子は椅子から降り、バッグの中の折り畳み傘と紙袋を手にその人に近づいた。

「あの、これ……」

サカイさんは驚いたように顔を上げ、絵里子を見る。この女はいったいなんだ、という感情が顔にあらわれている。

「……あの、いつか、傘を貸してくださって、そのままお返しできなくて、それで」

絵里子は傘を差し出し、サカイ、とカタカナで刺繍した部分を見せた。

サカイさんの頭のなかで古い記憶が蘇ったのか、猜疑心《さいぎしん》は一瞬で顔から消え、満面に笑みを浮かべた。こんな顔で笑う人なんだ。感情が全部、顔にあらわれてしまう。嘘《うそ》がつけない人なんだろうな、と絵里子は思った。

その日から、店で顔を合わせると、サカイさんと絵里子は隣同士に座って、短い時間、話をするようになった。サカイは酒井、と書くのだと、教えてくれた。酒井さんの話によれば、絵里子も、いや、日本の誰もが名前を知っている飲料メーカーで営業をしているらしかった。

この店にいるときは、いつも本を読んでいる酒井さんの時間を邪魔してはいけないのでは、と絵里子は思ったが、絵里子が店にいると、酒井さんは、まるで約束したかのように絵里子の隣に座る。話すことはたわいもないことだったが、そのたわいもない会話が絵里子にはちょうどいい息抜きになった。

酒井さんは仕事柄、日本中を飛び回っているらしく、

「今日は朝一番で新幹線で大阪に行って、それから四国に寄って、飛行機で東京に戻って、打ち合わせを二件終えたところです」

などと、ひどく疲れた顔で話すことがあった。

「先月、母が、高知の母が亡くなって。僕、長男なので、なんやかやと四国に戻らないといけなくて……」

絵里子はどきりとした。それほど親しくはない酒井さんのお母さんが亡くなったと聞かされて、死という曖昧模《も》糊《こ》とした存在が自分に近づいてくるような気がした。

「そうだったんですか……」

そう言ったまま絵里子は口を噤《つぐ》んでしまった。

「人がひとりいなくなるというのは大変なもんですね。書類上の手続きとか、遺品とか、うちの母はたいした物を遺《のこ》したわけじゃないですけど、それでもね……。悲しくなってきたのはやっと最近のことですよ。葬式のときなんか、全然泣けなくてね。忙しすぎて。仕事もあるし」

酒井さんの話を聞いて、思わず絵里子は俯いてしまった。父が亡くなったあとのことをまるで予習のように聞かされているような気持ちになった。気づかれないように、目尻に浮かんだ涙をそっと指で拭う。

「あっ、僕ばかりべらべら話して。……あの、何か失礼なことを言いましたか」

絵里子の様子に気づいたのか、酒井さんは慌てて絵里子の顔をのぞき込んだ。

「いえ、今、私の父が……」

絵里子は父が入院していること、父の命はもう長くはないこと、両親は離婚していて、病気の父を支えるのは自分ひとりしかいないこと、会社の帰りに病院に行き、息抜きにこの店に来ていることなどを、ぽつりぽつりと話した。絵里子の話を酒井さんは黙って聞いてくれる。相槌すら打たないが、今、あなたの話を集中して聞いています、という、どこか気迫に満ちた態度が酒井さんにはあった。

こんなふうに自分の話を聞いてくれる男の人に絵里子は出会ったことはなかった。片桐君も高峯さんも、自分の話ばかりしていた。それを絵里子は黙って聞いていた。話すのはいつも彼らで、絵里子は聞き役だった。

酒井さんの態度に甘えて、絵里子は父のことを話した。同僚にも、友人にも話していないことでも、なぜだか酒井さんには話せた。勤務先くらいしか知らないのに、いや、知らないからこそ話せたのかもしれなかった。ひとしきり話すと、胸のつかえが取れたような気がした。

「……それは大変だな。僕は母の看病は地元にいる妹任せだったから……。無責任に大変だなんて言う権利はないんだけれど。おつらいでしょうに」

ふいにそう言われて涙が溢れそうになった。そうだ。酒井さんの言うとおり、私は大変でつらいのだ。けれど、その気持ちを誰にも言えなかった。慌ててバッグの中を探ったが、ハンカチが見つからない。絵里子に酒井さんがハンカチを差し出した。ブルーに薄い白い格子《こうし》の入ったハンカチを。

「あ、これ……」

「いつか傘の御礼にいただいたものですよ。ポケットに入れっぱなしで洗濯していないけれど」

絵里子は笑みを浮かべてそれを受け取り、頬にあてた。男の人のにおいがした。病室にいる父のにおいとも違う。生きる力に満ちた若い男の人のにおいだった。

「私、洗濯してお返ししますね」

「いやあ、もう御礼とかはいいですからね。それより」

そう言って酒井さんは前を向き、お酒のお代わりを頼んだ。

「僕はだいたい火曜日か木曜日はこの店に来ることが多いんですよ。ひとりで本を読みながら酒を飲んでるだけですけどね……」

そこまで言って酒井さんは口を閉じた。酒井さんという人をそれほど知らないはずなのに、最後まで言わないのが、なぜだか酒井さんらしいと絵里子は思った。火曜日か木曜日にこの店に来れば、酒井さんに会えるのだ。長距離マラソンの給水所に決めたこの店に、話を聞いてくれる誰かがいること。そう考えたら、重苦しい思いに満ちた絵里子の胸のなかに小さな明かりが灯るような気がした。そして、そのことを絵里子は有り難く思った。

酒井さんは悪い人じゃない。いや、いい人なのだ。片桐君や高峯さんに抱いていた気持ちとも、また違う。春のあたたかな日、ふと降っていることに気づくような、やさしい雨のような人だ、と絵里子は思った。

病院から電話がかかってきたのは、あと二日後にクリスマスを控えた午後のことだった。電話口の看護師は危篤だ、とは言わなかったけれど、とにかく早く病院に来てほしい、ということだけを繰り返して言った。会社から母に電話をし、絵里子は病院に急いだ。絵里子の会社から病院まではタクシーに乗るほどの距離ではない。タクシーを探す時間も惜しかった。新宿の駅ビルは赤や緑、金色のクリスマスのデコレーションが施され、走るように歩く絵里子の耳にクリスマスソングが聞こえてくる。腕を組んで歩くカップル、小さな女の子の手を引く、自分とそう年齢の変わらなそうに見える若い母親を横目に見ながら、絵里子は病院へ急いだ。

飛び込むように病室に入ると、父のベッドのまわりにいた医師や看護師が絵里子の顔を見た。父は酸素マスクをつけられ、苦しそうに肩で息をしている。立ち上がった医師に促され、絵里子は再び病室の外に出た。

「今晩が峠《とうげ》かもしれません。ご家族の方をお呼びしたほうが……」

感情のない顔で医師は言った。母は来ないだろうと思った。さっきの電話では、予備校に通っている芙美子には母から連絡すると言っていたが、間に合うだろうか。できれば、自分ひとりでなく、芙美子と父を送ってあげたかった。

父のベッドの横にある椅子に座り、絵里子は父の手を握った。昨日より、さらに父の手が小さくなったような気がした。けれど、まだ、その手は温かい。

「お父さん」と呼びかけてみたものの、返事はなかった。何か一言でもいい。父と言葉をかわしたかった。父の瞼は開かない。規則的に呼吸をしているだけで、父の意識はもうないのかもしれないと思った。父はまだ五十にもなっていない。あまりに短すぎる。父の望むように、結婚式に出させてあげたかった。自分が産んだ子どもを抱いてほしかった。そのすべてがもう叶わない。

　夜になって降り出した強い雨の粒が病室の窓を叩く音が聞こえる。お願い。あともう少しだけ。父の手を握りながら、絵里子はそれだけを願った。

　絵里子と芙美子に見守られながら、父はあっけなく逝った。

　言葉をかわすことはできなかった。それでも、絵里子と芙美子の姿を認めると、安心したように目を瞑《つむ》り、そのままだった。静かで穏やかな死だった。父のような人は静かに穏やかに亡くなるのだと絵里子は思った。

　絵里子が喪主《もしゅ》をつとめた葬儀も、納骨も、葬儀社や親戚の者の言葉に従うまま滞りなく終わり、自分の部屋で喪服を脱いだとき、ああ、やっと終わったという安堵の気持ちが湧いて、絵里子はそんなことを感じる自分に罪悪感を抱いた。

　今まで、どれだけ自分が緊張して体を強張《こわば》らせていたのかがわかった。父に病状を悟られないように笑顔を作り、仕事帰りに父に会いに行き……、それは看病とも言えぬほどのものかもしれなかったが、絵里子にとっては重すぎる役割だった。

年が明けて、四十九日が終わり、絵里子は父が一人で住んでいたアパートに向かった。律儀だった父は半年先まで家賃を支払っていたので、六月までは部屋に出入りすることができる。借り主がいないのだから、さっさと明け渡したほうがいいのかもしれなかったが、絵里子は六月の終わりまで部屋をそのままにしておこうと思った。

父が入院してから、下着やパジャマや、持ってきてほしいと言われた本を取りに、二、三度、部屋を訪れたことはあったが、父が亡くなってからは、初めてだった。鍵を開けて入ると、どこかほこりっぽいような黴《かび》臭いようなにおいがした。絵里子はカーテンを開け、窓を開けた。冬のきりりとした冷たい風が、父がこの部屋に引っ越したとき、絵里子が選んだ薄い黄色のカーテンを揺らす。

遺品の整理をしなさい、と親戚からは言われていたが、父はこの部屋に引っ越したときに自分の持ち物はあらかた整理してしまったから、めぼしいものはない。父らしいものと言えば、ガラス扉のついた書棚にきちんと収納された文庫本くらいだ。絵里子は扉を開けて、一冊を手にとり、ぱらぱらとめくってみた。夏目漱石《なつめそうせき》の『門《もん》』という本だった。夏目漱石という名前は知っているが、絵里子が読んだのは、『吾輩《わがはい》は猫《ねこ》である』くらいで、この作品の名前すら知らなかった。

表紙をめくった最初、書名と著者の名前が書かれたページの下に、この本を買った日付だろうか、１９５８・４・19という数字と、Ｒ・Ｋという父のイニシャルがブルーのインクで書かれていた。その几帳面《きちょうめん》さがいかにも父らしかった。１９５８ということは絵里子が生まれる約十年前。父がまだ十代のときに買った本だ。表紙もページもすっかり茶色くなっているのに、それでも父がこの本を書棚に入れたということは、それだけ愛着があったということだろう。ここに収められた本は書棚ごと自分の部屋に引き取ろうと絵里子は心に決めた。読まないだろうとは思ったが、絵里子は『門』を自分のバッグに入れた。

トイレに行こうと洗面所に向かうと、洗面ボウルの横に置いてある茶色い木のブラシが目に入った。手に取り、目を近づけてみると、数本の毛がブラシにからみついている。

父の遺骨を拾ったときのことを絵里子は思いだした。体も髪もすべて焼け、最後は白い骨になった父。妹と二人で拾った骨の驚くほどの軽さ。まるで白い珊瑚《さんご》のようだった。火葬場の人がちりとりのようなもので集めた骨の粉。それすらも骨壺に納められ、蓋が閉められたとき、父の人生の短さに絵里子はまた思いを馳せた。

ブラシを鼻に近づけてみた。父のにおいがした。絵里子は泣いた。この部屋でなら、気兼ねなく泣くことができる。ここは私が泣くことができる部屋だと絵里子は思った。そういう理由で父が家賃を先払いしていたわけではもちろんないだろうが、この部屋に今しばらくいられることに、父の優しさを感じて、絵里子は声をあげて泣いた。

「へえっ、お父さんの……」

父が亡くなってから初めて訪れたCALMEで、絵里子はなぜだかバッグの中から出した『門』を酒井さんに見せていた。なぜそうしようと思ったのかわからない。けれど、いつもこの店で本を読んでいる酒井さんに、この本を見てもらいたかった。

酒井さんは文庫本を大事そうに手にとり、ゆっくりと表紙を開いた。

「僕も学生のときには読んだけど、どんな話だったか……あ、これ」

酒井さんが日付と父のイニシャルを指さした。

「相当な本好きだったんですね。お父さん……」

「でも、残してあったのは文庫本ばかりで……かなり古い本だから、古本屋でも売れないだろうし……」

そう言いながら、絵里子はチェリーブロッサムというカクテルを口にした。バーテンダーはもう絵里子が何も言わなくても、季節に合ったカクテルを出してくれるようになっていた。チェリーブランデーとオレンジキュラソー、レモンジュースなどが入っていると説明されたそれは、桜というよりもアメリカンチェリーのような鮮やかな色合いで、いかにも今夜のような春の夜にぴったりだった。

「これ……あの、僕、借りてもいいですか？」

しばらくの間黙って最初のページを目で追っていた酒井さんが突然そう尋ねたので、絵里子は戸惑った。その表情に酒井さんが慌ててつけ加える。

「あ、もちろん、大事に読みます。カバーをつけて」

そう言って、酒井さんは自分の鞄の中から一冊の文庫本を出し、そこにつけられていた革のカバーを外して、父の本にかけた。文庫本の専用カバーを持っている人を初めて見た。よっぽどこの人は本が好きなのだろう。

「そんなふうに大事に読んでくださったら父も喜びます。私はあんまり本を読まないから……」

「ちゃんとお返ししますから、安心してください」

そう言って酒井さんは重要書類を扱うように、革のカバーをつけた父の本を鞄にそっとしまった。その仕草を見ながら、また、酒井さんと会えるのか、と絵里子は思った。どこかほっとしてもいた。この人が好きでたまらない、というわけではないが、この人と出会った縁が途切れてしまうのは、今の自分にとって、とても寂しいことだ、と絵里子は思った。

「ああ、そうそう」

そう言いながら、酒井さんは背広の内ポケットから、さっきの革カバーと同じ色の名刺入れを取り出した。

「僕、名刺も渡していなかったでしょう」

差し出された名刺を受け取り、絵里子も自分の名刺を差し出した。酒井さんとは何度も会っているのに、今になってバーのカウンターで名刺交換をしているのがおかしかった。

「あれ、会社、近いじゃないですか」

酒井さんが絵里子の名刺を見て声をあげた。

「僕、営業なので、社内にいないことも多いですけど、お互いに時間があったとき、昼でも夜でも、飯に行きましょう。連絡してもいいですか？」少し怒ったような顔で言う。

「あ、はい……」と絵里子が返事をしたあとも、酒井さんの表情は変わらない。もちろん、いつでも、とはっきり返事をしたほうがよかったのかな、と絵里子は思った。

「そうだ、お父さんの好きなお酒ってなんですか？」

「ああ、父は日本酒ですね。日本酒しか飲まなくて」

「ここにはないよなあ……」

目の前にいるバーテンダーが困ったような顔で笑いかける。

「そうだ。じゃあ、今度、おでんでも食べに行きましょう。まだ、寒い日もあるし。この近くにいい店があるんだ」

ぐいぐい来る人だ、怒ったような顔をして。けれど、絵里子は酒井さんの誘いがうれしかった。父がいなくなってぽっかりと開いた穴に、酒井さんが灯りを灯してくれるような気がした。

父が亡くなったと聞いても母は泣かなかった。葬式にも出なかった。少なくとも、絵里子のいる前では悲しそうな素振りを見せなかった。母の前では父の話はできなかった。実家にいるときは、絵里子の部屋か、芙美子の部屋で父の思い出を語り合った。父の話をしていたら、二人とも寂しくなってしまい、絵里子の狭いシングルベッドで芙美子と体を寄せ合って眠ることも少なくなかった。

「お父さんに駅まで傘を持っていったことがあったね」

芙美子が暗い天井を見ながら呟いた。

絵里子が小学五年生のときだった。

冬の寒い日で、父は朝からひどい咳をしていた。夕方から降り出した雨はすぐに雪に変わるだろうと、テレビのニュースで聞いて、「お父さん、傘、持っていかなかったよね」と母に言ったのは絵里子だった。「駅から走ってくるでしょうよ。心配しなくても大丈夫よ」母はそう言ったまま、キッチンに立ち夕食の準備を続けていた。

雨の粒が掃き出し窓に叩きつけられ、一筋になって落ちていく。

「私、お父さんに傘持っていく」そう絵里子が言うと、「私も行く」と芙美子もついてきた。絵里子が父の傘を持ち、二人で傘をさして、改札口から出てくる人たちに目をこらした。けれど、いつまで経っても父の姿は見えない。芙美子がトイレに行きたいと言い出し、絵里子は駅員さんに頼んで駅のトイレを貸してもらった。芙美子のトイレに付き添いながら、父とすれ違ってしまうのではないかと気が気ではなかった。小一時間も待っただろうか。体も芯から冷えていた。芙美子は泣きそうな顔をしている。もう帰ろうか。そう思って改札口に背を向けたとき、肩を叩かれた。

「二人で傘、持ってきてくれたのか、そりゃありがたい」

父に会えてほっとした。芙美子は父の手を握り、その場でぴょんぴょんとジャンプした。駅のそばに鯛焼きやたこ焼きを売っている店があった。おいしい、という評判を絵里子も聞いてはいたが、一度も食べたことがない。母は食については意外に神経質で、同級生が出入りしている駄菓子屋にも不衛生だから、という理由で行かせてもらえなかった。

おなかもずいぶん空いていた。鯛焼きの焼ける香ばしいにおいと甘い香りにつられて、絵里子の目は店先の鯛焼きから離れなかった。その視線に気づいたのか父が足を止める。

「芙美子と半分ずつ。母さんには内緒だ。夕飯もちゃんと食べること」

そう言って鯛焼きをひとつ買ってくれたのだった。父は鯛焼きを半分に割り、頭のほうを絵里子に、尻尾のほうを芙美子に分けてくれた。湯気の立ったあんこは街灯の光を受けて、つやつやと光っていた。その場で絵里子と芙美子は鯛焼きを食べた。焼きたての鯛焼きの甘さが空腹にしみた。大事そうに鯛焼きを食べる二人を父はただ黙ってうれしそうに見ていた。父は食べなかった。

「あのときの鯛焼きおいしかったなあ。あの店、もうないし」

隣で芙美子が毛布を首まで引き上げながら言った。

「でも、結局、お母さんにばれちゃったね」

絵里子がそう言うと芙美子は声を出して笑った。

「私の口の横にあんこついてるの、お母さんに見つかって。お父さんに、なんで、夕飯前にそんなもの食べさせるのか、ってものすごい勢いで怒ってたよね」

くすくすと絵里子と芙美子は笑い合った。笑いながら絵里子の目に涙が浮かぶ。それを芙美子に気づかれないようにそっと指で拭った。

「なんで、私、あんこのこと気づかなかったんだろう……」

笑っていた芙美子の言葉が次第に湿っぽくなり、泣き声に変わった。声を押し殺すように芙美子は泣く。母のいるこの家では、芙美子も絵里子と同じように、大きな声で泣くことを我慢しているのだろう。絵里子は芙美子の肩を手のひらでゆっくりと叩いた。まるで赤んぼうを寝かしつけるように。泣き声が寝息に変わるまではあっという間だった。

絵里子と酒井さんが新宿のおでん屋に行ったのは、桜の花が散り始める頃だった。春の陽気で昼間は暖かいが、それでも夜になると急に冷え込む日が続いた。絵里子は初めて訪れる店だったが、酒井さんは何度か来たことがあるのか、メニューも見ずに、

「大根、ちくわぶ、卵、はんぺん」と次々にオーダーしていく。

「加瀬《かせ》さんは、日本酒は飲めるんですか？」

「いえ、私はあまり……」

「じゃあ、舐《な》めるだけでも」店の人に杯を三つ用意させた。

酒井さんはお銚子から三つの杯に酒を注ぎ、

「お父さんに」

そう言って杯をあおった。絵里子はほんの少しだけ日本酒を口にした。胃のあたりがぽっと熱くなる。関東風のおでんは色が濃く、出汁《だし》がしっかり染みていて、どれもおいしかった。

「この大根おいしいですねえ」

思わず絵里子がそう言うと、

「そうでしょう」とまるで自分がほめられているかのように表情を変えずに酒井さんが言った。

何かを食べておいしい、と思うことなど、父が亡くなってからあまりなかった。何を食べても同じ味がするような気がしたし、毎日、会社に行くためだけの栄養をつけなく

ちゃ、と頭で考えて食べているだけだった。味がどうとか、おいしいとか、まずいとか、そういう感覚が削がれていた。

けれど、今、食べている大根はほんとうにおいしい。こんなにおいしいおでんを食べたのは、生まれて初めてかもしれなかった。

再婚をする、と、母が絵里子と芙美子に告げたのは、父の死から半年も経っていない四月の半ばの頃だった。絶句、という言葉は知っていたけれど、その言葉以外で表しようのない状態に、自分が陥る日が来るとは思わなかった。絵里子はただ黙って母の話を聞いた。

「友人の紹介で知り合った会計士さんなの。お母さんよりも五歳下。離婚経験はあるけど、子どもはいないの」

母はそう言って絵里子と芙美子の湯飲みにお茶を注いだ。指先をふと見ると、爪がパールの入った淡《あわ》いピンクに彩られている。

確かにその頃、母が夜遅くまで家を空けたり、今まで使ったことのないような香水を身に纏《まと》っていたり、大ぶりの派手なイヤリングをつけていることに、絵里子は気づいていた。元々、友人の多い母だ。絵里子が父の看病に時間を費やしているときだって、母は自分の人生を謳歌《おうか》していた。それに苦々しい思いを抱かなかったか、と言えば嘘になる。けれど、再婚となれば話は別だ。絵里子と芙美子にとっては、義理ではあるが、新しい父でもあるのだから。父が母のために残したこの家だってどうなるのか。母の再婚を許したとしても、その義理の父が、この家に暮らすことだけは絶対にいやだった。隣に座っている芙美子だって同じ気持ちだろう。芙美子は何も言わないが、彼女の怒りの気配が隣に座っている絵里子にも伝わってくる。

絵里子も押し黙ったまま、目の前で立ち上る煎茶の湯気を目で追った。

「お母さん、その人のマンションで暮らす。あなたたちだって、今さら、見ず知らずの他人と暮らすのはいやでしょう?」

そう母は問いかけたが、絵里子と芙美子の意見を待っている様子でもない。母はもう自分で全部決めてしまっている。これは同意を求める会話ではなくて、事後報告なのだ、と絵里子は理解した。

「お母さん、私とお姉ちゃん捨てるんだ。お父さん、捨てたときみたいに。いつも勝手だよね。なんでもひとりで決めて、勝手過ぎるよ」

芙美子が大きな声を出し、テーブルの上を大きく一度、手のひらで叩いた。三つの湯飲みが大きく揺れ、絵里子は慌てて自分の湯飲みに手を添えた。それでも、母の表情は変わらない。微笑んでもいない、芙美子にそう言われて悲しんでいる様子もない。どこか、せいせいとした表情をしている。そのときの絵里子にはそう見えた。

「ほんとうに、その人と……だいじょうぶなの？」

絵里子はそう聞かずにいられなかった。これではどちらが親かわからない。

「あなたたちになんの相談もしないで決めたのは悪かったと思ってる。だけど、絵里子も芙美子ももう立派な大人だもの。……お母さんの、生きたいように生きさせて。たったひとりで生きていけるほど、お母さんは強くないもの」

芙美子はいきなり立ち上がり、

「お母さんの馬鹿！」と叫んで、居間を出ていった。階段を上る大きな足音に続き、部屋のドアを勢いよく閉める音がした。こんなときに自分が思ったとおりに、感情を爆発させることができる芙美子がうらやましかった。絵里子だって、母に「馬鹿！」と叫んで、自分の部屋に閉じこもってしまいたい。

けれど、なぜだか母をこの場所にひとりにすることができなかった。

たったひとりで生きていけるほど、お母さんは強くないもの。

母のそんな言葉を生まれて初めて聞いた。絵里子の目から見れば、幼い頃から、母はいつも強く、思ったことを思ったそばから口にする人だった。別れてしまった父の死など、母にとってはなんでもないことだと思い続けていた。けれど、父の死は、もしかして母にとって、絵里子が考えている以上に、大きな出来事だったのではないか。

母が勝手に決めた再婚を、許せる、とは到底思えなかった。それなのに、目の前にいる母に対して、なぜ、哀《あわ》れむ気持ちが湧いてくるのか。

　母を見ていられなくて、絵里子は掃き出し窓の向こうに見える庭のツツジに目をやった。昼間でもうす暗い居間から見るその赤紫の色は、あまりにもまぶしい。長い沈黙が、母と絵里子との間に横たわっていた。何を、どんな言葉を母にかけたらいいのかもわからない。その沈黙を破るように、母はぽつりと、「ごめんね」と一言言い、自分と芙美子の湯飲みを手に立ち上がった。あやまるくらいなら再婚などしないでほしいのに。その言葉を飲み込んで、絵里子はいつまでも冷めたお茶を前に庭のツツジを見つめていた。

「なんか心配ごとでもあるんですか？」

　隣にいる酒井さんが声をひそめて絵里子に聞いた。その言葉で絵里子は我に返った。いつものＣＡＬＭＥのカウンター。いちばん奥に絵里子が、その右側に酒井さんが座るのが常だった。目の前には、桜のリキュールを使ったというパステルピンクのカクテルが置かれている。

「ああ、いえ……」なんでもないんです、と言おうとして、絵里子はその言葉を胸にしまった。この店なら、酒井さんになら、言えるような気がした。この場所と、この人には甘えてもいいのではないか。父のことも話した酒井さんになら。

「母が突然、再婚すると言い出して……」絵里子は母の再婚話を酒井さんに伝えた。

「両親が離婚して、父が亡くなって、母も再婚するとか……私の家ってなんかめちゃくちゃですよね。……母は夏には家を出るというし、そうしたら、私と妹の二人暮らしになるんです」

そう言って絵里子はカクテルを口にした。カクテルというものを飲むようになって思ったことだが、ただ綺麗なだけのお酒に見えるのに、アルコールは強い。喉と胃のあたりに熱い火が灯るようだ。けれど、そのアルコールの勢いが、絵里子の言葉を増やした。

「自分の居場所がなくなってくみたいで……私」

ここで泣くのはあまりに卑怯だ、と絵里子も思ったけれど、意志に反して鼻の奥がぐずぐず言い始める。

「親に、いつまでも自分の親でいてほしいって思うのは、もしかしたら子どもの甘えなのかもしれませんよね」

「えっ」絵里子は思わず酒井さんの顔を見た。

「え、ああっ、甘えなんて言って気を悪くしたら申し訳ない。……僕の母も昨年亡くなったでしょう。そのとき父は泣きに泣いてね。僕、父が泣いているところなんて初めて見たから……かなり動揺したんですよ。自分でもびっくりするくらい。だけど、冷静になって考えてみたら、僕が生まれる前の、僕の知らない父と母の思い出があるんだろうなあ、と。僕の両親は恋愛結婚なんですけど、今の僕の年齢で父はもう結婚してたんですよね。考えてみたら。自分にとっては親だけど、父と母も、ひとりの男と女が出会って、恋愛から始まったんだって……。まあ、当たり前の話なんですけど、自分もこの年齢になって初めてそのことに気づいて……」

酒井さんの話を聞きながら、絵里子は目の前にあるカクテルを見つめた。生まれたときから父は父で、男ではなく、母は母で女ではなかった。

「僕は加瀬さんのお母さんのこと、なんにも知りませんけど……親だって、ただのひとりの人間なんじゃないですかね。子どもは、親に対していつも正しくあってほしい、きちんとしてほしい、と、ついそう思ってしまうけれど、親だって、ほんとうは必死に親らしい姿を子どもに見せているだけで、子どもと同じように迷ったり、悩んだりしてるんじゃないかな、なんて……」

そこまで言うと酒井さんは、バーテンダーに水割りのお代わりを頼んだ。

「すみません、えらそうなことをべらべらと言って」

「いえ……」

「でも、家族って、ずーっと同じ形じゃないですよね」

「同じ形？」

「ええ、僕の家だって、母が亡くなった。僕が子どもの頃は、両親と僕と妹の四人家族でしたけど、今は妹も結婚して、僕も東京で、父はひとり暮らしです。子どもの頃の形と同じじゃない。だけど、やっぱり、僕の家族は？　と、誰かに聞かれたら、父と妹が僕の家族なんですよ。形は変わったけれど、メンバーは同じ。母はいなくなったけど、父は地元の友人と釣りに行ったり、それなりに悠々と生活を楽しんでいます。そりゃ母がいなくなって、僕が想像できないくらい寂しいだろうけど……。それでも、やっぱり、父は僕の家族です。万一、この先、父が誰かと再婚すると言い出したとしても、新しいメンバーが加わっただけで、僕と父の関係は変わらない。加瀬さんのお母さんが再婚されても、加瀬さんとお母さんが、母親と娘であることはこの先ずーっと変わりはないんじゃないかな」

　絵里子は右を向いて酒井さんの顔を見た。酒井さんはまっすぐに前を見ている。こんなふうに酒井さんの横顔を見つめたことはなかった。左目の下に小さな薄いほくろがある。そのことに今まで気づいていなかった。酒井さんは絵里子の視線も気に留めず、言葉を続ける。

「……それに、自分の居場所がなくなるなんて、そんなふうに考えなくてもいいんじゃないでしょうか。加瀬さんのお母さんは新しい居場所を見つけた。加瀬さんも、妹さんも、新しい居場所を見つければいい。……僕みたいな部外者が余計なこと言ってると思ってもらってかまいませんけど、お母さんの再婚で加瀬さんの未来が閉ざされたみたいに思ってしまうのは、なんだかもったいないなあ、と、僕はそんなふうに思います」

五十二歳の絵里子は、今でもその夜のことを覚えている。

そのとき、酒井さんの言葉がすべて理解できたとは思わない。酒井さんは同じ経験をしたことがないから、そんなふうに言えるのだとも思った。けれど、ふと漏らした自分の言葉を全力で受け止めてくれた酒井さんの存在が、折りたたんだ紙の端をインク壺につけたように、自分のどこかを染め、広がっていったことは確かだった。

「えらそうにこんなことを言ってすみません。……僕、少し酔ってますね。今日、大きい仕事が決まったものだから、気も大きくなっているんです」

そう笑いながらも、酒井さんはおいしそうに水割りを飲んだ。

「ああ、そうそう」

酒井さんは自分の隣の席に置いていた鞄に手を突っ込み、革のカバーをつけた文庫本を絵里子に差し出した。いつか、絵里子が貸した、夏目漱石の『門』だった。

「これ、やっと読み終わって……大学のときに読んでいたはずなのに、もうすっかり忘れていました。こんな話だったかと。……僕、文学部なのに」

革のカバーは使いこまれて、いい艶《つや》が出ている。酒井さんが飲んでいるウイスキーの水割りのような色だと絵里子は思った。酒井さんは自分が通っていた大学の話を始めた。学部は違うが、今年、妹の芙美子が入学した大学だった。

「ああ、じゃあ、あのまずい学食で妹さんは食べてるのかなあ、僕はお金がなかったから、毎日いちばん安いA定食で。バイト、バイトの毎日で、新しい本なんか買えないから、古本ばかり読んでいて、その頃、『門』だって読んだはずなのに。すっかり忘れてて唖然《あぜん》としました。『三四郎《さんしろう》』も『それから』も読み直さないと」

「ああ、その本、どっちも父の部屋にありました。私は読んでないんですけど」

「お父さん、漱石が好きだったんですねえ」

　そう言われてはみたものの、読書が趣味でもない絵里子は、父と漱石の話などしたことはない。酒井さんにそう言われて初めて、父は漱石が好きだったのか、と改めて思ったほどだ。父のことはなんでも知っているような気がしていたけれど、まだ自分の知らない父がいることが、新鮮だった。そう気づかせてくれた酒井さんという人も。

「……ああ、あの……」

　絵里子は目の前のカクテルを一口飲んだ。

「はい？」

「酒井さん、今度、父の部屋にいらっしゃいませんか？」言いながら、顔が赤くなっていることに気づいた。アルコールのせいにして、勢いで言ってしまおうと思った。

「父がひとりで暮らしていた部屋、まだ、そのままにしてあるんです。その部屋、六月には解約してしまうので。置いてあるものは処分しないといけなくて。……別にたいしたものは何もなくて、文庫本がたくさん詰まった書棚がひとつあるくらい……もし、酒井さんが読みたい本があるなら、少しもらっていただけませんか？　そのまま処分してしまうのも気が引けるし、本を読まない私が持っていても、亡くなった父もうれしくないような気がして……あ、ああっ」

　あまりに大胆な誘いを自分が口にしていることに気づいて、耳たぶが熱くなった。絵里子は慌てて付け足した。

「酒井さんが来てくださる日は、妹も呼びます。あの部屋のお別れパーティーみたいなことをしたかったんです。私と妹で何か作ります」

「え、いいのかな」

　そう言いながらも酒井さんは絵里子の誘いを断らなかった。その夜、酒井さんは、革のカバーをつけたまま、父の『門』を絵里子に返してくれた。その夜から、その本はいつも絵里子のバッグの中にあった。

　あの本、いつの間に、どこに行ってしまったんだろう。

　長い風呂から上がった絵里子は濡れた体をバスタオルで包みながら、ぼんやりと思った。

　父が住んでいた部屋に、酒井さんがやってきたのは、五月の連休のことだった。

狭い台所でちらし寿司と潮汁《うしおじる》を作り、酒井さんはこれだけでは足りないだろうと、白身の魚や、イカ、野菜の天ぷらも揚げた。主に手を動かしていたのは絵里子で、芙美子は手伝うとは言ったものの、つまみ食いばかりしていた。

「ねえ、ねえ、酒井さんて、お姉ちゃんの彼氏？」

台所の床にしゃがんでいた芙美子が絵里子を見上げて聞いた。菜箸を持ったまま、わざと平然とした顔をして絵里子は振りかえる。大学生になっても化粧もせず、ショートカットでデニムにTシャツを着た芙美子はまるで男の子のようにも見える。

「違うよ。ただのお友だち」

絵里子は熱した油の中から、菜箸で色よく揚がった天ぷらをつまみ上げ、ガスの火を止める。

「ただのお友だちをお父さんの部屋に入れるかなあ」

「だから昨日も言ったじゃない。お父さんの本をもらってくれないかなって。酒井さん、本が好きなんだよ。私が読みもしない本を持って、ほこりだらけにするより、読んでくれる人に引き取ってもらったほうがお父さんもうれしいんじゃないかな、って」

「なんか、お父さんをだしにしてない？」

再び振りかえると、芙美子がニヤニヤと笑っている。

「そんなわけないでしょう」と絵里子が答えると、遮《さえぎ》るように芙美子が言った。

「お姉ちゃんもお母さんみたいに、いきなり結婚するとか言わないでよ。私、ほんとにひとりになっちゃうじゃん。……お姉ちゃんもいなくなって、あの家にひとりきりで暮らすなんて、ほんとにいやなんだよ」

　こんな芙美子の顔を絵里子は子どもの頃からよく目にしていた。自分と喧嘩《けんか》をしたり、母に怒られたりして泣き出す直前、芙美子はいつも目を潤《うる》ませて頬を膨らませる。そういうことか、と絵里子はしゃがみ、芙美子の頭を撫でながら言った。

「お母さんは再婚するけど、お母さんも芙美子も私の家族であることには変わりないよ。芙美子をひとりきりで寂しくさせるなんて絶対にしないから」

　これって、この前、酒井さんに言われた言葉の受け売りだな、と絵里子は心のなかで笑った。

　料理が出来上がった頃、酒井さんは白いケーキの箱を手に、父の部屋にやってきた。

「うわあ、ごちそうだなあ」とテーブルに並べられた料理を見て酒井さんは声をあげた。

　さっき子どものように頬を膨らませていた芙美子も、とりすました顔で酒井さんと挨拶を交わす。酒井さんと絵里子はビールを、芙美子はジュースをのみながら、料理をつまんだ。

　お世辞かもしれないが、「うまい、うまい」と言いながら、酒井さんは自分の作った料理を食べてくれる。父のいないこの部屋に酒井さんがいることに、最初はかすかな戸惑いを覚えたものの、旺盛な食欲を隠すこともなく、箸をすすめる酒井さんの姿は、今の絵里子にはとてもまぶしいものに見えた。男の人に料理を作るなんて久しぶりのことだった。高峯さんもこうやって絵里子の料理を食べてくれたことがあった。

高峯さんのことは、今でも思い出す。けれどそのたびに湧き上がっていた痛みは、日々、弱くなっているような気もした。そのことを少し寂しい、と絵里子は感じたが、痛みが弱くなっていくにつれ、恋しい、という気持ちはもうほとんど湧いてはこなくなった。

夏のように気温の上がった日だった。開け放った掃き出し窓から気持ちのいい風が入ってくる。未成年の芙美子にはジュースを用意したのに、絵里子が席を立ったすきに、絵里子のグラスのビールを口にしていた。

「あ、こら、だめじゃない」

絵里子はたしなめたが、

「だって、大学のコンパでのまされるんだもん。ジュースとかのんでると男子に馬鹿にされるしさあ」芙美子が口を尖らせる。

「僕と芙美子さんの大学、入学当時、女子はみんなかわいいのに、段々、うわばみみたいになっちゃうんだよなあ。……ところで、まだ、あの店ってある？　北門のそばの、おばあちゃんがひとりでやってる定食屋で……」

酒井さんが絵里子の知らない店の名前を口にした。

「あります！　あります！　私、そこの肉野菜炒《いた》めが大好き！」

芙美子が大きな声を出す。

「えっ！　あのおばあちゃん、まだ、元気なんだ！」

そこから、大学や、大学のそばにある喫茶店や定食屋のことなど絵里子の知らない話が続いた。絵里子にはまったくわからなかったが、酒井さんと芙美子の会話を聞いているのは楽しかった。何より芙美子のこんな楽しそうな表情や声は、父が亡くなってから、見たことも聞いたこともなかった。そのことがただうれしかった。

空いた皿を台所に片付け、絵里子がトイレから戻ってくると、芙美子がテーブルにつっぷしている。

「えっ」

絵里子が驚いた声をあげると、

「話の途中でいきなり眠ってしまって」

ははは、と酒井さんは笑いながら言った。

「なんだか、僕、大学のときにタイムスリップしたみたい。こんな女の子よく見てたから」

酒井さんが口にした女の子、という言葉を聞いて、むず痒《がゆ》い痛みが胸のうちに走ったことに絵里子は驚いた。子どものようにむにゃむにゃと口を動かす芙美子を、絵里子は仰向《あおむ》けに畳の上に寝かせ、押し入れから、薄い掛け布団を出してかけた。掛け布団から、父のにおいがかすかにした。さっきのむず痒い痛みとは、また種類の違うかすかな痛みが絵里子の心のなかを走る。

「まるで子どもですよね。……すみません」

「いやいや、すごく気を遣って話していたみたいだから、妹さん。初対面のわけのわからない男と会って緊張したんでしょう。僕も図々《ずうずう》しいにもほどがあるな……あ、そうだ、あのお父さんの本というのは……僕、食事だけして帰るところでした」

　酒井さんがビールのせいで少し頬を赤くした顔で絵里子に尋ねた。

「ああ、これです」

　絵里子は部屋の隅にあったガラス扉のついた書棚を指さした。酒井さんはあぐらをやめて、書棚の前で正座をし、まるで仏壇の扉を開くように、そっとガラス扉を開いた。収められている本のほとんどにカバーはなく、剝き出しの背表紙が黄ばんでいる。

　酒井さんは本の隙間に指を差し、一冊を抜き取った。

「ああ、ここにも」

　そう言って、開いたページを隣に座った絵里子に見せる。１９５６・３・22　R・Kと、ブルーのインクで書かれていた。

「鷗外《おうがい》、樋口一葉《ひぐちいちよう》、二葉亭四迷《ふたばていしめい》……」

いちばん上の段の本を次々に手にとっては、酒井さんは作家名を口に出した。

「折口信夫《おりくちしのぶ》、小林秀雄《こばやしひでお》、カント、サルトル、キルケゴール……硬派な読書家ですね、お父さんは……」

作者がどんな人で、どんな作品を書いているのか、絵里子にはわからないし、読もうとしたこともない。

「ん？　もしかして買った順番に並べられているのかも」

そう言って酒井さんは、表紙をめくった次のページに記された日付を確認していく。開いたページを絵里子に見せてくれる。一段目、二段目、三段目と、確かに買った順に本は並べられているようだった。酒井さんに言われるまで気づかなかった。

「几帳面な方だったんだなあ」

いちばん下の段の左端にある本を酒井さんは手にとった。表紙を開く。そこには、１９６８・11・３　絵里子誕生、と書かれていた。表紙には『青春は美《うる》わし』とある。ヘッセの本だ。もちろん、絵里子は読んだことがない。父が、自分が生まれたときに読んでいた本なのだろうか。絵里子は自分のバッグの中を探り、酒井さんのカバーがつけられたままの『門』を出した。１９５８・４・19。逆算すると、父が十五歳のときに買った本ということになる。この書棚には、十五歳から自分が生まれた年までに父が買った本が収められているということを、絵里子は初めて知った。

「……お父さんが高校生になったときから、絵里子さんが生まれるときまで読んでいた印象深い本、ということになるのかな……」

　酒井さんは、手にとった一冊の表紙を、まるでとても大事なもののように扱った。

「むしろ、お父さんは絵里子さんや芙美子さんに読んでほしかったんじゃないですかね」

「いや、でも、私、あんまり本を読むのは好きじゃないし……」

「でも、借りるのならまだしも、僕がこれをいただいてしまうのは、やっぱり気がひけますよ。お父さんが遺された大事な本です。読んでも読まなくても、絵里子さんや芙美子さんのそばに置いておいたほうがいいと僕は思う」

　確かに、ここにある本以外に、父の遺品にはいつまでも取っておきたいと思えるようなめぼしい物があるわけではなかった。書棚のひとつくらい、今、絵里子が住んでいる部屋のどこかに置くことはできる。母も家を出て行ってしまうのだ。この書棚を絵里子の部屋ではなく、居間に置いたとしたって、母に文句を言われる筋合いはない。

「全部を読まなくてもいいんですよ。でも、これは読んだほうがいいんじゃないですかね」そう言って酒井さんは絵里子のほうに、『青春は美わし』を差し出した。

「酒井さんはこの本、読んだことがあるんですか？」

「いや、僕も、実はないんです」酒井さんが笑った。

「じゃあ、酒井さんが読んで、私にあらすじを教えてください。私、文庫本なんて、一ページ読んだだけで途端に眠ってしまうから……」

「なんでこんなに本好きなお父さんから絵里子さんみたいな子どもが生まれたかなあ……」

酒井さんはまた声に出して笑った。

「じゃあ、この一冊だけ、お借りしますね」

酒井さんが書棚に向かって頭を下げ、言った。まるでそこに父がいるかのように。

ぐっすりと眠っていた芙美子を寝かしたまま、部屋の鍵を閉め、絵里子は酒井さんと駅までの道を歩いた。もう夜だから危ないし大丈夫ですよ、と酒井さんは言ったけれど、外の空気を吸い込みたかった。

半袖一枚でもいいくらいの気温が上がった夜で、西の空には月が出ていた。ふわりとした酔いが絵里子の気持ちを浮き立たせていた。素足に履いたサンダルの気軽さや、足にまとわりつくフレアスカートの裏地の感触すら心地がいい。

それは高峯さんとの恋愛や、父の闘病や、父の死という出来事を乗り越えてきた絵里子が、久しぶりに感じた平穏さと開放感でもあった。母の再婚のことを考えると、多少、不安が頭をよぎるが、絵里子には芙美子もいる。そして、酒井さんも。

「絵里子さん、僕とおつきあいしてくれませんか？」

絵里子の隣を歩く酒井さんが、まるで明日の天気は晴れみたいですよ、というなんでもないことを話しているような調子で言った。絵里子が気づいて足を止めなければ、きっと聞き流されたと思われてしまっただろう。

もう少しで駅に続く商店街に出るという路地で、足を止めた絵里子に、少し先を歩いていた酒井さんが振りかえった。街灯で逆光になって酒井さんの表情がよくわからない。聞き間違いかな、と絵里子は思った。それでも勇気を振り絞《しぼ》って絵里子は尋ねた。

「え、今、なんて……」

「いや、絵里子さん、僕とおつきあいしてくれませんか？」

酒井さんにそんなことを言われるかもしれない、と思わなかったと言えば嘘になる。確かに自分は酒井さんに好意を抱いているし、それは酒井さんも同じだろうと思った。けれど、酒井さんに対して、高峯さんに抱いていた体がちぎれるような思いが溢れているわけでもない。そんな淡い感情で男の人とつきあってもいいのだろうか。絵里子が黙ったままでいると酒井さんが言った。

「やっぱりだめですか。……僕、もてないからなあ」

そう言って無理に笑おうとする。その笑顔を見て絵里子の心に罪悪感のようなものが生まれた。自分は男の人につきあってくださいと言われ、それを無下《むげ》に断ることができるような女性ではない。酒井さんが自分のどこを見てそんな気持ちになったのかも不可解だった。

「いえ、あの、私、父を亡くしたばかりで……まだ、そういう……」

「そうですよね、僕、絵里子さんの弱っているときにつけこんだみたいでなんかすみません……」

「あ、ぜんぜん、そんなんじゃないです」

絵里子は慌てて言った。

「あの、だけど、こういうふうなつきあい、CALMEでお酒を飲んだり、ごはんを食べたり、そういうおつきあいをこれからもしてくれませんか？　いやですか？　僕と会うのは」

「いやじゃないです」

それは確かに絵里子の正直な気持ちだった。

「僕は絵里子さんのことが好きです。絵里子さんに今、そういう気持ちがなかったとしても、絵里子さんが今、僕と会ったりするのがいやじゃなかったら、これからも会いませんか？　僕たち、とてもうまくやっていけるようなそんな気がするんです」

そのとき、酒井さんが手を伸ばし、絵里子の手を握った。酒井さんの手は厚くて、熱い。手のひらにはずいぶんと汗もかいている。生きている人の手だ。ふいに父の手を思い出した。日に日に乾いて、小さくなっていった手。それとはまったく違う。絵里子は「はい」と小さく頷いた。もしかして、酒井さんが、私の新しい家族のメンバーになるのかな。酒井さんの肩越しに、ゆらゆらと揺れているビニールでできた粗末《そまつ》な商店街の飾りを見ながら、絵里子はぼんやりと思った。

　五十二歳の絵里子は濡れた髪をタオルでくるんだまま、ボディローションを体に塗った。洗面所の鏡には自分の裸体が映っているが、いつからか、それをあえて、見ないようになった。用意していた下着とパジャマを身につけ、化粧水と乳液、クリームを顔に塗るときだけ、ちらりと鏡に目をやった。目の下のしみが濃くなっているような気がする。詩織が言っていたように、このしみもレーザーで取れるのだろうか。

　余った乳液を手とひじにも伸ばす。筋張った手を見つめ、いつ、どの段階で夫のことが好きになったのだろう、と絵里子は思う。何か大きな出来事があったわけではない。ＣＡＬＭＥで出会い、二人だけで会うようになって、結婚するまで三年つきあった。その間、夫から嫌なことを言われたり、されたりしたこともない。高峯さんとの恋愛で体験したような、思いが募るたび、つらくなっていくような恋はもう懲《こ》り懲《ご》りだった。

　二人でいれば居心地が良かったし、絵里子は深く息ができるような気がした。結婚まで大きな喧嘩をしたことはなく、この人とだったら、この先、生活を共にしていけるだろうと思った。

二人の結婚に絵里子の母も、夫の父も反対はしなかった。いちばん喜んだのは芙美子だった。結婚後は絵里子と夫の新居に何度も夕食を食べに来た。夫の父も、夫に似て穏やかな人だった。世間でよく聞くような舅《しゅうと》のいじわるをされたこともない。

なかなか子どもができなかったのは絵里子にとって予想外のことだったが、それでも三十二歳のときにひとり娘の萌が生まれてから、絵里子も夫も注げるだけの愛情を注ぎ、慈《いつく》しんで育てた。萌の反抗期には手こずったものの、それ以外に大きなトラブルは起こらなかった。家族三人、健康に暮らしてきた。絵里子の結婚生活はずっと凪だった。

もう夫は寝ているだろう。絵里子は洗面所のドアを閉めて、濡れた髪をドライヤーで乾かした。あの風俗店のカードさえ見つけなければ、この先、もっと老いるまで、死ぬまで、凪の状態が続いたはずなのに。

玄関のドアが開く音がした。絵里子が洗面所から出て、玄関に向かうと、萌がもどかしそうにハイヒールを脱いでいる。お酒のにおいが鼻をかすめる。萌の体は少しぐらついているようだ。

「ちょっと、萌、随分遅くない？」

お帰り、と言う前に尖った声が出た。萌は絵里子の言葉を無視して廊下を進む。

「帰りが遅くなるなら、メールなり、ＬＩＮＥなりしなさいよ」

「ママ、私だけじゃなくて、パパにも同じこと言ったほうがいいんじゃない？　仕事仕事って言ってるけど、何しているかわかったもんじゃないよ」

萌の言葉が棘《とげ》のようにつき刺さる。夫が何をしているのか、萌は知っているのだろうか……。萌はそれだけ言うと、自分の部屋に入ってしまう。それ以上のことを萌に尋ねる勇気もなかった。乱暴にドアを閉める音がして、それきり何の音もしない。化粧も落とさず、風呂にも入らず、眠ってしまうつもりなのか。

廊下のダウンライトの光の下で、絵里子は一人で立っていた。左の部屋には萌が、右の部屋には夫がいるのに、この家には自分以外の誰かがいる気配がしない。虚《むな》しさ、とも呼べないほどの心許《こころもと》なさが、絵里子の体のなかで渦巻いていた。

「腰を痛めて、動けないのよ。今日だけ来てくれないかしら」

母から電話がかかってきたのは、パートが休みの木曜日の朝、夫と萌を送り出した直後のことだった。夫への疑念を口に出せぬまま、十二月が終わりに近づいていた。

「おととい、雨が降ったでしょう。庭石の上で滑《すべ》ってね、それで転んで腰打って」

「病院には行ったの？」

「行ったわ。隆《たかし》さんに連れてってもらって。レントゲンも撮ったけど骨はなんともないの。ただひねっただけ。家の中ではなんとか動けるのよ。だけど、家から出られなくてね」

　その言葉に絵里子は今、母が住んでいる横浜の家を思い浮かべた。高台にあるその家までは長い急な坂が続く。幾度か訪れたことがある絵里子にとっても、一息に上がるのは大変な坂だ。ましてや腰を痛めた母があの坂を下って買い物をし、その荷物を持って再び家まで上がっていくのはさぞや大変なことだろう。

「隆さんは、今日はいないの？」

「仕事でいないわ。東京でなんだか用事があるといって」

「……わかった。お昼過ぎには行けると思う」

「待ってるわ……」

　珍しく気弱な母の声を聞いて、絵里子も動揺していた。手早くシンクの洗い物を片付け、洗濯物を干す。出かける準備をしながら、隆さんがいない、ということにどこかほっとしている自分がいた。

　母が最初の再婚相手である斉藤《さいとう》さんと暮らしていたとき、絵里子は斉藤さんとは数えるほどしか会わなかった。父の死の直後に再婚をした母への反抗心もあった。絵里子も夫とのつきあいが始まった頃で、休日になれば二人で会っていたから、母と斉藤さんの家に足を運ぶこともなかった。思えば、絵里子と母がいちばん疎遠になった時期だったのかもしれない。

けれど、幾度も会ってはいない斉藤さんのことが絵里子は嫌いではなかった。先妻を父と同じ病気で亡くした斉藤さんには、どこか父に似た面影があった。穏やかで、声を荒らげることもなく、人の目をきちんと見て話す人だった。母と斉藤さんが別れることになった理由を今でも絵里子は知らない。正直なことを言えば、知りたくなかった。

「お母さん、もう一回、結婚するわ」

母からそう聞かされたとき、絵里子は心のなかで、もう勝手にしてくれ、と思っていた。母は母の人生を歩めばいい。自分と母とは違うのだ。母の二回目の再婚について何かを考えることを絵里子はやめた。それでも何より心苦しかったのは、夫や夫の父に、母の二度目の再婚を伝えたときだった。二人はそれに対して、何かを言ったことはなかったが、絵里子にとって、母の再々婚は恥ずべき出来事だった。

母の二度目の再婚相手、隆さんは、斉藤さんとはまるで違う人だった。隆さんに父の面影はまるでなかった。大きな声で話し、たくさんの酒を飲み、太った体にはどことなく威圧感がある。なぜ、母がこの人と。幾度かそんな思いが絵里子の頭に浮かんだが、「母は母の人生を歩めばいい」、そう幾度も自分に言い聞かせて、母と隆さんとは距離を置いていた。それでも隆さんは、萌の誕生日に、高価なおもちゃや雛《ひな》人形を贈ってくれた。今は、息子さんにその座を譲ったが、その頃、隆さんは中華食材を扱う問屋の社長で、羽振りが良い人に見えた。海が見える高台に、中古とはいえ、鯉が泳ぐ池のある広い庭付きの家を買い、二人で暮らし始めた。

隆さんと一定の距離を置こうとする絵里子とは裏腹に、萌は隆さんになつき、子どもの頃は、おじちゃん、おじちゃんと、まるで本当の祖父のように、会えばその腕に飛びこんでいった。

「いつでも遊びに来ていいんだよ」

隆さんの言葉に甘えて、萌だけが夏休みの数日を母の家で過ごしたこともある。母も孫である萌には甘かった。絵里子にとっては苦手な人だったが、隆さんという人間が自分と母との間に存在することで、絵里子と母との間にあった緊張状態が緩んだことも確かだった。

それでもね、なんだか苦手。母の家の最寄り駅のスーパーで食材を選びながら、絵里子は自分の狭量さにため息をついた。

両手にスーパーの袋を提げながら、絵里子は急坂を上がった。今の自分でも息が上がる。この先、母がもっと年老いて、歩くことにも支障が出てきたらどうやって生活をしていくのか。そんなことを考えていると、母の住む家の門扉が見えてきた。

定期的に庭師によって手入れされている庭が整然としていることが、かえって寒々しく感じる。絵里子は首に巻いたマフラーで口元を覆った。

母は居間の隣、普段は客間にしている和室に布団を敷いて寝ていた。普段はどんなときでも化粧を欠かさない母だが、今日は化粧をする余裕もないのか、素顔のままだ。その顔が急に老け込んだように見えて、絵里子はどきりとする。絵里子を見て母は体を起こそうとしたが、絵里子が手で制した。

「無理に起き上がらないほうがいいよ。とりあえず二、三日分の食料は買ってきたから。何か作っておくね。おなかは空いている？」

「ううん、食欲はあんまりないのよ。それより、すまないわねえ。絵里子も忙しいだろうに」

　腰を痛めたせいなのか、母の言葉は気弱で声にも力がない。絵里子は買ってきた食料品を手早く冷蔵庫にしまうと、お茶を淹れて、母の元に運んだ。

絵里子が戻ると、母は布団の上に体を起こしている。絵里子は母のパジャマの上から布団の横にあったガウンをかけた。母の手に湯飲みを渡す。

「芙美子にも電話したんだけど、あの子、仕事中は電話にも出ないじゃない」

「普通はそうよ。芙美子のところみたいに忙しい会社」

　芙美子の会社はサプリメントや栄養食品を扱っていて、芙美子はそこで広報部長のようなことをしている。芙美子の大学時代の同級生が興した小さな会社だが、時折、深夜の通販番組でその会社の商品が売られているのを絵里子も見たことがある。一年前、その会社に転職してから、芙美子は以前よりもずっと綺麗になった。芙美子からは定期的に絵里子の元に会社の商品が送られてくる。

「これ飲むと肌がすっごく綺麗になるんだから」

サプリメントなどあまり信用していない絵里子だが、そう言う芙美子の肌を見ると、確かになんらかの効果があるのかもしれないとも思えて、寝る前にその白い錠剤を飲むようにしていた。とにかく、離婚して一人息子の秀《しゅう》君を引き取った芙美子が生活に困らない程度には食べられる仕事なのだ、とわかっただけでも、絵里子の肩の荷は軽くなった。

「だけど、夕方過ぎには来るって。絵里子が来る前に電話あったわ」

私だけじゃなく、忙しい芙美子まで呼び出すほど不安だったのか。もしかして母は寂しいのじゃないか、とふと思う。顔を上げると、開いた障子越し、掃き出し窓の外には、広い庭が広がっている。来たときよりも風が強いのか、枝が大きく揺れ、葉が翻っている。けれど、風の音も聞こえず、部屋の中はしん、と静かだ。隆さんのことだから、ホームセキュリティなどには入っているだろうけれど、長年、マンション暮らしに慣れていると、こういう戸建ての家がどことなく無防備で心細く感じる。

「隆さん、忙しいの？」

「もう、自分が出ていかなくたっていいのよ。息子さんが切り盛りしているんだから。だけど、やっぱり気になるのね。自分が作った会社って。週に何度かは東京に行ってるのよ」

社長の座を譲った時期に、息子さんが会社を東京に移したと、絵里子は母から聞いていた。

「これからは絵里子ちゃんのお母さんと二人でゆっくりするから」

隆さんはそう言っていたのに、やっぱり仕事にも会社にも未練があるのか。こんな状態の母を一人、家に残してまで東京に行かなくてもいいのに。泡のように浮かんでくる思いがあるが、絵里子はそれを断ち切るように、母を再び、布団に寝かせた。台所に向かい、温めるだけですぐ食べられるような食事をこしらえておこうと思った。

古い家で、北向きの台所にいると、マンションにはない寒さを感じる。絵里子はガスストーブをつけて、手のひらをかざした。壁一面に作りつけられた戸棚に、二人分でこんなには必要ないだろう、という数の食器が重ねられている。片付けが苦手な母にしては、片付いてはいるようだが、物を処分する、ということは相変わらずできないらしい。いつか、「掃除も洗濯も隆さんのほうが得意だし、好きなのよ」と言っていた母の言葉を思い出した。確かに台所の床もシンクも、老人の二人暮らしにありがちなだらしなさは感じられない。

絵里子は手早く肉や野菜を切り、炒め、煮て、肉じゃがや、ホワイトシチュー、ひじきの煮物などを作って密閉容器に詰めた。あとはごはんさえ炊いて冷凍しておけば、二、三日は、母がひもじい思いをすることもないだろう。

「お母さん、シチュー食べる?」

母に声をかけると、

「そうねえ、少し食べようかな」と布団から顔だけを出して答える。

絵里子は皿にシチューを盛り、台所に続く食堂のテーブルに置いた。母の体に手を添え、立ち上がらせる。腰の右側を打ったのか、右足を踏み出すと、顔をしかめる。体をくの字に曲げながら、一歩一歩、ゆっくり足を進める母の体を支えていると、母を介護する日はそう遠くはないのかもしれない、とふと思う。母はなんとか椅子に座り、湯気を立てるシチューを見て顔をほころばせた。

「ああ、おいしい」

そう言ってスプーンで少しずつ口に運ぶ。

「多めに作ってあるから。温めて食べてね」

「絵里子に、料理なんて教えたことはなかったのに、芙美子と違って絵里子は料理がうまいわ」

なに急に、よしてよ。そう言い返そうとしたのに、言い返せなかった。ふいに母にほめられたことで動揺している自分がいた。もしかして自分は生まれて初めて母にほめられたのではないか。母の言葉が母の老いの輪郭をはっきりさせたようで、言いようのない寂しさが絵里子の深い場所で生まれてくるような気がした。

「俊太郎さんは仕事はどう？」

「相変わらずよ。毎日、帰りも遅いし……」

「働きざかりで、それに俊太郎さんはまじめだものねえ。……絵里子はいい結婚相手に恵まれたわよ。生まれつき結婚運が良かったのね。私なんか、結婚する人、結婚する人、みんな、女の人にだらしがない……どういう星の下に生まれたんだろう……」

　湯飲みにお茶を淹れていた絵里子の手が止まった。確かに最初の再婚相手である斉藤さんと別れたのは、斉藤さんが別の女性と暮らしたい、と突然、言ってきたからだと母から聞いた。隆さんには母と再婚する前に複数の女の人がいたことも母から聞いて知っている。今の隆さんのことは知らないが、母以外に女の人がいたとしても、隆さんなら、納得できる。母が言う、みんな、って、父も含まれるのだろうか。

「……それって、お父さんも、ってこと？」

　絵里子の言葉に、母がはっ、と顔を上げた。

「あ、ああ……お父さんは違うわよ。言葉の勢い」

　母は明らかに狼狽《ろうばい》している。

「お父さんも浮気していたの？」

「………」

「お父さん、浮気していたの？　ほかに女の人がいたの？」

絵里子が聞いてもそれきり母は何も言わない。母はスプーンをテーブルに置くと、

「もうおなかいっぱい。……ごちそうさま」と絵里子に告げ、腰をかばいながらゆっくりと立ち上がった。母の体を支える。母は布団に入ると、掛け布団で顔を覆うようにして横になった。

絵里子は後ろ手に襖《ふすま》を閉める。テーブルの上には母が少し口をつけただけのシチューの皿。その縁の細い金色の線が、掃き出し窓から差し込む光を受けて絵里子の目を射る。その鋭い輝きが、絵里子の体のどこかに穴を開けてしまったような気がした。

「なんか、お姉ちゃん疲れてない？　顔色悪いよ」

芙美子がやってきたのは夕方よりも少し早い時間だった。芙美子もどこかで買い物をしてきたのか、両手に紙袋を提げている。

「ずいぶん早かったね」

「だって、お母さんから何度も何度も電話が来るから、何事かと思って。たまたまこっちで仕事の打ち合わせがあったから、そのまま早退させてもらった」

芙美子は台所で手を洗うと、母が寝ている和室に向かった。二人の会話に、ところどころ笑い声が交じる。洗い物をしながら、絵里子は二人の声を背中で聞いていた。自分よりも芙美子のほうが母と仲が良いことにはもう慣れっこで、今の年齢になってはひが

む気持ちもないが、さっきの会話を一方的に終わらせた母が笑い声を立てていると思うと、どことなく釈然《しゃくぜん》としないものを感じる。

絵里子が作ったものと、芙美子が買ってきたもので母と三人で簡単な夕食をとり、母の家を出たのは午後六時近くだった。もうすっかり日が暮れていて、坂の途中の街灯も白い灯りを地面に落としている。

夕食を食べている間は、母はもういつも通りの母で、芙美子と何気ない会話を交わしていた。絵里子も父のことを蒸し返す気にはならなかったが、おなかのなかには、飲み込めない重たいものが横たわっていた。

東京に向かう電車に芙美子と二人、並んで座った。

「秀君、一人で大丈夫なの？」

芙美子の一人息子、秀君は来年私立の中学受験を控えている。

「夕方からは塾だし、帰りは十時近いの。あの子、一人でおにぎり握って塾に持っていくんだよ。帰ってきてから私の作ったおかず食べてね」

「たくましいね」

「まあね、母子家庭だから」

そう言って芙美子が絵里子の顔を見て笑った。芙美子の目尻には細かい皺が寄るが、笑い顔は子どもの頃と変わらない。

「お姉ちゃん、なんかあった？　さっき、ごはん食べてるときもあんまりしゃべらなかったし……」

各駅停車の電車が止まり、仕事で疲れた顔の人たちをドアから吐き出し、これからどこかに向かう人たちを乗せて、再び走り出す。スピードを出す電車の揺れの勢いにまかせ、絵里子は芙美子に顔を近づけて尋ねた。

「あのさ、お父さんって……」

「ん？」

「……浮気してた、って芙美子知ってた？」

「あ……」

口をかすかに開けたまま、芙美子が絵里子の顔を見る。その顔が絵里子には、知ってしまったか、という表情にも見てとれた。芙美子は座席に座り直し、しばらく自分の左手中指にはめた細い指輪をいじっていたが、前を向いて口を開いた。

「お母さんから愚痴をこぼされたことはあったよ。何度かね。だけど、私はまだ子どもだったからさ、まあ、ショックというよりも、正直、よくわからなかったな……」

「そうだったんだ……」絵里子は息を吐いて、背中を丸め、座席の背面にくっつけた。ふくらはぎに吹き付ける暖房が、やたらに熱く感じる。ふいに、芙美子の指がバッグを手にしていた絵里子の手の甲に触れ、さっと撫でた。

「この話、してもいいのかな?」

「……うん」絵里子がそう答えると、芙美子は自分のバッグの中からフリスクを取りだし、絵里子にも差し出した。絵里子が数粒を手のひらで受け取ると、芙美子も自分の手のひらに数粒出し、薬を飲むように口に放り込んだ。

「お父さん、入院しているとき、私、学校帰りにお父さんに会いに行ってたじゃない。そのとき、お見舞いに見慣れない女の人が来たことがあったんだよね。そのときは会社の人なのかなあ、とぼんやり思っていたけれど、今になってみると、あの人なんじゃないかなって……。早めの夕方だったし会社員っぽくはなかった。着物姿でね。お父さんより、ずっと若い人。子どもの私から見ても、なんていうか……今思えばだけど、お父さんとその人の間にある雰囲気が……」

絵里子はいつかの父の病室を思い浮かべていた。絵里子が訪ねていったとき、時折、父の会社の人と顔を合わせることはあったが、それほど多くはない。女性もいたが、そのなかに芙美子が言っているような人がいた記憶はない。自分が気づかなかっただけなのだろうか。

「お葬式のときには来ていた?」

「ううん、私は見なかった。綺麗な人だったよ。……なんか、おとなしそうで、お母さんとはまるで正反対の人」

「お父さんの部屋にも来ていたのかな？」

「どうだろう……だけどさ」

芙美子が絵里子に顔を近づけた。開いた芙美子の口から、ミントの香りがする。

「お父さん、亡くなったときまだ五十前だよ。今のお姉ちゃんより若いんだよ。……それくらいのことあってもよくない？」

「………」

絵里子は黙ってしまった。

さっきの母の言葉を考えれば、その女の人とは、母と結婚しているときからの関係だったのだろう。不倫、浮気……。そんな言葉は、父には似つかわしくない。それが父と母との離婚の原因になったのだろうか。車窓を流れていくビルの灯りや街灯を絵里子はただ目で追った。

「お姉ちゃんはファザコンだからなあ……。まあ、なんとなく、お母さんがお姉ちゃんに話さなかったこともわかるよ」

「お父さんとお母さんが離婚したのって、その女の人が原因だったのかな？」

「さあ……離婚したとき、お母さんもお父さんもはっきりしたことは言わなかったもんね。今でも私はわからないけど」

父に女の人がいて離婚した、というのなら、父が母に家も家財道具も残したこと、芙美子の大学の授業料まで払ったことも理解できる。あの頃、父のそうした行動は、すべて父の優しさのおかげだ、と絵里子は思い込んでいた。けれど、父に女の人がいたという話を聞いた今となっては、絵里子のなかにあった父への思いや、思い出の輪郭が不確かなものになっていく。

「……男の人ってなんなんだろうね」

　思わずそう口にした絵里子に、

「離婚した私に聞かれても」と芙美子が笑い返す。

　芙美子が離婚したのは、三年前のことだ。ある日突然、「離婚、することになったから」と絵里子の元に電話がかかってきた。事前に相談をされたこともない。芙美子の夫だった秀一郎《しゅういちろう》さんは、義理の姉である絵里子の目からみても穏やかで優しい人だった。

　母と同じように芙美子も自分の離婚について多くを語らなかった。

「もう一緒に家族をやるのは無理なの」ただ一言、そう言っただけだった。

　芙美子が語りたがらないのなら、絵里子もそれを無理に聞き出そうとはしなかった。ただ、秀君の親権を芙美子が持ち、自分一人で仕事をして食べさせていく、と聞いたときだけ、「ほんとうに大丈夫なの？」と絵里子は聞いた。

「子ども一人くらいなんとかなるよ」そう芙美子は答えたが、母と父が離婚したときのように、絵里子には理解できないものが残った。結婚も人生の一大事だが、離婚だって同じだろう。

幾度も、絵里子の家族と食事をしたり、遊びに出かけたこともあるが、秀一郎さんは子煩悩で、家庭を顧みない人には見えなかった。芙美子の一方的なわがままで離婚をしたのではないか、秀君を母子家庭の子どもにしてしまったのではないか、と絵里子は勝手にそう思っていた。

けれど、父の浮気話を聞かされた今になってみると、母が、そして、芙美子が離婚に踏み切るには大きな理由があったのではないか。そう思えて仕方がない。

「……今までちゃんと聞いたことなかったけれど……」

「ん？」

「芙美子はどうして離婚したの？」

芙美子は左手の指輪に右手の指で触れ、目を伏せた。

絵里子と芙美子を乗せた電車はもうすぐ品川に着く。駅に着いたら、芙美子と絵里子は違う電車に乗り換えなくてはならない。秀君が帰ってくるのだから、芙美子を引き留めて、このあとどこかの店で話をする余裕もない。

「なにか大きな出来事があったの？」

「大きな出来事？」

「だから、ほら……」

絵里子は声をひそめる。絵里子と芙美子の前には人は立っていないが、車中の多くの人がスマホに目を落としているとはいえ、どこかで誰かが聞いていないとも限らない。電車の中でする話ではないだろう、という気持ちが絵里子にはあった。芙美子に顔を近づけて言った。

「浮気とか、借金とか、……ＤＶとか……そういうの」

「ないない。そんなことはまったくなかったよ」芙美子は笑いながら言った。

「じゃあ、どうして……」

「気持ちが……」

「気持ち？」

「うん、気持ちがすっ、て消えちゃったんだよね」

「気持ちが消えた？」

「そう。相手を大事にしようとか、この人と死ぬまで一緒にいるんだろうな、とか、そういう……学生時代からのつきあいだったじゃない？　秀一郎とは。だけど、秀が生まれた途端、お互い、空気みたいな存在になっちゃってね。……そりゃ、秀もいたし、もちろん、ものすごく、死ぬほど考えたよ。三年間くらいはずっと考えていた。ここ、円形脱毛症になるくらい」

　そう言って芙美子はつむじの横あたりを指差した。

「恋人のときは、ああ、この人と一緒にいたいなあ、ってずっと思ってたよ。だけど、いざ、結婚して、家族になったらさ、秀一郎に気持ちが向かなくなっちゃったんだよ。そう思い始めたら、もう同じ家にいることも苦痛で……」

「芙美子に好きな人でもできたの？」

「そうじゃない。そんな人はいなかったし、今もいないよ」

「仕事を続けていること、何か言われたりしたの？」

「ううん、なんにも。家事も子育てもよくやってくれたよ」

「じゃあ、どうして……」

「私が結婚に向いてなかったの。それだけの理由だよ」

「向いてないってわかって、それで離婚したの？」

芙美子は指輪に手をやったまま頷いた。頰をほんの少し膨らませて。子どもの頃、口喧嘩をして、絵里子が芙美子をやりこめようとすると、よくこんな顔をしていた。

結婚に向いていなかった。それだけで離婚なんかできるものだろうか。家庭を壊すことができるものだろうか。泡立つように絵里子のなかで言葉が浮かぶが、何をどう言っても、芙美子を非難することになってしまうだろう、と思うと、絵里子は口を結ぶしかなかった。電車のなかで芙美子と喧嘩はしたくない。

「お姉ちゃんみたいに、二十何年も結婚生活が続いている人は、やっぱり結婚に向いてる人なんだよ。私、結婚しているとき、ほんとうに息苦しかったよ……あと、何十年もこんな生活が続くのか、って。地獄みたいだった……」

「……わからない」思わず絵里子は言った。

「だって、秀一郎さんには何にも非がないんでしょう。それでいきなり離婚したい、って……」

「だから、離婚するまで時間もかかったよ。だけどね、秀は今でも定期的に秀一郎に会ってるし、時々、三人で食事もするの。離婚はしたけれど、秀一郎が秀の父親であることには変わりない。結婚してたときより、三人の関係はいいんだよ」

「でも……」

「お姉ちゃんみたいな人にはわからないって。お父さんが浮気してたことも、お父さんとお母さんが離婚したことも、私が離婚したことも、多分、お姉ちゃんにはわからない。……お姉ちゃんが考えているより、人間ってもっと不可解なもんなんだよ。お姉ちゃんみたいに、全部が全部、まっすぐ線が引けるように世の中はできてないんだよ」

お姉ちゃんみたいな人にはわからない、という言葉が、絵里子の鼓膜を刺激し続けていた。そう言われたことがショックでもあった。芙美子の言うように、世の中のすべてがまっすぐ線を引けるようにできていないことだって、自分は知っているし、理解もしていたつもりだ。けれど、妹である芙美子に改めてそう言われると、自分がまるで世間知らずだ、と非難されている気持ちになる。

男はそういうものだ、と訳知り顔で、父がしていたという浮気を、夫が風俗に行っているかもしれないという疑念を、ただ、黙って飲み込むことは到底できない。

絵里子はため息まじりに言った。

「男の人って、なんなんだろうね……」

絵里子が口にする男の人、という言葉には、父や夫、そして、母の二人の再婚相手も含まれていた。茫漠《ぼうばく》として、ただ人のかたちをした男。世の中の半分は男だというのに、年齢も五十を過ぎているというのに、絵里子は男という生き物がよりいっそうわからなくなった。

「まあ、そう言いたくなる気持ちもわかるよ。お父さんだけじゃなくてさ、うちの会社の人だって、浮気やら、不倫やら、みんなすごいよ。仕事の打ち上げで風俗行くような人もいるし……私はまったく理解できないけどね、そんなの」

風俗、という言葉に心が動いた。今ここで芙美子の耳元に口を寄せて、言ってしまおうか。絵里子の心は迷う。言ってしまえば、少しは気が楽になるのではないか。

けれど、芙美子は俊太郎のことが大好きなのだ。いつか尊敬しているとも言っていた。大好きだった父の思い出が裏返ってしまった今、芙美子のなかにある夫像を自分の手で壊してしまいたくはなかった。

品川駅が近づいてきた。芙美子と二人で立ち上がる。ホームに降りて絵里子は言った。

「じゃあ、ここで。秀君によろしくね。受験がんばって、って」

「お姉ちゃん……」ふいに吹いてきた冷たい風に顔をしかめながら芙美子が言う。

「余計なこと聞かせてごめん……」

うん、と頷いて、絵里子は芙美子に背を向けた。

電車を乗り換え、渋谷に向かった。混んだ車内のなかでなんとか手すりに摑《つか》まりながら、絵里子の心のなかはぐらぐらと揺れていた。大好きだった父。抱えきれないほどの父との思い出。父はいつも穏やかで優しく、だらしのないところなどひとつもなかった。清廉潔白な人だと思っていたのに……。絵里子の心のなかにいつもいる父の面影が、墨《ぼく》汁《じゅう》に、白い紙の端を浸《つ》けたように滲んでいく。

時間はもう午後七時に近かった。夫は今日も遅くなる、と言っていたし、萌はバイトの日だ。家に帰っても誰もいない。どこかでお茶でも飲んで帰ろうか。いや、それよりも、冷たいビールを飲みたかった。ひどく渇いているのどをアルコールで潤したい。絵里子にとっては珍しいことだった。

改札を出て、人混みに紛れるようにスクランブル交差点を渡ってはみたものの、知っている店があるわけでもない。女一人で飲める店というのが、この町のどこにあるのかがわからない。そもそも絵里子は結婚してから、一人で飲みに出かけたことがないのだ。

そうだ、ＣＡＬＭＥ、と絵里子の頭のなかにあの店の名前と赤いネオンが浮かんだ。けれど、今から新宿まで行く気力はない。そもそも、まだ、ＣＡＬＭＥがあるのかどうかもわからない。それに夫との思い出がある場所には、今は行きたくはなかった。

それでも人に流されるように、道玄坂を歩いた。道の先にデパートが見えてくる。そうだ、デパ地下でおつまみになるようなものを買って、家でゆっくり一人でビールを飲もう。普段、デパ地下などで滅多に買い物はしないが、コンビニに寄るのもおっくうだ。デパートに入って、エレベーターで地下に降り、その値段に驚きながらも、いくつかのお総菜をほんの少しだけ買い、白いレジ袋を手に、絵里子はデパートをあとにした。

デパート前の横断歩道を渡ろうとしたとき、その先にある、猥雑《わいざつ》な通りに目がいった。この町で有名な歓楽街の入り口でもあった。そのとき、絵里子の頭にひらめくものがあった。夫のものかもしれないあのカードの店、「渋谷ブルーベリージャム」はこのあたりではなかったか。

絵里子は横断歩道を渡り、バッグからスマホを取り出した。

地図アプリに店名をぽちぽちと打ち込むと、すぐに出てきた。店名に指で触れると、経路が指示され、ここから三分、と出た。こんな近くに。絵里子は顔を上げ、どうしよう、と思う。夫が行っているかもしれない風俗店に向かって、いったい自分は何をしようというのか。鼓動が嫌な感じに速くなる。道の端にしばらく立ち止まったまま、絵里子は思案に暮れる。

それでも、店の外側だけでも、見てみたい、その興味のほうが勝った。

絵里子はスマホを手に歩き出した。

緩やかな坂道、その左右に分かれた細い道に目を向けると、ラブホテルやいかにもあやしい店のけばけばしいネオンがまぶしく目に映る。スマホを持つ手が嫌な汗をかいている。会社帰りに、夫がこんな場所に足を運んでいるのかもしれない、と思うだけで、妙な緊張が絵里子の体を包む。こんなところに来て、何食わぬ顔で家に帰ってきたのだろうか。夫に出会ってから未だ抱いたことはなかった、かすかな憎しみ、のような感情が絵里子の体のなかに生まれる。

地図アプリの指示に従って、細い道に入った。

ビニールの暖簾のようなものを下げたラブホテルの入り口から、手をつないだ若いカップルが悪びれもしない笑顔で出てきて、思わず、絵里子は目を逸らした。

絵里子だって、ラブホテルに行ったことがないわけではない。相手は夫一人だが、数回、利用したことがある。けれど、絵里子の若いときは、ラブホテルから出るとき、あんなふうにコンビニから出てきたような顔で笑い合うことはできなかった。絵里子にとってラブホテルは人の目を忍んで行く場所だった。これからセックスをしに行く、セックスをした後だ、という顔を絶対に誰かに見せるわけにはいかなかった。誰かに見られたら、こんなところにいたことが知られたら、というどこか後ろめたい気持ちがもっとあった。それは絵里子だけではなかったはずだ。

　地図アプリが「渋谷ブルーベリージャム」にもうすぐ到着することを示している。絵里子はそれらしい店や看板を探すが、見つからない。

　夫にばったり会ったりして。悪い想像が頭に浮かぶ。そのとき、自分はどんな顔をすればいいのか、そして、夫はどんな顔をするのか。むしろ、顔を合わせてしまえば、自分だけが抱えているこの心の重さに決着がつくのではないか。

　そのとき、ふいに見慣れたコートが目の前をよぎった。

　今朝目にしたのだから、よくわかる。紺のウールのロングコート。欲しいけれど高いと言っていたのを、「ママが少し出してあげる」と言って買わせたコートだ。ヒールはこの頃よく履いているものだから間違うわけはない。肩甲骨のあたりまで、まっすぐに伸びた濃い茶色の髪。

「もうやだ——」

　笑い声を聞いて確信した。頭一つ分くらい背の高い男の腕に、ぶらさがる姿は、まるで父親に甘える娘のようだ。絵里子は男の後ろ姿を見た。若い男ではない。頭に白いものが交じっている。黒い革の短いジャケットにデニム。着ているものは若い男のようだが、それなりに年齢がいっているように見えた。

なぜ、こんなところに。今日はバイトではないのか。

「萌！」

思わず声が出ていた。萌の足が止まる。

「萌！」

もう一度、声を張り上げた。萌が振りかえる。

絵里子の姿を認めて、ぎょっとした表情のまま立ち止まった。

男も絵里子の顔を見る。振りかえった男の顔は思っていたよりも年齢を重ねている。

自分や夫と同じくらいなのではないか。なんだよ、というこちらを侮蔑するような相手の表情が、絵里子の心を刺した。

「誰？　知り合い？」

男が萌に顔を近づけて聞く。

「……知らない。知らないおばさん。こんなところで一人で何やってんだろうね」

こちらも見ずに萌はそう言って、男と腕を組んだまま、歓楽街の奥へと歩いていく。

絵里子は黙ったまま、小さくなっていく萌の背中をただ見つめていた。

自分の住む町に向かう電車のなか、運良く座れた絵里子は、向かいの車窓に映るひどく疲れた自分の顔をまっすぐ見つめていた。いったいなんて日なんだろう。あの場所で見た男と萌の姿。萌に「知らないおばさん」と言われたこと。「こんなところで一人で何やってんだろうね」という言葉は、自分への不満や反抗がまだ萌のなかに滾《たぎ》ったままである、という証なのではないか。

絵里子は萌の中学時代の激しい反抗期の頃を思い出していた。

反抗期の萌について、絵里子は夫に相談したことはない。その頃、夫は新しい役職に就《つ》いたばかりで、多忙な日々を送っていた。今と同じように早朝に家を出て、深夜に帰ってくる生活。そうやって家族のために働いている夫に、さらに負担をかけたくはなかった。これは自分だけが背負う問題だ。そう思って、絵里子は萌の反抗期の嵐が過ぎ去るのを待っていた。

反抗期のまま、志望した高校に入り、萌に初めてボーイフレンドができたのは一年のときだったと思う。その頃には、やっと萌の反抗期は終わった、と思えるようになった。萌は幼い頃のように、また、「ママ、ママ」と絵里子にまとわりつくようになった。

そのボーイフレンドと別れ、高校三年になった年に新しい彼氏ができたことまでは絵里子は知っている。けれど、外泊をしたこともないし、深夜に帰ってきたこともない。あくまで高校生らしいつきあいをしているのだと、絵里子は考えていた。

大学に入ってから、萌は一切彼氏の話をしなくなった。絵里子からも積極的に聞かなかった。

けれど、あの町のあの場所を歩いていたということは、あの男とホテルに行っていたという可能性も高い。それについてはあれこれ言いたくはないが、気になるのは、その相手だった。決して大学生ではない。萌よりもはるかに年上に見えた。既婚者だ、と言われても不思議ではない。もし、萌が不倫をしていたら……。母親として何を言い、何をすればいいのだろう。

改札口を出て、絵里子はどこにも寄らずにマンションに向かった。デパ地下で買った総菜の入ったレジ袋が揺れるが、家に帰ってもこれは食べないような気がした。

家について、手を洗い、リビングのソファに腰を下ろした。浴槽を洗わなくちゃ、と思うが、体が動かない。それでも立ち上がり、冷蔵庫から缶ビールを取り出した。今日は萌が帰るまで眠らない気でいた。ビールを一口飲む。さっきまであんなに飲みたいと思っていたビールなのに、苦さばかりが舌に残る。テレビもつけず、着替えもせず、絵里子はソファに座ったまま、萌の帰りを待った。

萌が帰宅したのは、午前零時を少し過ぎた頃だった。玄関のドアが開く音に続いて、廊下をぱたぱたと歩く音がする。絵里子はリビングのドアを開けた。さっき見たばかりの紺のロングコート。自室のドアノブに手をかけた萌に向かって絵里子は口を開く。

「ちょっと萌」

できるだけ怒らないように、と思っていたはずなのに、声は尖る。

「どういうことだか言いなさい」

「なんのこと？」

「今日、いっしょにいた男の人、誰なの？」

絵里子は萌に詰め寄った。

「あの人とどういう関係なの？」

「…………」

萌は押し黙っている。

「ちゃんと話して」

「…………だいたい、なんで、ママがあんな時間にあんなところにいるわけ」

スマホを手に、夫が通っているかもしれない「渋谷ブルーベリージャム」を探していた、と言えるわけがない。自分が萌に尋ねているのに、これではまるで萌から詰問《きつもん》されているみたいだ、と絵里子は思った。

「おばあちゃんから腰を痛めた、っていう電話があって、それでお見舞いに行って、帰りにデパートに寄って、駅まで近道しようとしたら萌が……」

「ふーん……」萌が唇を尖らせる。

「ずいぶんと年上の人に見えたよ。あの人、いったいどういう方なの？」

「彼氏」

「彼氏って……」

けろりとそう言う萌に絵里子はいらだった。

「どこで知り合ったの？」

「バイト先の店長だよ」

「えっ……あの人、いったいいくつなの？」

「ねえ、なんで今さらママそんなこと聞くの？　今までだってずっと聞いてこなかったよね？」

うんざりした表情で萌が絵里子を睨《にら》む。

「結婚してる人とかじゃないわよね？」そう言いながら、こんなことになるなら、あの男の左手の薬指をなんで確認しなかったのか、と絵里子は悔いた。

「そんなことどうでもよくない？」

「どうでもよくない！」思わず大声が出た。

「ママのほうこそあんなところで何してたのよ！」

萌にそう言われて返す言葉もなかった。

そのとき、萌の後ろから夫がのっそりと姿をあらわした。

「玄関の鍵、開けっ放しだぞ。何、夜中に大声出してんだ。近所迷惑だろ」

その隙に萌が自分の部屋に入っていこうとする。思わず絵里子は萌の腕をとった。萌は絵里子の手を振り払ってドアを開き、乱暴に閉める。鍵が回される音がした。

「萌！」

「なんだってそんなにキーキーキーキー。仕事で疲れて帰ってきて、そんな声聞きたくないぞ」

　夫の言葉に絵里子の心のどこかがぷちんと切れた。

「私だって疲れてる」思わず絵里子は言った。一瞬夫がひるんだ顔をした。

「今日だって、朝から掃除して洗濯して、母が腰を痛めたというから、母の家まで行ってごはん作って」そこまで言って絵里子は言葉を飲んだ。

　あなたが行っているかもしれない「渋谷ブルーベリージャム」探して、そうしたら、そんないかがわしい場所で萌がずいぶん年上の男と歩いているのに出くわして。しかも、その前は、芙美子から、知りたくなかった父の浮気の話を聞かされて。

　絵里子の目の端にうっすら涙が浮かんだ。夫はそんな絵里子には目もくれず、キッチンに向かい、冷蔵庫の中から缶ビールを取り出そうとしている。

「疲れているのはあなただけじゃないです！」

　近所迷惑だとは思ったものの、思わず声が大きくなる。

「わかった、わかったから」

　夫は絵里子を手で制するポーズをして、ネクタイを緩めながら、缶ビールを口にする。

「それで、お母さんは大丈夫だったのか？」

「大丈夫」

それだけ言って絵里子は夫に背を向けた。夫の前で泣きたくはなかった。浴室に行き、シャワーの栓をひねる。脱衣所で服を脱ぎながら、水音に紛れて泣こうと思った。

誰も彼も。

誰も彼もが勝手なことばかりして。それが長い一日の終わりにわき上がってきた絵里子の思いだった。

「へえー、あの萌ちゃんがねえ。もうそういう年になったのか」

詩織はバックヤードのスツールに腰をかけ、感慨深げにそう言った。吸うと青い灯《ひ》が先端に灯る電子タバコを手にしている。

「タバコいいの？　お店のなかで」

そう聞いた絵里子に、

「これは臭いがつかないからいいのよ。どうしても我慢できなくなったとき用」

と言いながら、また、黒い電子タバコを口にした。

「来週、どこかでお店に来ない？」

と電話がかかってきたのは、年が明けて間もない土曜の朝のことだった。クリスマスもお正月も、萌はバイトだなんだとろくに家におらず、夫と二人、ただ淡々と時間をやり過ごした。朝食は夫と萌の分ももう作ってあった。午前九時を過ぎても起きてこない二人が今日何をするか、このあと、何を食べるかなんて知るものか、と思いながら、

「……ねえ、今日、行ってもいいかな」と聞くと、

「もちろん！」という詩織の弾んだような声が返ってきた。

広尾にある詩織の店を訪ねるのは初めてだった。デパートで買った焼き菓子を手みやげに、絵里子は店に向かった。

店内の奥にあるバックヤードは四畳半ほどの広さで、段ボールや、ビニール袋に入った下着が積まれているが、几帳面な詩織のことだ、どこにも埃などなく、整然と片付いている。

「もうびっくりして足が震えたわ……」

絵里子がそう言うと、ははは、と詩織は乾いた声で笑った。その顔には今日も丁寧に化粧がされていて、何度見ても、詩織が自分と同じ年齢とは思えない。

「でも、萌ちゃんも、もう二十歳だもんねえ……」

電子タバコを持つ手の爪は、商品である下着を傷つけないようにと短く切っているのだ、と聞かされていたが、黒に近い光沢のある赤で塗られていて、鈍い光を放っている。

「一人前の大人だよ。それに……」

「それに？」

「相手が結婚してようとどうだろうと、果敢に恋愛してるのは健全な証拠だって。今の若い子なんて恋愛しない子のほうが多いんだから。……もし、もしよ」

「うん」

「萌ちゃんにまったく恋愛の気配がなかったら、そのほうが親として心配じゃない？　不倫でもなんでも、恋愛してるってことだけで安心していいんじゃないのかなあ。ごめんね、私、子どももいないから、勝手なこと言っているけど……」

そのとき、店のドアの上部につけられた鈴がちりん、と鳴る音がした。

「あ、ちょっとごめん。いらっしゃいませ」

そう言ってバックヤードのテーブルの上に電子タバコを置き、詩織は席を立った。

絵里子は見るともなく、店に入ってきた一人の女性に目をやった。自分よりもう少し上くらいの年齢だろうか。着ているコートや履いているハイヒールはとても高価なものに見える。けれど、前を開いたコートから見えるぴったりしたニットに覆われたおなかまわりには、浮き輪のように肉がついている。ああいう人もこんな店に来るのか、と絵里子は驚いた。

絵里子が今、身につけている下着は、パートをしているホームセンターで買ったものだ。ブランドだけは誰もが知っている国産のものだが、ブラジャーもショーツもベージュで、飾りのひとつもない。

はるか昔、絵里子にとって下着とは、誰かに見せるものだった。結婚前は、自分のお給料でデパートに買いに行ったものだが、結婚後、ましてや出産後は、詩織の店にあるような下着を身につけたいと思ったことはない。

けれど、今日、詩織の店に来て、その美しさに目を奪われた。そのほとんどが海外ブランドのものだ。国産の下着にはない微妙な色味、繊細な細工を施したレース、悪目立ちしないように胸の谷間に一粒だけあしらわれたスワロフスキー。まるで工芸品を見ているような気になる。

詩織と客の会話が弾んでいる。

「試着なさいますか？　こちらの商品、サイズは豊富にございますので」

詩織の言葉に淀《よど》みはない。店の片隅、通りから離れた場所にある試着室のカーテンが閉められる音がする。こちらを振りかえった詩織が絵里子を見て、口角を上げた。

その女性からは見えない場所にいるとはいえ、会話を盗み聞きしているのも悪いと思い、テーブルの上にあった週刊誌を手にとった。表紙をめくると、絵里子もテレビで見たことのあるアイドルグループの一人のカラーグラビアが目に入った。顔は幼いが、胸は豊満だ。顔は子ども、でも、体は大人。そのアンバランスさが、日本の男性に受けるのか、と思うと、なんだかやりきれない思いがする。

ウエストはくびれ、お尻にはそれなりにボリュームがある。絵里子がいちばんに目を引かれたのは、そのぺたんとしたおなかだった。妊娠線の跡もなく、無駄な肉もない。それをうらやましいと思った。

出産をしたのだから仕方がない、と思っても、鏡に映るたび、自分のおなかを見ると絶望的な気持ちになった。テレビか何かで、この部分のたるんだ肉を「ラブハンドル」と言うのだと聞いたことがあるが、絵里子にとっては、とても愛するべき自分の体の一部とは思えなかった。産後、夫と体を重ねるときは、なんとかおなかを見られないように工夫したし、性交渉がほとんどなくなった今でも、とてもこんな体を夫に見せられない、と思っている。夫の前で裸になるかもしれない、という緊張感がなくなると、ウエストはみるみるうちに大きくなっていった。それでもダイエットしよう、という気は起きなかった。自分の体に時間とお金をかける、という考えが絵里子の頭のなかから消え去っていた。

パラパラと週刊誌をめくる。「これが今の日本のパパ活事情！」という扇情的な見出しが目に入った。その言葉を絵里子は初めて目にした。記事を読み進める。若い女性（主に女子大生）が、パパ（パトロン）を見つけ、パパから経済的な援助を受けとること、とある。基本的には肉体関係を伴わないが、さらにその先に進む女性が多くいる、らしい。絵里子の頭に浮かんだのは、この前見た萌とあの男性の姿だった。まさかね、と思いながらも、胸のあたりがざわざわとする。

「じゃあ、これと、これと、これを。カードで一括払いで」

「ありがとうございます。彼氏さんも喜ばれますよきっと」

「そうかしら」

彼氏、という言葉に絵里子の耳がぴくりと動いた。女性の声は明るい。夫ではなく、彼氏。あの女性に彼氏がいるのか。絵里子は唖然とした。

しばらくすると、「ありがとうございました。また、いらしてくださいね」という詩織の声が聞こえ、入り口ドアの鈴がまた、ちりん、と鳴った。

詩織が肩を回しながら、バックヤードに入ってきて、絵里子に笑顔を向けた。

「コーヒー、冷めちゃったね。淹れ直すね」

そう言いながら、バックヤードの隅にあるミニキッチンに向かう。

「さっきの人、彼氏、って……」

「そうそう。あのお客さま、彼氏がいるんだよね。二回りくらい下の。うちのお得意さまなの」

「……なんだかすごいね……」

「すごい？　そうかなあ。まあ、普通のことじゃない？」

「普通……」

「若い彼氏がいるんだもん。下着も綺麗なものを身につけたい、それを見せたい、っていうのは普通のことじゃない？」

「………」

詩織がコーヒーを入れたマグカップを絵里子の前に置いた。

自分が家庭に入り、子育てをしている間に、世の中は猛スピードで変わってしまったような気がした。自分だけが取り残されている。

黙ってしまった絵里子に気づいたのか、詩織が話を変えた。

「ねえ、絵里子の下着、選んであげるよ」

「えええええっ」と思わぬ声が出た。

「だって、前から言ってたじゃない？　うちの店で絵里子に似合うの選ぶ、って」

「だけどね、私はそもそも、ここにあるような下着を身につけられるような体じゃないのよ」

しどろもどろになりながら絵里子は言った。

「何言ってんの絵里子。さっきも私、お客さんに言ったけど、うちの店はサイズが豊富にあるの。絵里子の体にぴったりなの、たくさんあるんだから」

そう言って詩織は次々とブラジャーを手にとり、それを絵里子の胸にあてるが、そのどれもが自分には派手すぎる。それでも、詩織の勢いに押されて、そのなかから、いちばんシンプルなデザインのものを選んだ。下地はベージュに近いピンクで、同じ色のレースのリボンが重ねられている。

「じゃ、じゃあ、これ……」

「……まあ、ちょっと地味な感じもするけど、いいか。似合うと思うよ。あ、同じ柄のスリップもあるから」

そう言って、詩織は窓際に置かれたアンティークのチェストから、スリップを取り出した。

「サイズは？」

下着を買うのだからサイズを聞かれるのは当たり前だが、いくら親友とはいえ、すぐには答えられない。それでも絵里子は小さな声で詩織に伝えた。

「フィット感が大事だから試着してね」

そう言って試着室に絵里子を促す。詩織のこの調子では、下着を身につけた自分を詩織に見せなくてはならない。

狭い試着室の中で絵里子は苦労しながらワンピースを脱いだ。下に穿いたタイツは脱がずに、ユニクロの防寒下着を脱ぎ、ブラジャーをはずした。鏡の自分を見ないようにして、詩織が選んでくれたブラジャーをつけ、急いでスリップをかぶった。

なんて醜《みにく》いおばさん。

詩織が選んでくれたブラジャーとスリップを身につけた自分の姿を見て、絵里子はそう思った。

　いつの間に、自分はこんなに年をとったのだろう。まるで魔法にかかったみたいだ。醜いおばさんが若い女性にしか似合わない下着を身につけている。こんなに綺麗なものが、こんなに素敵なものが、自分にはもう似合わない。

　そのとき、絵里子の頭に浮かんだのは、いつか見た「渋谷ブルーベリージャム」のホームページ、肌もあらわな下着姿で微笑む若い女性たちだった。若くて、折れそうなくらいに華奢で、平らなおなかの下には内臓の存在すら感じさせない女の子。昔は、自分だってそうだったはずなのに……。

「絵里子、どう？　開けていい？」

　試着室の外から詩織の声がした。

「だめ。開けないで」

　このみじめな姿を詩織にも見られたくはなかった。

「え、でも、ちゃんとサイズとか合ってる？　フィッティングが大事だからさ」

「ちょっと待って」

　そう言いながら、絵里子は狭い試着室の中で、今、身につけたばかりのスリップとブラジャーを、ゆっくり脱いだ。丁寧にスリップを畳み、その上にブラジャーを乗せると、さっき脱いだ自分の下着を慌てて身につける。ワンピースをかぶり、髪の乱れを整えるときだけ、ちらりと鏡を見た。試着室のカーテンを開ける。ワンピース姿の絵里子を驚いたような顔で詩織が見つめている。

「え、だめ？　嫌いな感じだった？」

「ううん、そうじゃないの」

絵里子は詩織に畳んだスリップとブラジャーを、壊れ物を扱うようにそっと手渡した。

「今の私には似合わないもの」

「気にいらなかったら気にしなくていいのよ。ほかのも試してみようよ」

「ううん、違うの。これはとっても素敵。気にいらないのは……自分の体よ」

体のラインを隠すワンピースを着た絵里子の体を、改めて詩織は見る。詩織は少し何かを考えているような顔になる。絵里子は詩織のその視線の動きに居心地の悪さを感じた。

「あのね……お客さまのことを言うのは店長としてルール違反だけど、絵里子、さっきいらしたあの女性よりよっぽど痩せているよ」

電子タバコのスティックを口にくわえたまま詩織が言う。

「ううん、あの人は太っていたって、自分にも、自分の体にも自信があるんだよ。今の私にはこれを着こなす自信がないの」

「うーん……」

「痩せたら、これを着る」

「痩せる⁉　今のままでいいじゃない」

「ううん、せめて、あと三キロ、いや、五キロ痩せたらこれを着る」

「あのねえ絵里子、痩せた女が綺麗だとは限らないよ。日本の男が異常なんだよ」

そう言って詩織はバックヤードに目をやる。その視線の先に、さっき絵里子も目にした週刊誌がある。

「痩せた女が美しいって誰が決めたの。日本の女は痩せすぎだって」

赤いルージュが塗られた詩織の唇が尖っている。

「でも、詩織だって痩せているじゃない。男の人のことはわからないけれど、私だって女性は痩せているほうが綺麗だと思うもの」

「私は食べても太らないんだって。でも、痩せてるほうが綺麗なんて、そんなのマスコミとか、世間に刷り込まれてるだけなんだよ。今の若い女、みんな不健康なくらいがりがりじゃない」

「………」

絵里子自身だってそう思うけれど、さっき鏡に映った自分は綺麗とは到底言えなかった。あらゆるところにぶよぶよと脂肪がついた、締まりのない体。誰が見たって綺麗とは言わないだろう。黙ってしまった絵里子に気づいたのか、詩織が口を開いた。

「まあでも、絵里子がもう少し痩せたいって言うのなら、痩せて、そのときに似合うものをまた選ぼう。サイズが合ってない下着を身につけるのが一番かっこ悪いもの」

そう言いながら、詩織はチェストを開け、ブラジャーとスリップを元あった場所に戻した。その姿を見て、絵里子はほっとした。

店のいちばんいい場所に並べられている一枚のブラジャーを詩織は手にとった。

カップのベースの色は黒だが、エメラルドグリーンや赤紫の糸で花のモチーフが刺繍されている。カップの上辺と下辺の部分、肩紐も、花びらを思わせるようなレースで縁取られている。さっき、絵里子が身につけようと思ったものよりも、はるかにゴージャスで派手な下着だった。

「これ、風の子と水の子にも評判いいんだよね」

「風の子？」

「うん、風俗が風で、水商売が水。うちには、ほかの店にはないデザインの下着がいっぱいあるからね。いつだったか、風の子のお客さんが宣材《せんざい》写真撮るからって、私が選んであげたのね。その下着つけた写真をネットにアップしてから、指名がすごい増えたんだって。それから、その子の口コミで風の子と水の子のお客さんが来るようになってね」

風俗、という言葉が絵里子の心を刺激した。風俗の子には似合うものが、自分には似合わない。そんなこととうにわかっている。でも思ってしまう。だから、夫は風俗に行ったのだろうか。私にはないものを求めて。そんなことを考えていたら、鼻の奥がぐずぐず言い始めた。泣くつもりなど、まったくなかったのに、目の前がぐらぐらと揺れだし、溢れた涙が絵里子の頬を濡らした。

「えっ。絵里子、なになに、どうしたの？　急に」

「ううん、なんでもない。更年期だから、かな。気持ちがなんだか不安定でね」

「あ、私が無理に下着をすすめたからかな。……いやな思いをさせちゃったみたいでごめんね」

「ううん、そうじゃないの」そうじゃないの、とくり返し絵里子は言って、涙を止めようとしたが、涙腺のコントロールはうまくいかなかった。

「ちょっと、ちょっと、どうしたのいったい」

目の前の詩織は明らかに困惑している。けれど、絵里子の肩をそっと抱いて、バックヤードのスツールに座らせた。絵里子がバッグからハンカチを出し、涙を拭いている間に、詩織はお湯を沸かし、コーヒーではなくティーバッグのハーブティーを出してくれた。カモミールの香りが絵里子の鼻を優しくくすぐる。

しばらくの間、詩織は黙って絵里子の横に座り、絵里子が落ち着くまで、背中をゆっくりとさすってくれた。押しつけがましくない詩織の優しさが絵里子の心に染みた。それなのに、絵里子の目からは涙が次から次へと溢れ出てくる。詩織が差し出してくれたティッシュで絵里子は鼻をかんだ。もう泣き止まないと、と思っても涙が止まらない。それでも少し落ち着いたところで、ハンカチで涙を拭き、絵里子は詩織が出してくれたマグカップを両手で持って、少しずつ口に含んだ。温かさとカモミールの香りが絵里子の心をほどいていく。

「絵里子、なんでも聞くよ。どんな話だって驚かないよ。だって、驚かせてるのはいつも私のほうだもんね。絵里子になんでも話して、聞かせてばっかりで。だから、話せることなら、話して。話せないのなら、ここで泣いていいよ。幸い、今日はお客さんも少ないし。……まあ、店長としてはちょっと売り上げが気になるところだけど」

ずっと抱えてきた思いを詩織になら打ち明けてもいいのかもしれないと、絵里子は思った。

「夫が……」そうは言ったものの、話すには勇気が必要だった。黙ってしまった絵里子の顔を詩織がのぞきこむ。顔を上げると、詩織と目が合う。詩織が聞いてくれると言うのだから話してしまおうと、絵里子は心を決めた。

「夫が、風俗に通ってるかもしれなくて……ポイントカードが出てきたの。渋谷の風俗店の……行った日付とハートのスタンプが押してあって……」

絵里子の顔を見ていた詩織が噴《ふ》き出した。

「絵里子、今日、店に来たときから、顔が暗いなあ、と思っていたら、そんなことか」

「そんなことって……」絵里子にとってはそんなこと、ではないのだ。

「ごめん、ごめん、そんなふうに言って。絵里子には一大事だよね」

そう言って詩織は急にまじめな顔になった。わざとそういう顔を作ってくれたのだろうと、絵里子は思った。

「そのこと、俊太郎さんには？」

「なんにも言ってない。私がカードを見つけたことにも気づいていないと思う。……だけどね、そのカードが本当に夫のものかどうかもわからないでしょう。拾ったものをそのままポケットに入れていたかもしれないし……」

「絵里子……」

詩織が絵里子の肩を抱いて言った。

「私たち、もう五十二だよ……。絵里子がそう思いたい気持ちもわからないではないけれど、そもそも拾ったものをそのままポケットに入れておく？」

ぐっ、とこみ上げてくるものがあったが、絵里子は黙った。そうだ。詩織の言うとおり、夫が風俗に行っていることは間違いがないのだろう。絵里子は話を続けた。

「それで、そのお店のホームページも見て。働いている子は萌くらいの子なの。みんな、二十代前半。娘くらいの年齢の子とそんなことができるものなの？」

「いや、あんなところで公表してる年なんて、みんな嘘だって。だいたい、若くサバ読んでるもんだよ……ねえ、その店の名前、なんて言うの？」

詩織はテーブルの端に置いてあったｉＰａｄを手にとり、絵里子に尋ねた。

「渋谷……ブルーベリージャム……」

詩織は器用に画面を操作しながら、「渋谷ブルーベリージャム」のホームページを探しあてた。絵里子が見たときと同じトップページでは、肌もあらわな恰好の女の子がこちらに微笑みかけている。絵里子は思わず目を逸らした。

「店舗型、というやつか……なるほどねえ……」

詩織はひとりごちて、片手でマグカップを持ち、ごくりと一口、お茶を飲んだ。

「俊太郎さんも、なんというか、普通の男だねえ……」

「私、それを見てから、もう気持ちが沈んで沈んで……」

「まあ、絵里子みたいなおぼこい人には刺激が強いわね。……それにしても意外とみんな、どうでもいい下着着てるなあ。サイズもあんまり合ってない子が多いし……」

画面をスワイプしながら、詩織は画面を凝視している。

「得意プレイ、素股……フェラ&手こき……これから覚えます、って書いてる子はなかなか、あざといねえ。……まあ、私は好きだけど、そういう子」

絵里子は耳を塞いでしまいたかった。詩織に話したことが間違いだった、とまで思った。詩織は顔も体も整形して、女性とつきあい、風と水の子相手に商売をしている人間だ。その詩織の価値観と、パート勤めをしているとはいえ、ほぼ専業主婦の自分の価値観が合うわけがない。そこまで考えて、ふと、詩織のことをそんなふうに考えている自分はなんて醜いんだろう、と絵里子は思った。詩織は大事な友だちだ。その友だちを自分とは違う世界にいる人間として考えようとしている。そんな些細な区別から、差別は生まれるのではないか。体だけでなく、いつしか心まで醜くなってしまった。

「……あのさあ、ちょっと聞きにくいことなんだけど……」

「ん？」絵里子はｉＰａｄの画面から視線を外さない詩織の横顔を見た。

「絵里子たち、まだあるの？」

「えっ、なにが？」

「つまり、セックスしてる？　俊太郎さんと絵里子」

　そう言われて絵里子は黙った。最後にしたのは、五十を過ぎた頃だった。考えてみれば、もう二年間、夫と体を交わしていない。

　ううん、と絵里子は黙ったまま首を振った。

「だって、生理も終わったら、そんな気にもなれなくて……」

「断ったことある？　俊太郎さんから誘われて」

　黙ってしまった絵里子に、詩織が口を開いた。

「いや、別に夫婦のセックスがなくなったから、夫が風俗行くようになるんだ、なんて、言いたいわけじゃないの。やりたい盛りなんて、私たちの年齢じゃ、とっくに過ぎてるわけだしね。だけど、ほら、セックスがなくても、いっしょにお風呂に入るとか、なんか体にふれ合う、っていうのかな、そういうのも、もしかして無し？」

うん、と絵里子は頷いた。詩織の言葉にまた、涙が湧く。目尻をハンカチで押さえた。

「いや、絵里子を責めてるわけでも、俊太郎さんの味方になってるわけでもないのよ。それはわかってくれる？」

うん、と再び絵里子は頷いた。

そのとき、チリン、と入り口ドアの鈴が鳴った。

鼻のあたりまでマフラーでぐるぐる巻きにしているが、絵里子はすぐに、みなもだとわかった。レザーのジャケットにデニム、ごついエンジニアブーツが華奢なみなもによく似合っている。同窓会で会った詩織も同じような恰好をしていたことを思い出した。

「おばさん、なんで泣いてんの？」

マフラーを外しながらみなもが尋ねた。急に暖かい店内に入ってきたせいだろうか、小ぶりな鼻の先が赤くなっている。

「こらっ、絵里子さんでしょ」

たしなめる詩織の言葉を気にすることもなく、みなもは重そうな黒いリュックサックと肩にかけた大きなバッグを、バックヤードの隅に置いた。

「撮影、どうだったの？」

キッチンに立つ詩織がみなもに声をかける。みなもは詩織に近づき、その腰にそっと手を触れると、シンクで手を洗い始めた。

「もう、ばっちり。ぜんぜんうまくいったから」

みなもの声は弾んでいる。

「そう！　よかった！」

みなもの声が伝染したように詩織の声も明るくなる。

「お昼食べてないからおなか空いちゃって」

そう言いながら、みなもは再びリュックに近づき、その口を開けた。白いビニール袋を取り出し、いくつかのプラスチック容器をテーブルに並べる。

「買ってきたんだ。よかったら食べない？　キンパ。おば、いや……絵里子さん」

みなもがセロテープを剝がすと、キンパがみっちりと詰まっていた。艶やかな韓国海苔の表面には白ごまが振られ、小さく切り分けられている。みなもはひとつをつまみ、すぐに口に入れた。

「うん、うまい。やっぱり端っこがおいしいよね」

「うまい、じゃなくて、おいしいでしょ。それに手で！　お箸使って！」

詩織が日本茶の入った湯呑みを三つと割り箸を乗せた盆を手に、みなもをたしなめる。

「本当においしいよ。絵里子さんも遠慮しないで食べて」

みなもにそう言われたものの、絵里子はまったく食欲がなかった。それでも割り箸を割り、ひとつつまんだ。詩織の昼食のことなど、ちっとも気にしていなかった自分を絵里子は責めた。キンパを口に入れると、ふわっとごま油の香りが広がる。

甘辛い味の牛肉とたくあん、カニかま、卵、人参《にんじん》、エゴマの葉がいいアクセントになっている。食べたことのないものを食べると、何が入っているのかを確認して、夫や萌に食べさせようと思うことが、絵里子の長年染みついた習慣だったが、今日は、どうやっても、家族に食べさせたい、という気持ちがわいてこない。それでも、キンパはおいしかった。今はただ、このおいしさを自分ひとりで感じよう、と絵里子は思った。

「おいしい。本当においしい」絵里子がそう言うと、

「だってわざわざ新大久保まで行って並んで買ったんだもん。まずいはずがないよ」

唇を尖らせてそう言うみなもを見て、絵里子は、この子は自分が思っているより、いい子なのかもしれない、と思った。ぶっきらぼうな言い方になるのは、多分、照れているからだ。みなもの性格がわかっているせいなのか、絵里子の向かいに座った詩織も、

「おいしい、おいしい」を連発しながら、キンパを口にした。

絵里子はひとつ、詩織も、口にしたのはそれほど多くはなく、キンパのほとんどをみなもが食べた。おなかをさすり、湯呑みのお茶を飲んでから、みなもが絵里子に尋ねた。

「で、絵里子さんはなんで泣いてたの？」

絵里子の涙はみなもが気持ちよくキンパを食べるのを見ているうちにすっかり乾いていた。さっきの話を蒸し返されるとは思っていなかったので、絵里子はどきりとした。

「どうせ、旦那が浮気しているとかそんな話でしょ」

そう言うみなもの目がくらやみにいる猫のように光る。

「こら、みなも。なんでもかんでも、ずけずけ聞かない」

詩織はそう言ってはくれたが、絵里子はもうこの二人にはなんでも話してしまおうと、腹をくくった。さっき、詩織に打ち明けたことで、少し、心が軽くなっていることも事実だった。

「私の夫が……」

そう言う絵里子の顔をじっとみなもが見つめ、次の言葉を待っている。詩織は、視線を外して、電子タバコを口にくわえた。

「私の夫が、風俗に通ってるみたいなの。……カードを見つけて。ポイントカード。月に一度くらい行ってるみたいで」

「ポイントカード、だっさ」

　みなもが噴き出しながら言った。

「そんなもん家庭に持ち込んで、ツメが甘い男だなあ。いかにも日本の男って感じ」

　みなもの言葉に、自分の気持ちを代弁されているようで胸がすく思いがした。けれど、そのツメの甘い男が自分の夫なのだ、と思うと、よりみじめさがわき上がる。

「それで、そのカードを見つけて、絵里子さんはどうしたいの？」

「どうするって……」

「風俗なんか行って！　って、怒るの？　それとも黙ったまま？　目の前にあることをなかったことにしちゃうのも、いかにも日本の女だよね」

　それについては、絵里子だってポイントカードを目にしたときから、ずーっと考えてきた。カードを見つけて、自分はどうしたいのか？　みなものあけすけな言葉の前で自分が裸にされているような気持ちになる。嘘や建前を言っても、みなもはすぐに見破るだろうと思った。

「あのね……」絵里子は口を開いた。

「自分でもどうしたいのか、よくわからないの」

　みなもが大きなため息をついた。自分でも馬鹿だと思っている。けれど、それが絵里子の正直な気持ちだった。

「それでもね、その、『渋谷ブルーベリージャム』を探しに行ってみたりしてね。行ったからってどうなるもんでもないけれど、その店を確かめてみたかったのね」

「絵里子さんの旦那が、若い女といちゃこらしてる店を？」

「みなも、いい加減にしなさいよ」

詩織が言葉をはさんだ。確かにみなもの言葉は胸に応えた。自分の体の悪いところを、迷わずメスで切りさかれるような痛みが走る。それでも絵里子は続けた。

「そう。その店は本当はないんじゃないかな、なんて、そう思いたくて……情けないね私……」

「絵里子さんが店に行ったって、嬢には会えないじゃん」

「そりゃそうなんだけど……」

「探偵やとって調べさせればいいんだよ。風俗通ってる証拠があれば、十分な離婚理由になるし、離婚するときに慰謝料だってもらえるよ」

「ちょっと、みなも！」詩織が声を荒らげた。

「離婚……」

みなもの言葉に絵里子はたじろいでいた。

「離婚、したいんじゃないの？　違うの？」

畳みかけるようにみなもが聞いてくる。

「……そんなこと」

そこまで言って絵里子は黙ってしまった。

みなもの放った離婚、という言葉に絵里子の胸が鉛《なまり》を飲んだように重くなった。正直なところ、今まで一度だって、離婚を考えたことはない。今までも、これからも、何があっても夫と暮らしていくのだろう、とただ漠然と考えていただけだ。自分は手に職があるわけでもない。パートをしながら、たったひとりで生活していくことなど考えたくもなかった。ふと思った。離婚はしない、と思う一番の理由に、自分はお金のことを考えている。愛情よりも前にお金がある。そのことに改めて気づいて、絵里子の気持ちは揺れた。いっしょにいたいから、ではなく、ひとりでは生活できないから、という理由は、なんて利己的なんだろう。

自分がどこにもいない。絵里子は元々の性格から、自分のことを最優先に考えることはなかったが、若いときにはあったはずの「自分」が今、どこにもいない。忽然《こつぜん》と姿を消している。夫のため、娘のため、と生きてきて、絵里子自身が、消え去っていた。私の「自分」はどこに行ってしまったのか。

「いや、絵里子は離婚なんて考えてないわよ」

黙ってしまった絵里子を気遣うように、詩織がみなもに向かって言った。

「じゃあ、どうしたいの？」

詩織に、ではなく、みなもは絵里子を見て言う。

「旦那が風俗に行ってるってわかって、絵里子さんはいったいどうしたいの？」

かすかに眉間に皺を寄せて、詩織はみなもの顔を見ている。みなもは絵里子から視線を外さない。絵里子はみなもの言葉で、あなたの患部はここです、と言い当てられた気持ちでいた。狭いバックヤードの空気がほんの少し、重みを増していく。

「……わからないの」

絵里子の言葉を聞くと、みなもは肩をすくめ、両方の手のひらを天井に向けた。

「悲しい、悲しい、裏切られたって、ここでめそめそ泣いてるだけ？」

「ちょっとちょっと、みなも、いくらなんでも言い過ぎだって」

鋭いみなもの言葉を遮るように詩織が言った。

「だって、あたし、絵里子さんのほうがわからないよ。風俗に行ってるかもしれない、っていうのなら直接聞けばいいじゃない？　それだけのことだよ。それで、怒ればいい。それでも我慢できないのなら、お金もらうなり、離婚するなり、それを考えないと先に進めないじゃない」

「あのねえ、みなも、絵里子みたいに長年連れ添った夫婦は、そんなふうに簡単にはいかないこともあるのよ」

「すみませんねえ！　あたしは詩織みたいに結婚経験もないですから！」

「みなも！　言葉が過ぎるよ！」

「お願い、二人とも喧嘩しないで」

思わず絵里子は声を張り上げていた。

「これは喧嘩じゃないよ」

「そうよ、こんなのいつものことなんだから。ただの意見の言い合い。絵里子、気にしないで」

二人はそれぞれに絵里子の顔を見て言った。

それが、喧嘩じゃなくても、絵里子にはうらやましかった。詩織とみなものように、ぽんぽんとなんでも言い合える関係が。つきあっているときも、結婚してからも、こんなふうに意見を交わしたことなどない。絵里子も夫も、言葉が多い人間ではない。自分がどう思っているのか、相手が何を考えているのか、それをその都度、確かめるようなことをしてこなかった。だから、喧嘩になるはずもない。

夫と自分の関係はいまや、伸びきったゴムのようだ。みなもが言うように、離婚や慰謝料をもらうなどという考えは頭の片隅にもないが、絵里子と夫はこの出来事に、まっすぐ向き合わないといけないのではないか。

詩織の店を出たのは、午後四時過ぎだった。

週末の土曜日、電車のなかは、都心に出かけて自宅に帰る人たちで混んでいる。絵里子は優先席の前に立った。目の前には、行楽帰りだろうか、三歳くらいのぐっすり眠ってしまった女の子を膝の上に抱いた若い父親、そして、その父親の肩にもたれかかるようにして眠っている若い母親が座っていた。夫と萌と自分。いつかの自分たちを見るようだった。仕事が忙しい夫だったが、休日は可能な限り、幼い萌を連れて、遊園地や動物園、水族館などに連れ出してくれた。象やキリンや、飛び跳ねるイルカを見て、うれしそうな萌を見ることが絵里子の幸せでもあった。メリーゴーラウンドに乗る萌の写真を夫は何枚も撮った。

あの頃はそれが幸せなのだと気づくこともなかった。けれど、今になってみれば、家族が幸せである時間はなんと短いのだろう。それが五十二歳の絵里子の実感だった。多分、目の前にいる若い夫婦も、今が幸せの絶頂の時期なのだ、とは思っていないだろう。過ぎ去って初めてわかること。人生にはそれがあまりにも多すぎる。

「探偵やとって調べさせればいいんだよ。風俗通ってる証拠があれば、十分な離婚理由になるし、離婚するときに慰謝料だってもらえるよ」

流れていく見慣れた車窓の景色を見ながら、絵里子の耳には、さっき、みなもに言われた言葉が響いている。探偵とか、離婚とか、もちろん絵里子はそこまでする気はない。けれど、夫には問うべきだろう。「あなたは風俗に通っているの？」と。その言葉を口にすることを考えただけで足がすくむ。どんなふうに聞いても、夫との関係に大きな楔《くさび》を打ち込む言葉であることには間違いがないのだ。でも、聞かなければならないだろう。いつかは。いつ？　と絵里子は自分に問う。しかるべきタイミングで。そう考えながら、そんなタイミングなど、来ないほうがいいと思う自分もいた。

重い足取りで絵里子は電車を降り、改札口を出た。駅のまわりには、二つのスーパーマーケットがある。安さを優先させたスーパーと、輸入食材も扱うちょっと高級なスーパー。ふだんは安さ優先のスーパーを使うが、なぜだか今日は高級なスーパーのほうに足が向いた。

見るからに新鮮で質のいいものとわかる野菜や肉、魚。カートを押しながら、絵里子は無意識に夫の好物を考えてしまう。夫のことを愛しているとか、夫の体を大事に思ってのことではなく、それは習慣だ。鯛の刺身の前で足を止める。ふだん使うスーパーの三割増しで高い。鯛の刺身は夫の好物だ。つい、カートに入れてしまいそうになるが、いや、今日は自分が食べたいものを買おう、と思い直し、絵里子は肉売り場に向かった。赤身の肉が食べたかった。和食好きの絵里子にしては珍しいことだ。熱したフライパンにたっぷりのバターを使ってレアで焼く。肉汁が滴《したた》る肉を、めいっぱい嚙んでみたかった。

「ただいま」そう言ったものの、誰の返事もない。洗面所で手を洗ってから、キッチンに向かった。シンクには、カップラーメンの空容器がひとつ置かれていた。普段遣いの箸もシンクの底にそのまま置かれている。いつか、結婚式の引き出物で貰った黒檀《こくたん》の八角箸だった。「いいお箸だから使ったらすぐに洗ってね」と事あるごとに夫に言ってきたつもりだが、それを夫が守ったためしはない。ため息をついて、絵里子は買ってきたものを冷蔵庫にしまった。

リビングに目をやると、ソファから夫の足が伸びている。ジャージの下に毛玉のついた靴下。ダイニングテーブルには開いたままのノートパソコン。そのそばにあるのは仕事の資料だろうか、白い紙の束が乱雑に散らかっていた。

絵里子は萌の部屋のドアをノックしたが、返事はなかった。

「開けるわよ」と声をかけて、ドアを開けた。部屋のなかに萌の姿はない。ベッドの上には、出かける前に服を選んだからか、ニットやシャツ、スカートの山ができていた。いつもは萌のいないときに簡単に床に掃除機をかけるだけで、萌の部屋に長くいることはない。チェストの上の細々とした化粧品がまた増えているような気がする。机の上には大学の授業で使う教科書が数冊、整然と並べられてはいるが、その背は皆、真新しく、読み込んでいる形跡はない。

今日はバイトだとは聞いていなかったから、萌の分の肉も買ってきてしまった。萌のベッドの端に座りながら、絵里子はコートのポケットに入っていたスマホを取り出した。ＬＩＮＥで「今日は夕食、家で食べるの？」と送ってはみたものの、一向に既読にはならない。迷った末に、「？」と考えているクマのスタンプも送ってみた。もしバイトなら、ＬＩＮＥを見ている暇もないだろう。萌の分の肉は明日焼いて食べさせればいいか、と思いながら、絵里子は萌の部屋を出た。

「どこに行ってたんだよ」

ソファから起き上がった夫が頭を掻きながら言う。

「うん。詩織の店。広尾の」絵里子はなるべく感情を込めずに言った。

「起きたら、誰もいないんだから……」夫はぶつぶつとその後も何かを呟いていたが、絵里子はその声を掻き消すように、水を流し、シンクに置きっ放しになっていた箸を洗った。

冬の夕暮れは早い。空はもう暗い夜の色に変わっていた。絵里子が朝、干しておいた洗濯物もひんやりと冷たい。絵里子が今日のように外に出かけているときだって、夫が取り込んでくれたことはない。自分のすることではない、と思っているのだろう。夫にそう思わせてしまったのは自分だ。夫がパソコンのキーボードを叩く音すら今日は気に障る。それでもそんな思いは顔には出さず、絵里子はただ黙って、ぱりぱりに乾いた家族三人分の洗濯物を畳んだ。ふと、手が止まる。萌の下着が目に入る。薄桃色の、レースがついたブラジャーとショーツ。今日、詩織の店で見た下着を思い出せば、それが高くはないだろうということにも気づく。萌はもう自分のバイト代で下着を選んで買っている。二十歳なのだから、当たり前のことだ。それでも、萌の初めてのブラジャーをデパートの下着売り場に買いに行ったときの、娘を持った母親としての喜びが絵里子の胸に蘇る。

自分はこうやって、過去の家族の思い出を反芻《はんすう》して生きていくのだろうか、と思うと、家族の思い出はもうこれから先、ひとつも更新されないような気持ちにもなる。さっき、電車のなかで見た行楽帰りの家族連れのような、家族が幸福だった時期は、とうに終わってしまったのかもしれないな、と、畳んだ萌の洗濯物を、萌の部屋のベッドに置きながら、絵里子は思う。

「珍しいな、ステーキなんて」

そう言いながら、夫は肉をナイフで切り口に入れる。

「うん、うまい」

唇を肉の脂で濡らしながら、夫がつぶやく。

向かいに座った絵里子も赤い肉汁が滴るステーキの断面を見て、うまくできた、と思った。

それでも、肉の半分を食べる頃には早くもおなかがきつくなってくる。夫も同じようで、食べ始めたときのような勢いはない。やっぱり、鯛の刺身にすればよかったかな、と思いながらも、それでも、絵里子は意地になって、肉片を口に運んだ。

「うまい、うまい」とそうくり返すだけの夫と、たいした会話があるわけでもない。絵里子から夫に話しかけることすら、この頃ではほとんどなくなっていた。食事の途中で、夫も沈黙に耐えられなくなったのか、テレビのスイッチをつけ、午後七時のニュースを流した。萌がいない食卓はいつもそうだ。萌が幼い頃には、食事どきにはテレビはつけない、と夫と二人で厳しく萌に躾《しつ》けていたのに、二人きりになってしまえば、家族のルールは簡単に綻《ほころ》び、その穴は広がっていく。

肉を咀嚼しながら、絵里子は夫に「渋谷ブルーベリージャム」のことを問い質すのなら、今日なのでは、と思い始める。途端に、胃のあたりが、ステーキのせいではなくずしりと重くなる。

「萌はどうしたんだ？」

残ったステーキソースにごはんを絡めてフォークで口に運びながら、夫が皿に視線を落としたまま言う。

「……さっきＬＩＮＥしたけれど、返事がないの」

慌てて口のなかのものを飲み下して絵里子は言った。

「今日、バイトか？」

「多分、そうじゃないかと思うけど」

「多分、って……」

「同僚の子が休んだりしたとき、萌が急に駆り出されることもあるの。多分、今日もそうじゃないかと思う」

ふと、絵里子の頭のなかに、この前、渋谷の歓楽街で見たバイト先の店長と萌の姿が浮かぶ。あのこともいつか夫に話す日が来るのだろうか、と絵里子は思う。娘の恋愛について、どこまで踏み込んでいいのかわからない。できれば夫に相談したい。けれど、萌が本気であの人と恋愛しているのなら、親としてどこまで干渉すべきなのか、その境界線がわからない。

「バイト、バイトって、大学のほうはどうなんだよ。バイトが本業になったら本末転倒だろう」

耳が痛い。

「母親としてどうなんだよ。しっかりしてくれよ」

「だって萌だってもう二十歳よ。一人前の大人よ」

二人の会話にテレビのニュースの声が混ざる。どこか知らない町の高速道路で起こった玉突き事故。少しの興味も湧かない事故のニュースを聞きながら、こんな話は続けたくない。このまま話していれば諍《いさか》いになるのでは、という予感が絵里子の胸のうちに生まれる。けれど、今日の夫は珍しく饒舌《じょうぜつ》だ。

「萌は彼氏がいるのか？」

「いる、と思う」

「会ったことはあるのか？」

「ない……」そう言ってはみたものの、この前見たあの男が萌の彼氏であるのなら、会ったことになる。その話をどこまで夫に話していいのか、絵里子は迷う。

「二十歳って言ったって、まだ半分は子どもみたいなもんだろう」

「そりゃそうだけど……萌にだってプライバシーってものが……」

絵里子の物言いに夫がかすかに苛立《いらだ》ち始めているのがわかる。その苛立ちは絵里子にも伝わる。

あなただって。あなただって勝手なことをしているじゃない。今、言ってしまおうか。そう何度も思いながら、絵里子には最後の勇気を振り絞ることができない。母親としてしっかりしろ、と言うのなら、あなたも父親としてしっかりしてほしい。私が母親として、妻として、その務めを果たしているとき、あなたは何をやっていたの？　風俗の若い女の子と遊んでいたの？　それはいつから？　あなただけ、そうやって息抜きすることが許されると思う？

いくつもの言葉が胸のなかに浮かび、音として発されることのないまま、深いところに沈殿していく。

今、今、言うのだ。そう思っているのに、それを口にすることに、高層ビルから飛び降りるほどの恐怖がある。なんて、なんて、自分は情けない……。

「ごちそうさま」

夫が食べ終わった自分の皿を重ねて、立ち上がる。絵里子の皿はそのままだ。皿を片付けると、絵里子の向かいですぐさま、ノートパソコンを開く。銀色の蓋が絵里子の視界を遮る。夫の顔は半分しか見えない。もう何も話すことはない。そう言われたようで、絵里子の胸はぺしゃんこに踏みつぶされたようになる。

私の夫は、俊太郎さんは、いつから、こんな人になってしまったのだろう。絵里子のとりとめのない話でも、視線を逸らさず、最後まで聞いてくれたあの人はもういない。いや、私たちはいつからこうなってしまったんだろう。夫婦、という関係性に安住して、水も肥料もあげてこなかった。萌が生まれた頃までは、瑞々《みずみず》しかった若葉は、今は枯れ果てて、私たちはまるで他人のようだ。

絵里子も立ち上がり、のろのろと皿を片付けた。水を流しながら、ふいに、みなもに言われた、慰謝料、離婚という言葉が脳裏をかすめる。このままでは、私たちの関係の先に、それが絶対にないとは言い切れない。夫がパソコンのキーを叩く。いつもより、強いその音が耳に残る。同じ部屋にいることがつらい。同じ部屋の空気を吸っていることがしんどいのだ。

「え、萌が」

その電話がかかってきたのは午後十一時を過ぎた頃。絵里子は入浴を済ませ、洗った髪をドライヤーで乾かし終えたときだった。こんな時間に家の固定電話が鳴ることなどまずない。絵里子が慌ててリビングに向かうと、まだダイニングテーブルの上で仕事をしていた夫が、怪訝《けげん》そうに電話機を見つめている。絵里子は夫の側をすり抜けて、受話器を取る。

「こちら渋谷警察署ですが……」

という言葉で絵里子は息が詰まった。お嬢さんが今こちらにいる。迎えに来てくれないだろうか。詳しい話は署で。電話の向こうの若い女性の、感情のこもっていない冷静で簡潔な言葉が、風呂で温まった体をあっという間に冷ましていく。

「はい。すぐに向かいます」

話を終えて、絵里子はゆっくり受話器を置いた。夫が絵里子の顔を見る。絵里子は思わず視線を逸らした。

「なんだ、なんの電話だったんだ」

「……萌が、……萌が、警察にいるって」絵里子の声は震えた。

「どういうことだよ……」

「詳しいことはわからない。でも、すぐに行かないと……萌が」

夫の表情がみるみる険しくなっていく。それでも、「すぐに着替えて。車を出すから」と言ってくれた。夫も絵里子も慌てて服を着替え、絵里子は念のため、萌の部屋からダウンジャケットを手にして家を出た。

警察に向かう車中、二人とも一切口をきかなかった。予想よりも早く警察に着いてしまう。なんで、こんなところに。絵里子はそう思いながら、警察署の入り口を入り、受付のようなところで電話をもらったこと、娘がここにいることを伝えた。女性署員の後について、長い廊下を歩き、小部屋が並んだ場所に出た。女性がひとつの部屋のドアを開ける。

まず目に入ってきたのは萌の姿だった。萌はうなだれて顔を伏せ、どこにでもあるようなパイプ椅子に腰かけていた。

「萌！」思わず、絵里子は叫んでいた。萌に近づこうとする絵里子を夫が手で制する。グレーの事務机が置かれ、萌の前には絵里子や夫とそれほど年齢の変わらないように見える男性署員がいた。

「……あのいったい、どういうことでしょうか？」

夫が男性署員に尋ねた。

「渋谷のクラブを摘発しまして。以前からそこでドラッグの売買が行われているというタレコミがありましたんでね」

「ドラッグ……」夫がかすれた声で言う。

「いや、なに、お嬢さんにはなんの罪もありません。ただ、お嬢さんといっしょにいた男性のポケットから」

男性署員の言葉が終わらないうちに、突然、夫が萌に近づき、頬を張った。にぶい音が響く。絵里子は咄嗟《とっさ》に萌の頭を腕で抱えた。夫が萌の頬を張ったのは初めてのことだ。萌に手を上げたことなど今まで一度もない。

「どういうことなんだよ！　どういうことなんだ！　萌！」

夫の手がもう一度振り上げられる。その手を男性署員と絵里子が止めた。萌が乱れた髪の隙間から夫を睨みつける。絵里子はその目を覚えている。萌が反抗期だった頃のあの目だ。

「お父様、落ち着いてください」

男性署員が夫と絵里子に椅子をすすめた。すすめられるまま夫は渋々と椅子に座り、絵里子もその隣に腰を下ろした。

「男は萌さんのバイト先の店長でした。ただし、萌さんの衣類や荷物にそういった類いのものはありませんでしたし、薬物反応もありません」

「薬物反応……」

思わずそうつぶやいてしまった絵里子の舌がもつれる。

男とは、あのとき、渋谷の歓楽街で見た男だ、と絵里子は確信した。あの男の風貌から想像するに、こんなことが起こっても不思議ではない。

「萌さんは巻き込まれたということです。もちろん、処罰の対象にもなりません。ただ、だいぶ取り乱しておられたので、親御さんに迎えに来ていただいたほうがいいかと。今日はもうこれでお帰りになっていただいて結構ですので」

「本当にご迷惑おかけしました。申し訳ありませんでした」

絵里子は頭を何度も下げたが、夫は憮然《ぶぜん》としたままだった。

絵里子は萌の背中に手を当て、さすろうとしたが、まるでその手が不快なもののように萌は背中をよじる。

警察署を出ると、もう午前零時を過ぎていた。車の後部座席に萌と並んで座った。萌は窓に頭をつけて、ただ黙ったまま、目を閉じている。その顔を絵里子は見た。自分の娘という気持ちからは遠く、見知らぬ疲れた女の顔をしている。萌がそんな顔をしているのを初めて見た。運転席の夫に目をやる。後頭部とハンドルを握る腕、肩のあたりしか見えないのに、夫がひどく怒っていることは一目瞭然だった。

絵里子は家に帰るのが怖かった。それでも、深夜の甲州街道は思ったよりも車が少なく、夫がスピードを上げるせいで、あっという間に自宅のまわりの見慣れた景色が目に入ってくる。

家に着き、そのまま自分の部屋に入ろうとする萌の腕を夫が引っ張る。その腕を摑んだまま、まるで連行するようにリビングに進み、萌を投げ出すようにソファに座らせた。

「いったい、どういうことなんだよ！」

夫のこんな怒声を初めて聞いた。

「ねえ、お願い、もう深夜だから。今日は萌は寝かせて、明日、話を聞こう」

そんな絵里子の声も夫の声でかき消された。萌はカーテンの閉まった掃き出し窓のほうに目をやって、夫とも絵里子とも一切、目を合わせようとしない。

「おまえはまだ学生なんだよ。いったい何やってるんだ！　犯罪だぞ、犯罪に巻き込まれたんだぞ！」

「ねえ、大きな声を出さないで、お願い」

絵里子のそんな言葉にも夫は耳を貸さない。

「クラブとか、薬物反応とか、いったいどういうことだよ。夜の町をふらふらして」

萌が自分の前に立っている夫を見上げる。警察にいたときよりも、その目の光には憎しみが宿っている。萌は何も言わない。重苦しい沈黙がただ、リビングに充満している。

夫が再び口を開いた。

「男に声かけられて、ふらふらついていくなよ。明日からもう夜は一切外出禁止だ。バイトもやめさせる。夜の町でふらふらしてるから、こんなことに巻き込まれるんだ」

興奮しているせいか、夫の声はどんどん大きくなる。

「ねえ、お願い。大きな声はやめて。近所迷惑になるから」

そう言う絵里子を萌が睨みつける。この目。反抗期のときに絵里子に何度も向けられた目。まだ、それは終わっていなかったのだろうか。萌、という娘がわからなくなる。

「こんな……」

萌が絵里子を睨みつけたままつぶやくように言った。

「こんなときでも、近所迷惑になるとか、そんなことしか考えてないんだね」

「萌！」声を上げたのは夫だった。思わず、絵里子は夫の体を萌から離した。萌の言葉から受けるショックよりも、夫がまた、萌に手を上げるかもしれない、という恐怖が先に立った。

「パパ……」萌の瞳に暗い光が宿る。

「夜の町でふらふらするななんて、あたしに言えるの？」

絵里子は息を呑んだ。

「会社帰りに、残業だ、なんだって、ママには言って、パパはいったい夜の町で何しているの？」

絵里子は思わず夫の顔を見た。眉間に皺を寄せたまま、瞬きもせずに萌を見つめている。

「あたし、知ってる。パパが何しているか知ってる。どこに行ってるのか知ってる」

深夜のリビングに萌の声だけが響く。決して、大きな声ではない。それなのに、萌の言葉が鼓膜にじんじんと響く。萌が絵里子を見据える。

「……ママは知ってるんでしょう？　パパがやってること。知ってて見て見ぬふりしているんでしょう？」

掃き出し窓の向こうから、大通りを行く救急車のサイレンがかすかに聞こえてくる。

「知ってて、夫婦ごっこ、家族ごっこか。ばっかみたい」

そう言って萌は、自分の横にあるクッションを夫の足下に投げつけた。それが夫の足に当たり、ぽすり、と音を立てて、床に落ちる。

「ママだって、あやしいよ。この前、あんな時間にあんな場所にいて。……ママだって、パパには言えないようなことしてるんじゃないの」

絵里子には返す言葉がなかった。萌はもうひとつのクッションを絵里子の足に投げる。ちっとも痛くはなかった。駄々をこねる子どものような力。その力の弱さが絵里子には悲しかった。

「パパも、ママも、嫌い。大嫌い」

みるみるうちに萌の目に涙が溜《た》まっていく。萌は立ち上がり、子兎《こうさぎ》のように夫と絵里子の前から逃げ出し、リビングを抜けて、自分の部屋に向かう。大きな音をたててドアが閉められ、かちゃり、と鍵のかかる音がした。

　リビングには夫と絵里子だけが取り残された。夫は微動だにしない。ソファの前でただ突っ立っている。絵里子もこの状況をどうしていいのかわからなかった。明日が月曜だったら良かったのに、と絵里子は思った。明日が仕事なら、「明日の朝も早いし、もう寝ましょう」と夫に言うことができる。けれど、明日は日曜日だ。絵里子はパートがあるが、夫は休みだ。夫が倒れ込むように目の前のソファに腰掛け、眼鏡を上げて、両手で両目を隠した。

「……知ってたのか」うめくように夫は言った。

「いったい、なんのこと？」としらを切ってしまえばよかった。けれど、絵里子にとっても、その事実を胸に秘めていることにとうに限界が来ていた。膿《うみ》を出すために、萌が傷口を作ってくれたのだ。

「知ってた……」

　そう絵里子が言っても夫は何も言わない。絵里子は続けて言った。

「私はあなたに言えないようなことなんか一切していない。あなたが通っている店を見てみたかっただけ……ほんとうにその店があるのかどうか、確かめたかっただけ」

　泣くものか、と絵里子は思ったが、それでも涙が出てくる。さっき、萌が口にした夫婦ごっこ、家族ごっこという言葉が耳に響く。そうだ。萌の言う通りだ。美しく輝くものにしようとせっせと珠の表面を磨いてきた。けれど、その中には何もなかった。

夫婦、家族という体裁にこだわっていただけで、心を通わせようとしなかった。自分も、夫も、萌も、家族という共同体に属しているようで、実際のところは一人だった。食事を作り、掃除や洗濯をして家の中を整えてさえいれば、家族のために何かしている気になっていた。栄養豊富な食事作りや、塵《ちり》ひとつ落ちていないような掃除をする前に、自分にはもっともっとやることがあったのではないか。萌に対して、そして、夫に対して、何か言葉ひとつ、かけてやれることがあったのではないか。

夫を責める前に、自分がしてこなかったことへの後悔ばかりが浮かぶ。それでも絵里子は夫に向けて口を開いた。

「風俗のお店のポイントカードを見つけたの。クローゼットに落ちてた。あなたの背広かスラックスか、わからないけれど、どこからか落ちたんだろうね。最初はまさか、と思った。たまたま拾ってそのままにしているのだろう、って。何のお店かわからなかった。だから、お店の名前をネットで調べたの。どういうことをするお店か、それでわかった。あなたはだいたい月に一度はあの店に行っていたんだね。ううん……もう、あなたを責めたいわけじゃない。あなたは、そういうお店に行かなくちゃ、耐えられなかったんだよね。男の人の体のことは、私にはよくわからない。でも、私でも、家族でも、支えきれない何かを、あなたはあのお店で解消してたんだよね。……そのことが」

そこまで言って嗚咽が漏れた。

「そのことがね、私は悲しい……ううん、悲しかった」

夫はソファの前に敷かれたラグを見たまま、微動だにしない。絵里子の言う言葉を、否定しないということは、やはり事実なんだろう。

「悲しかった……今夜のことも」そこまで言うと、目から溢れた涙が顎を伝って落ちた。

「萌にも、あなたにも、私の存在なんてどうでもいいものだと思われているようで……まるで私は空気みたいね。この家の空気みたい。無色透明で目にも見えない……でもね、そんなこと、自分でも薄々感じていたの……。萌のために、あなたのために、って自分なりに色々やってきたつもりだけれど、それは萌にとってもあなたにとっても、良くないことだったのかもしれないね。愛情の押し売り。私は、今ね、自分が何をしたいとか、何が好きとかも、もうよくわからないの。そういう人間は、子どもからも夫からも興味を持ってもらえないよね。……でもね、今、少しわかったの。自分が何をしたいのか」

夫が顔を上げて絵里子の顔を見た。どす黒くも見える顔色、無精《ぶしょう》髭が伸びている初老の男。夫の目にも、泣いてさらに醜くなった自分が映っているのだろう。長すぎる年月が二人をこんなふうにしてしまった。

「少しね、……離れてみたい」

それは絵里子がこの頃、ずっと考えていたことだった。

車窓に目をやると、駅のホームでスマホを手にしているサラリーマンやＯＬの姿が目に入った。月曜日だからか、俯いた姿勢のせいなのか、皆、どこか物憂《ものう》げな表情だ。

車内に視線を戻す。月曜の午前中、同じ車両には、絵里子と同じ駅でこの列車に乗った中年男性しかいない。もう一度、窓の外を見ると、厚い冬の雲から顔を出した太陽の光が絵里子の目を射た。まぶしくて目を閉じ、少し眠ってみようか、と、体を傾け、窓ガラスにもたれかかってみたものの、ガラスの冷たさが伝わるばかりで、一向に眠気は訪れない。

萌の一件があった土曜日からほとんど眠っていなかった。

車両のドアが開き、銀色のカートを押した車内販売の女の子が一礼をして入ってくる。今日は朝食も口にしていなかった。けれど、眠気同様、食欲もないのだ。それでもアイスクリームかコーヒーでも買おうか、と迷っているうちに、絵里子は缶ビールを手にしていた。

ぷしゅり、と音を立てて缶を開け、一口飲んでみる。冷えすぎたビールが体のなかを滑り落ちていく。瞬く間に温かな酔いが胃を中心に体に広がり、頬が赤くなるのがわかる。考えてみれば一人旅など生まれて初めてなのだ。こんなふうにビールを飲んだのも。

新幹線の速さとは比べものにならないが、それでも列車はスピードを上げ、東京を離れていく。家が遠のくにつれ、自分の心も軽くなってほしい、と絵里子は思った。

土曜の夜、夫と萌がそれぞれ部屋に引きあげても、絵里子は一人、リビングにいた。夫に「少し離れてみたい」と告げても、夫は何も言わなかった。沈黙を保ったまま絵里子のそばを離れ、寝室に向かってしまった。夫と同じ部屋で眠りたくはなかった。リビングの掃き出し窓のカーテンを開けて、絵里子は窓の外を見ていた。壁かけ時計が時を刻む音だけが聞こえていた。冬の夜は長い。照明に照らされた自分が窓に映っている。けれど、自分の姿など見たくはなかった。電気を消し、ソファに横になった。声を上げて泣きたいのに、涙はただ、じくじくと湧くばかりで、窓の外がかすかに明るくなる頃には、絵里子のまぶたは赤く腫《は》れあがっていた。

真っ暗だった夜空に青の色が混ざり始めた頃、絵里子はベランダに出た。車の走る音、鴉《からす》が鳴く声がどこからか遠く聞こえてくる。きん、と冷えた空気がみるみるうちに絵里子の体を冷やしていく。一人だ、と絵里子は思った。そのときにはもう、ほんの数日、この家から、東京から離れたどこかに行こうという気持ちになっていた。

昨日の日曜日はいつもと変わらず、洗濯機を回し、掃除をした。夫と萌の分の朝食を用意した。夫は何も言わずに寝室から出てきて、絵里子の作った食事を食べた。それもいつもの日曜日と同じことだった。萌は部屋から出てこないだろう、と絵里子は思っていたが、実際のところそうだった。それでも、朝、昼、晩と、萌の食事も用意した。

夫は昼前にどこかに出かけ、夕食前まで戻らなかった。どこに行くのかも聞かなかった。絵里子が「少し離れてみたい」と言ったあと、夫とは会話を交わしていなかった。あのことについて、なにも話すつもりはないのだろうか、と思ったら、絵里子はますます、この家を出なければ、という気持ちが強くなった。夫との会話もないまま、この家に居続けていたら、自分が壊れてしまうような気がした。

夫がいない間に、昨夜からの一部始終をＬＩＮＥで詩織に伝えた。詩織は驚いたりもせず、絵里子が送る脈絡のない文章を読んでくれた。「少し家を離れたい。ホテルかどこかに籠もって」と書いたら、「海のそば？　それとも山？」と返信がきた。箱根あたり、と書こうとしたが、今は山の中で過ごすよりも海が見たいと思った。

「海のほうがいいかな」

そう返すと、すぐにホテルの名前とホームページのＵＲＬが送られてきた。早速ホームページに飛ぶと、伊東の海岸沿いに建つ真新しいホテルが現れた。女性お一人様のご宿泊も大歓迎という文字が目を引いた。

「静かないいホテルだよ。一週間でも二週間でも」

「そんなに長くは家を空けられない」

「いいじゃない、たまには」

「でも……」

「予約してあげるよ。何泊？」

絵里子はしばらく考えてから二泊と答えると、詩織から「ＯＫ！」という兎が跳びはねているスタンプが送られてきた。

「予約完了。楽しんできてね」

「うん。ありがとう」

つまり、今、絵里子がどこに行こうとしているのかは詩織しか知らない。夫や萌にはもちろん、母にも妹にも何も言ってこなかった。

今朝は夫を送り出したあと、パート先に電話をした。母の具合が悪いので、一週間ほど休ませてほしい、と店長に伝えると、

「ああ、それは大変だ。こっちのことは心配しないで、なんとかするから。ただ……」

「はい……」

「一週間を過ぎるようだったら、また連絡をくれるかな」

と言われた。主婦や子どものいる女性を多く雇《やと》っている職場だから、突発的な出来事にも比較的、臨機応変に対応してくれる。けれど、長く休まれるのは困る。それなら、新しい人を雇うから。それが店長の本音だろうと思った。長年勤めてきたパートだ。正直なところ、クビになるのはつらい。新しい職場を探す気力も湧いてはこないような気がした。けれど、それ以上に、今、自分は息ができない。一人になりたい。たとえ、パ

ートをクビになっても、そのあとのことはそのときになったら考えよう。そう思うようにした。

窓の外にはちらちらと水平線が見え隠れする。海面は大きな波もなく、穏やかに冬の光を照り返している。

旅に出ている間は家族のことは考えない。

そう心に誓ってみても、どうやっても土曜日の出来事が映画のように頭のなかで繰り返される。警察署に萌を迎えに行ったこと、夫の怒声、そして沈黙。萌が放った「夫婦ごっこ、家族ごっこ」という言葉が自分の奥深くに刺さっている。あの夜以来、部屋から一歩も出てこようとしない萌を一人にすることに不安がなかったわけではない。けれど、絵里子は萌からも距離を置きたかった。

萌という娘を授かってからというもの、口には出さないまでも、絵里子は自分を母性的な人間だと思っていた。自分なりに手をかけて娘を育ててきたつもりだ。反抗期のときも辛抱強く、萌が変わっていくのをじっと待っていた。けれど、自分が愛情と思って萌に与えたものを、萌は愛情とは受け取ってはいなかったのかもしれない。

絵里子は改めて、子育てというものの恐ろしさを感じた。一人の未熟な親が、未熟な子どもを育てる。血がつながっていても、心が通じ合わない。自分と母の関係を考えてみる。二度の再婚を繰り返した母を、絵里子はどこかの時点で、自分の理解を超えた人と、切り捨てたのかもしれない。母をそうやって捨てたとき、自分はやっと大人になれたのではないか。萌はもう無力な幼児ではない。そう思ってはきたものの、警察から帰ってきたとき、萌の内面に自分は今一度踏み込むべきだったのではないか。親として、まだ萌をしっかりと抱きとめておくべきだったのではないか。

伊東駅からホテルまでは、タクシーを使うほどの距離でもない。のんびり歩いていこう、と絵里子はキャリーバッグを引いて歩き始めた。今日は気温が高いせいか、しばらく歩いていると、背中が汗ばむ。絵里子は立ち止まり、コートを脱いで、手にかけた。スマホを見ながら、ホテルを目指した。夫は会社で何を食べるだろうか、萌は大学に行っただろうか、と絵里子の頭は自動的に考え始める。考えない、考えない、と自分に言い聞かせる。ここからホテルまではもう海へとつづく一本道を歩くだけでいい。絵里子はスマホの電源を切った。

海が近づいてくる。波の音が聞こえる。考えるのをやめようと思ったそばから、萌が小さかった頃に行った海水浴のことを思い出してしまう。けれど、この海岸に家族で来たことはなかった。夫が萌を連れて行きたがったのは、伊豆半島のもっと先だ。子どもの頃の萌は車酔いがひどくて大変だった。車に乗っている間、青白い顔をして、絵里子の腿《もも》に頭をのせていた。それでも、海が見えてくると、声をあげてはしゃいだ。絵里子はそれほど泳ぐことが得意ではなかったから、浮き輪をつけた萌と遊ぶのはもっぱら夫の役割だった。「ママー」と笑いながら、左右に縛った髪の先から海水を滴らせて駆けてくる萌の姿が今でもはっきり目に浮かぶ。考えまいと決めたはずなのに、浮かんでくるのはそんな思い出ばかりだ。

夫は帰宅後あれを読んでどんな気持ちになるだろう。部屋に閉じこもっている萌も気づいただろうか。今朝、夫が会社に出て行ってから書いた「少しだけ留守にします」という置き手紙を。

チェックインすると、係の女性が部屋に案内してくれた。海や船にまつわるモチーフやオブジェを多く使った内装が目を引く。

エレベーターを降りると、外廊下が目に入った。リゾートマンションを居抜きでホテルにしたのだ、と詩織から聞いていた。

「わあ」と部屋に通された絵里子が思わず声をあげたのは、天井までの窓いっぱいに、どこまでも続く海が見えたからだ。ビジネスホテルのような簡素なシングルルームを想像していた絵里子の想像をはるかに超えていた。ここは普通のホテルなら、スイートルームだ。多分、クイーンサイズのベッド。広いソファに一人掛けの革張りの椅子。インテリアに詳しくない絵里子でも、その椅子を雑誌で目にしたことがあった。部屋の説明をしてくれる女性のあとをついていく。部屋にも広いバスとシャワールームがあるが、屋上に露天風呂があるのだと言う。

「湯上がりどころにはご自分で注いで飲めるクラフトビールなどを用意しています。ご自由にお召し上がりください。それにこちらもご自由にお使いになれます」

そう言って壁際に手を向けた。ターンテーブルとその上の棚にレコードが数枚。

「レコードが聴けるんですか？」絵里子は思わず聞いた。

「はい。フロントにもレコードをご用意しておりますので、お好きなものがあればそちらから選んでいただいても結構です」

音楽なんてとりたてて好きではないのに、ほんの少し気分が高揚するのがわかった。

「どうぞご自由にゆっくりとお過ごしください。もしご不明な点がありましたら、いつでもフロントにご連絡ください」

お辞儀をして部屋を出て行こうとするフロントの女性に絵里子は、小さな封筒に入れた心付けを渡した。女性は幾度か断ったが、それでも封筒を両手で受け取り、もう一度深くお辞儀をして部屋を出て行った。子どもの頃から、家族旅行をすると、父が心付けを渡すのを見ていた。夫からは「今はサービス料に含まれているから渡さなくてもいいんじゃないか」と言われたこともあるが、サービスをしてもらいたいわけではなく、そうしないとどうにも心が落ち着かないのだ。

一人になった絵里子は窓のそばに近づき、海を見た。午後の海の色と波の形は、さっき車内から見た海とはまったく違う。水平線の向こうに霞んだように見えるのは伊豆大島だろうか。そもそも、水平線というものを絵里子は久しぶりに見た。水平線の近くに、紫と青を混ぜたような薄い雲が広がっている。絵里子は深呼吸をして、深く息を吐いた。背中と肩のあたりがどんよりと重い。緊張していたのだ、と思う。それ以上に、今、この部屋にいるのが自分一人である、ということに、なぜだか深い安心感を覚えた。そんな気持ちになったのも久しぶりのことだった。この旅の間は夫や萌のことは極力考えない。炊事や洗濯や掃除をする必要もない。すべての時間を自分のために使っていい。そう思ったら、自分の口角が緩やかに上がっていくのを絵里子は感じていた。

　レコード棚に近づき、レコードを一枚、一枚、手に取り、眺めた。ショパン、ラヴェル、ドビュッシー、ビル・エヴァンス、チャーリー・パーカー、チェット・ベイカー……。クラシックとジャズしかない。どのアーティストの名前も聞いたことはあるが、曲が浮かぶわけではない。絵里子は手にしていたレコードを棚に戻し、目を閉じた。おみくじのようにレコードを選ぼうと思った。指を滑らせ、ここ、という場所で止めた。

　そういえば、詩織のマンションでもレコードを聴いたな、と思いながら、絵里子はそっとレコードを取り出し、ターンテーブルの上に載せ、針を落とす。チェット・ベイカーって女の人みたいな声で歌うんだ、と思いながら、一人掛けの椅子に座った。それから夕暮れまで絵里子はただ海を、空を見ていた。

　こんなに長い時間、一人で海を眺めているのは生まれて初めてのことだった。

曲が終わると、レコードをひっくり返してB面を聴き、それも聴き終えてしまうとまた違うレコードをかけた。絵里子が部屋にあるレコードをすべて聴き終わるまでの間に、空は暮れ、夜空に変わった。ホテルの前の道路にも街灯がついた。走り去っていく車はこれからどこに行くのか。ぷち、ぷち、と音がして最後のレコードの曲が終わった。

絵里子はレコードに指紋《しもん》をつけないように指でそっと持ち、半透明のビニール袋にしまった。そういえば、家でレコードを聴いていたのは父だけだった。本もよく読む父だったが、音楽も好きだった。リビングにあった大きなスピーカーとターンテーブル。父が音楽を聴くのはもっぱら日曜日の夕方で、母の作る夕食が出来上がるまで、絵里子も妹の芙美子も、リビングのテーブルで宿題をしたり、漫画を読んだり、思い思いに過ごしていた。父が聴いていたのはクラシックで、絵里子はそれが誰のレコードか知ろうとも聞こうともしなかったけれど、どこか悲しげな雰囲気の曲を父は好んで聴いていたような記憶がある。あの頃、父はすでに母以外の誰かと恋愛をしていたのだろうか。

　父の浮気の話を聞いたあの日以来、芙美子とは母の様子についてＬＩＮＥでやりとりをしたが、父のことを絵里子から改めて尋ねたことはなかった。もちろん、母にも何も聞いていない。あの父が浮気をしていた、と聞かされた時はショックを受けたし、悲しかったりもしたが、それについて憤慨する気持ちは目減りしていた。夫が風俗通いをしている、萌が警察に保護された、という現実を突きつけられた衝撃のほうが強いし、正直なところ、父にもそんなことがあったのだろう、と思える程度に絵里子の心は落ち着いてはいた。

夫の風俗通いを知り、父の浮気を聞かされて、今の絵里子の心のなかにあるのは、男という生き物っていったい何なのだろう、という不可解な思いだった。

女性だって浮気も不倫もするし、風俗のようなところで誰かと交わるという行為をする人だっているだろう。女のほうが純粋だとか、清廉潔白である、とか、そういう曖昧な話ではない。五十二にもなってみれば、世の中きれいごとばかりではない、ということも実感としてわかっているつもりだ。けれど、父と夫という、自分にいちばん近い異性、いちばん深くかかわってきた男たちのしていたことを知ると、どうにも割り切れない気持ちが残る。

父は母という妻がいながら、家庭の外でも恋愛していた。夫は私という妻がいながら、風俗で若い女性と遊んでいた。そうせずにはいられなかった二人が、絵里子にはとっても哀れな生き物に思えてくる。

私は夫だけを愛してきたのに……。そこまで考えて絵里子は思う。愛してきた、と言い切れるだろうか、と。ただ、縁があった男と生活を共にしてきた、というだけなのではないか。家族が誰か、と聞かれたら、絵里子は夫と萌の名を即答するだろう。けれど、二人を心から愛していたか、と聞かれたら、黙ってしまう。ただ、家族という縁があっただけで、彼らの世話をし続けてきただけなのではないか。それで十分だと思ってきた。けれど、それが愛だと言えるだろうか。夫も娘もいるのにわき上がってくるこの心許なさはいったいどこからやって来るのだろう。

そこまで考えて、部屋の電話が鳴り、絵里子は体をびくっと震わせた。

夕食の準備ができたというフロントからの電話だった。受話器を置きながら、絵里子は思った。答えの出ない問いを自分に突きつけるのはやめよう。自分は十分に傷ついている。これ以上はもうたくさんだ。旅に出る前に決めたこと。この旅では家族のことは考えない。できるだけそうしよう、と。

案内された席は二人掛けのテーブルで、すでに料理の載った小皿や鍋が用意されていた。隣のテーブルとの間には、ステンドグラスをはめ込んだ木枠の仕切りがあり、絵里子の頭の位置に濃色のガラスがはめ込まれているので、隣の人の顔を見ることはできない。家族連れやカップルに囲まれて、一人で食事をとるのはいやだな、と思っていたから、絵里子は席についてほっと胸を撫でおろした。

「お飲み物はいかがいたしますか？」

と係の女性に聞かれ、絵里子は迷った末にグラスのビールを頼んだ。

すぐに薄玻璃《うすはり》のグラスに注がれたビールが運ばれてくる。絵里子は箸を取る前に一口飲んだ。おいしい、とはっきり思った。ここに来る前、列車のなかで缶ビールを飲んだときには、おいしいとは思えなかった。このホテルに来て、音楽を聴きながら海を見ていた数時間で、少なからず絵里子の体と心はゆるくほどけつつあった。

いかにも女性が好みそうな、それぞれ趣向が異なる小皿に盛られた料理、小さな一人分の鍋を絵里子は時間をかけて口にした。絵里子が座っているスペースは一人の泊まり客ばかりなのか、給仕係の足音や、それぞれの客が食事をする音だけが響く。絵里子の向かい側にも席があるが、その前にも仕切りがあるので、どんな人が食事をしているのかわからない。

デザートまですっかり食べ終わった絵里子が膨れたおなかをさすりながら、ふと顔を上げると、その仕切りの向こうから立ち上がった一人の女性が見えた。すっかり白くなった髪の毛を頭の後ろでひとつにまとめ、黒いタートルネックにパールのネックレスをした女性と目が合った。絵里子の顔を見てかすかに微笑み、会釈をする。絵里子も思わず頭を下げた。素敵な人だ、と絵里子は思った。どこか詩織にも似ている。あんなに素敵な人も一人旅をするのか、とも思った。絵里子が知らないだけで、世の中の女性の多くは一人旅を楽しんでいるものなのだ。そう思ったら、一人で旅をしていて、寂しそうに思われないだろうか、とか、みじめな気持ちにならないだろうか、とか、そんな小さな不安が少しずつ薄れていくような気がした。

夕食を終えて、部屋でしばらくの間、音を消したテレビをベッドに寝転がって見るともなしに眺めた。今頃、夫や萌は何を食べているだろう、と一瞬、頭に浮かんだが、絵里子はすぐにその思いを止めた。絵里子は展望風呂に向かった。眠る直前に入ろうと思った。夕食のすぐ後はきっとお風呂も混むだろうと思ったからだ。時間はすでに午後十一時に近かった。

最上階までエレベーターで上がり、女風呂に向かった。脱衣場に誰かの衣服はない。食事どきにも思ったことだが、このホテルには今、それほど泊まり客が多くはないのかもしれない。誰もいないことにほっとしながら、絵里子はそそくさと服を脱ぎ、タオルを持って風呂場に進んだ。シャワーで簡単に体を洗い、広い浴槽に体を沈める。壁一面の窓から海が見えるはずだが、湯気で曇っているせいもあり、外はよく見えない。しばらくお湯に浸かって体を温めたあと、隣にある露天風呂に向かった。

一瞬、冬の風が絵里子の体に吹き付けて、慌ててお湯の中に飛び込んだ。温泉、とホテルのホームページには書いてあったが、お湯は硫《い》黄《おう》臭くもないし、とろりともしていない。それでも確かに自宅の風呂とは違う、体の芯まで温められているという実感があった。絵里子は肩まで浸かり、手のひらにお湯をためて、ざぶりと顔を洗った。

露天風呂のドアが開く音がした。絵里子が顔を上げると、一人の女性がタオルで体を隠しながら、湯船に近づいてくる。絵里子の姿を認めると、軽く会釈をし、絵里子から離れた場所に体を沈めた。

横を向いたときに、白髪のおだんごが見えた。食事のときに絵里子に会釈をしてくれた女性だった。女性はこちらに背中を向け、海のほうを見ている。その襟足から背中の白さが暗闇のなかで発光しているように見えた。女性は絵里子が思うよりもずっと若いのではないか、ふと、そんな気がした。

一人と一人。女が二人。言葉を交わすこともなく同じお湯に浸かっている。

絵里子はこんなとき、見ず知らずの人に気軽に言葉をかけられる性格ではない。この女性の事情など一切知らないが、ここに一人で泊まっているということは、絵里子と同じように一人になりたい、という何らかの理由があるのだろう。二人の間にある距離感を絵里子は心地好いものに感じた。

そのとき、女性がふいに立ち上がった。絵里子に再び、会釈をして風呂を出て行こうとする。そのとき、タオルで隠しきれていない部分から、彼女の左胸が見えた。そこにはあるべき膨らみはなく、脇の下まで続く、赤黒い太い線が一本見えた。慌てて絵里子は目を逸らした。ゆらゆらと揺れるお湯の上に風呂場の灯りが映っている。

ドアが閉じられる音がして絵里子はまた一人になった。

しばらくお湯に浸かったあと、絵里子は再び体を流して、風呂場を出た。男風呂と女風呂の間には、海のほうを向いて等間隔に籐《とう》の椅子が置かれている。そこにさっきの女性がいた。彼女の横にあるテーブルには、ビールが入ったグラスが置かれている。部屋に案内してくれた女性が言っていた、クラフトビールを自分で注いで飲める、という言葉どおり、絵里子の目の前のカウンターには二本の金色のタップがあり、その横に伏せたグラスが用意されている。

少し迷ったものの、温まり過ぎた体をビールで冷やしたかった。旅に出てからというもの、なんだかんだと飲んでいるな、と思いながら、絵里子はグラスを取り、タップを倒して、グラスにビールを注いだ。

振りかえって、どこに座ろうか、風呂のときのように女性とは一定の距離をとったほうがいいだろう、と考えていた絵里子に女性が声をかけてきた。

「さっきは見苦しいものをお見せしたでしょう」

そう言いながら、自分の横の席に手を差し出す。迷いながらも、絵里子は女性の隣に座った。

「いいえ、そんな……」

「この時間なら人も少ないだろうと思ってたんだけど……」

「私もそう思ってました……」

絵里子の顔を見て女性が笑った。ノーメイクだが、その顔は艶々している。自分よりもよっぽど若々しい。

「おいしい……」

ビールを口にした絵里子は思わず声が出ていた。食事のときに飲んだビールよりも、さらにおいしく感じた。家でだって風呂上がりのビールを飲んでおいしいと思うことはある。けれど、今、飲んでいるビールは格別においしかった。

「最高ね。露天風呂に入って、ビールを飲んで。しかも飲み放題……アルコール依存症の人は来たらだめね、このホテル」

女性が前を向いたまま笑った。

波音は聞こえないが、ホテルの前を走り去っていく車の音がこの場所まで聞こえてくる。女性の名前も、素性も知らない。絵里子はこんなとき、何を話せばいいのか、わからなかった。親友、と呼べる人は、今の絵里子にとって詩織くらいのものだが、それ以外の人たちは、萌の学校のママ友や、パート先の同僚など、なんらかのコミュニティを介して知り合った人ばかりだ。詩織にしたって、同じ学校に通っていたという共通点がある。けれど、目の前にいきなりあらわれたこの人と、どういう会話を交わしたらいいのか。絵里子は途方に暮れた。だから、ただ、黙って、ビールを飲んだ。

女性は残りのビールを飲み干すと、

「じゃあ……」

とだけ言ってその場を離れた。絵里子も頭を下げる。女性が絵里子の前を通り過ぎたとき、風呂場にあったボディソープではない、ムスクのようなオリエンタル調の香りがした。どこか動物的な匂いでもあったし、もしかしたら男性用の香水なのかもしれないと思った。

一人残された絵里子も、グラスのビールをあおった。

「おいしい……」

おいしいものをおいしいときにおいしいと言葉にすると、さらにおいしくなるものなのだな、と五十二歳の絵里子は改めて知った。


目が覚めた瞬間、今自分がどこにいるのか、絵里子にはわからなかった。いつもの狭いマンションの寝室ではない。ベッドの足下のほうから差し込む太陽の光を見て、そうだった、自分はホテルにいるのだ、とようやく理解した。

枕元の時計を見ると、午前六時を過ぎたばかりだ。旅に出ているというのに、いつもと同じ時間に起きてしまう。朝食は八時だと聞いていた。広いベッドのなかで思い切り伸びをすると、ぬくもった手足にひんやりとしたシーツが触れて心地好かった。部屋に用意されていたガーゼのパジャマを着たまま、絵里子は窓に近づく。窓の右側には港があったはず。そちらに目を向けると、幾隻もの漁船が岸壁に横付けされ、その上をカモメらしき鳥の群れが悠々と旋回している。

まだ、もう一泊できる。そう思うと、自分のなかで甘くやわらかいものが膨らんでいく。昨晩、温泉に浸かったせいもあるのか、手足の冷えも感じない。体中をあたたかな血液が巡っているような気がする。穏やかでとろりとした海を見て、今日は思いつくまま、好きなことをしようと絵里子は心に決めた。

昨夜と同じ場所で朝食をとりながら、海辺や町を歩いてみようか、と思う。部屋に戻り、簡単にメイクを直したあと、絵里子はホテルを出た。

「あら、お一人？」

女性の声に振り向くと、運転席でサングラスをかけた女性が窓を開けてこちらを見ている。絵里子が誰だろう、と思ったことに気がついたのか、女性はサングラスを外した。昨夜、露天風呂で一緒になった女性だった。

「下田まで足を延ばしてみようと思うのだけれど、あの……よかったら、ご一緒しない？」

絵里子は少し困った。こういう場面に生まれて初めて遭遇したのだ。女性は笑いながら言葉を続ける。

「なんだか、ナンパみたいね。私も女性をナンパしたのは生まれて初めて。あやしいものではございませんが、よろしければ……」

彼女が誰なのか、もちろん絵里子は知らない。もしかしたら、危ない人かもしれない。普段の絵里子なら、丁寧な言葉で断っていただろう。けれど、彼女の車に乗って下田に行ってみたい、という気持ちのほうが勝った。旅なのだから、こういう偶然があってもいい。

「ほんとうにいいんですか？」

勧められるまま、助手席に乗り込みながら絵里子は聞いた。

「もちろん。運転歴はそれなりにあるから、崖から車ごと落ちるっていう心配もありません」

声色から、彼女もこういう偶然を楽しんでいることが、絵里子にも伝わってきた。なんだかおもしろそう。絵里子は自分の直感に従うことにした。

ラジオからなにやら深刻そうなニュースを伝えるアナウンサーの声が聞こえてきた途端、彼女はラジオをオフにした。

「自分の人生に起こったことじゃないし、関係ないわね」

そう言って絵里子に笑いかける。確かにそうだ、と絵里子も思った。下田までは、ずっと海沿いの崖っぷち、急カーブの道が続く。万一、ここから落ちたら、命はないだろう。見ず知らずの女性と事故死、と聞いたら、夫や萌はどんな顔をするだろう。けれど、絵里子はその想像を意識的に止めた。そうなったら、そうなったときだ。夫も萌も関係ない。彼女の言葉どおり、運転は滑らかで、スピードを出しすぎることもない。平日だから、道もそれほど混んでいなかった。

「一人旅って最高ね」ふいに彼女が言う。

「そうですね」

「でも、一日で飽きちゃった」

「正直なところ、私もそうです」

　絵里子がそう言うと、彼女は弾けたように笑った。素直な人なのだろうと思った。人工的に染めていない白髪を首の後ろでおだんごにまとめ、石榴《ざくろ》の実の色のようなルージュがよく似合っている。黒いニットの首元から覗かせたスカーフも目に鮮やかに映える。左手の薬指には、糸のように細い銀色のリング。人差し指にも同じようなデザインの指輪をしている。自分より十くらい上の年齢だろうか。そうだとしても、同年齢の女性よりもずっとおしゃれだと思った。詩織のような、見ているこちらが、どきっとするような人工的な若さではない、年齢相応の落ち着きを纏《まと》った人でもあった。

「名前を呼ぶときに困るわね。私は鹿子《かのこ》と言うの。鹿《しか》の子と書いて、鹿子」

「鹿子さん……。私は絵里子です。絵に里に子」

「絵心のあるご両親だったの？」

「さあ……父は読書と音楽は好きなようでしたけれど……」

「今の子どもと違って、昔の子どもの名前なんて適当よね。私なんて、父親が鹿児島出身だから鹿子。四人きょうだいの末っ子で、もう名前なんてなんでも良かったのよね、多分……」

そう言って快活に笑う。つられて絵里子も笑った。人の笑い声につられて笑うということが随分と久しぶりのような気がした。そして、今、笑うことのできる自分の心の健やかさが、なぜだか有り難いものに感じた。

下田の町には一時間とかからず着いた。町の中のコインパーキングに鹿子さんが器用に車を停める。

「何か見たいものとかある？」

「……私は、特に……」

「そう。私ね、干物を干しているところが見たいのよ」

そう言って鹿子さんは目指している場所があるのか、スマホを片手に歩き出す。絵里子も後に続いた。下田に夫と萌と来たことはない。子どもの頃に家族で来た記憶はあるが、町の風景に見覚えはない。考えてみれば、自分が家族と来たのは、もう、四十年以上前のことなのだ。覚えていなくても不思議ではない。記憶にはないのに、確かに一度訪れたことがあるような気がするのは、下田の町がどこか、ノスタルジックな感じがするからだ。レトロ、というよりも、昭和の懐かしさにあふれている。絵里子たち以外にも観光客はいるが、若い人ではない。町行く人たちの足取りはゆっくりで、時間すらも同じように流れているような気がした。

「なまこ壁って言うんですって、これ……」

鹿子さんが一軒の家を見上げて言った。黒地の平らな瓦《かわら》の目地に漆喰《しっくい》を塗った格子模様の壁をなまこ壁と言うのだと、鹿子さんは説明してくれた。自分より年齢が上なはずなのに、鹿子さんの歩くペースは速い。絵里子は鹿子さんの後を追うように歩いた。そのうち、「ひもの干し」という赤いのぼりが立てられた店に一人で入っていき、残念そうな顔をして出てきた。

「今日は、曇っているから、干物は外に干さないそうよ」

「そうですか……」

「別に干物が好きなわけじゃないの。だけど、干物がずらずらずらーっと干されてる景色を見たかったのね」

と言い訳するように鹿子さんは笑った。

幕末にペリー提督が歩いたという小川沿いのペリーロードには、石造りの洋館や古民家が多く残っていて、明治や大正時代の趣がある。鹿子さんは興味のあるものを見つけると、「インスタにあげるのよ」とスマホで写真を撮った。思いつくまま、気の赴《おもむ》くまま、漂うように鹿子さんと下田の町を歩いた。港に近づくと、遊覧船が出ていくのが見えた。

「あ、あれに乗りたい」

絵里子が思わず言うと、

「いいわね！　だけど、その前にお昼にしようか」

と、鹿子さんがスマホで遊覧船の乗船時間を調べながら答えた。

純喫茶、と呼んでもいいような雰囲気のある喫茶店に鹿子さんと入った。メニューを広げると、ナポリタンやピラフ、クリームソーダの写真が目に飛び込んでくる。絵里子のおなかが鳴った。おなかが鳴るほどの空腹を感じるなんて、久しぶりのことだった。

鹿子さんはピラフ、絵里子はナポリタンを頼んだ。しばらく経って運ばれてきたナポリタンを口にして絵里子は思わず言った。

「おいしい」

「うん、おいしいね」

ピラフを口に運ぶ鹿子さんも目を細めている。鹿子さんに誘われていなかったら、今頃、どこかでひとりで昼食をとっていたはずだ。ケチャップ味のナポリタンを口にしながら、あ、私、今まで、家族のことを忘れていた、と絵里子は思った。やればできる。楽しいことに没頭していればいいのだ。

食後には二人でクリームソーダを飲んだ。

「なんだかタイムスリップしたみたいね」

細長いスプーンでメロンソーダの上のバニラアイスを掬《すく》いながら、鹿子さんが言う。

確かに子どもの頃、赤いチェリーのしずんだこんなメロンソーダを、デパートの食堂で飲んだ記憶がある。

「おいしい」

「ほーんと、このお店は大当たりね」

そう言って鹿子さんはネイルの施された指でチェリーをつまみ上げ、口に入れた。

昼食を食べ終えて、ペリー艦隊の旗艦をモチーフにしたという黒船遊覧船に乗り込んだ。絵里子と鹿子さん以外には、老齢のカップルが一組乗っているだけだった。港をゆっくりと出発した遊覧船の二階に上がり、デッキで風に吹かれた。冷たい風が心地好かった。いつか誰かが言っていたことを思い出した。風には悪いものを吹き飛ばす力があると。自分のなかのもやもやとした薄墨のようなものが全部吹き飛んでくれればいいと思いながら、絵里子は風に吹かれた。いつの間にかいなくなっていた鹿子さんが戻ってきて、小さな紙袋を絵里子に差し出す。

「鳥にこれをあげてもいいらしいよ。かっぱえびせん」

そう言って、これからいたずらをしようとする子どものような顔で笑う。

確かに遊覧船には、カモメらしき鳥たちが後を追うようについてくる。

「ほら」

そう言われて鹿子さんに手渡されたかっぱえびせんを、鳥たちに向かってひとつ投げてみる。けれど、風にあおられて、海面に落ちてしまった。

「もう一回！」

鹿子さんに言われるまま、もうひとつ放り投げると、鳥が嘴《くちばし》でキャッチして船から離れていく。

「上手！　上手！」

まるで運動会で親に励まされている子どもみたいだ、と思いながら、幾度も投げた。タイミングが合ってきたのか、絵里子が投げたえさを確実に鳥がキャッチする。

「私もやってみたい！」

鹿子さんもかっぱえびせんを投げる。投げ方がいいのか、最初から、鳥がうまくくわえては去っていく。遊覧船からの景色も見ずに、鳥にえさを与え続けた。えさがなくなったので、二袋目を絵里子が買いに行った。絵里子がデッキに上がっていくと、手すりにもたれて、鹿子さんが海を見ている。その後ろ姿が逆光で縁取られたように見える。綺麗だな、と絵里子は思った。しばらくの間、鹿子さんの後ろ姿を見つめていたが、絵里子の視線に気づいたのか、振りかえって鹿子さんが微笑んだ。

デッキに立ち、風を受けながら、絵里子と鹿子さんは鳥にえさを与え続けた。

あはははは、という笑い声が絵里子の口から自然に漏れていた。

急カーブの海沿いの道を、鹿子さんと絵里子を乗せた車はホテルを目指して走っていく。時刻はもう夕方に近かった。海のほうを眺めてみても、曇天《どんてん》のせいか、夕陽の姿は見えなかった。

運転をしながら、鹿子さんが時々、左胸のあたりに手をやる。見るつもりはなかったが、絵里子はその仕草に目を留めてしまう。鹿子さんが口を開く。

「ここにね、なんだか、まだあるような気がして……」

絵里子はどんな言葉も返すことができなかった。けれど、今は鹿子さんの話を聞こう。そう思った。

「乳癌で六年前に切除したの。その後の経過も良好だった。……だけど、年明けからあまり体調の良くない日が続いてね。もう一度詳しい検査をしたの」

「そうでしたか……」絵里子は前を向いたまま返事をした。

「やっぱり転移してた。もうすぐ治療が始まるの。私は気も強いしね、何も怖いものはないのよ。だけど、治療はやっぱりすごくつらい」

日が暮れてくるにつれ、前を走る車の赤いテールランプが鮮やかに目に映るようになった。

「夫もいて、元気だし、一人息子も結婚してもう家族がいる。自分で言うのもなんだけれど、友だちもたくさん。だけど、治療がつらいんだ、って、誰にも、どうしても言えないのね。……本当のことを言えば」

車が赤信号で停まる。

「治療なんてもう受けたくはないのよ」

絵里子は癌で亡くなった父のことを思い出していた。父も肝臓癌と診断され、手術の際にほかの場所への転移が見つかった。手術後の父の衰弱した姿を思い出すと、今でも胸が痛い。

「このままでもいいと思っているの」

絵里子は思わず鹿子さんの顔を見た。鹿子さんが絵里子を見てふわりと笑う。

「もう闘うことに疲れちゃった……それに病気になって、誰かから、同情や哀れみを受け取ることが、私は苦手なの。プライドが高いから」

信号が青に変わり、鹿子さんは緩やかに車を発進させる。

「でも、夫は納得しなくてね。……夫の言葉に反抗するのも疲れてしまった。治療は受けるから、その前に、どうしても一人で旅がしたい、って、それを交換条件にしたのよ。ぱーっと海外にでも行きたかったけれど、それも夫が許してくれなくてね。東京に近い場所じゃなくちゃだめだ、って、それで。……ごめんなさい。見ず知らずのあなたにこんな話。私、話し過ぎたわね」

「いいえ、そんなこと」

「あなたのこと、よく知らないからこんな話ができるのね」

帰路の半分くらいまで走ったのだろうか。鹿子さんは疲れていないだろうか、と絵里子は不安になったが、それを鹿子さんに尋ねることはためらわれた。そんなことを聞かれるのはきっと嫌な人だろうと思った。

「あなたも、話したいことがあるんじゃないかしら」

絵里子は思わず鹿子さんの顔を見た。

「私たち、今日までのお友だちでいましょう。ホテルに着いたら、それで終わり。夕食も別々の時間に。私たちの縁は今日で終わり。連絡先も交換しない。そうだとしたら、何か話せることもあるんじゃない？」

窓の外はもうすっかり暗かった。鹿子さんの表情もわからない。聞いてくれると言うのなら。絵里子は思いきって、夫が風俗通いをしていることに気づいたこと、さらに萌のことも、途切れ途切れに話し始めた。

「どうしようもないわね、男って！」

鹿子さんは笑った。さっきの微笑みとは違い、遊覧船に乗って鳥にえさをあげていたときのような笑い方だった。

「どうしようもないですよね……」

今度は絵里子が気弱に笑う番だった。

「なんだか哀れにも思えるわね。彼らはそう言われることを嫌うだろうけど」

「そうですね……」

「あのね、こんなこと、今日、すれ違った誰かの戯言《ざれごと》と思って聞いてほしいのだけれど……」

「はい」

「あなたへの情みたいなものと、ご主人が風俗に行くことは、まったく方向性の違うものね。違う家がいくつかあるんだろうね。ううん、それ以外に浮気もしているかもとか、そういう意味じゃないの。そもそも、あなたへの情がなくなったわけじゃない。あなたへの情がなくなったから風俗に行ったわけじゃない。男の人をなんだか哀れに思う、っていうのは、男の人って、そういうことができる生き物なんじゃないかな、って。まあ、それは男の人だけに限ったことじゃないでしょうけれど、彼らの体のしくみ、というかな……」

「しくみ……」

「そう、うまく言えないけれど、男の人が自分の性を抱えて生きていくことって、女以上にしんどいこともあるんじゃないかなって……」

　絵里子は黙ってしまった。

「いや、だからって、ご主人のこと、許してあげたら、なんて、言わないわ。絵里子さんは優しい人なのよ」

「えっ……」

「あなた、とことん優しい人なのよ。そのことに気づいている？」

「いいえ……」

「あのねえ、優しくない人は、私みたいな素性のわからない人間と一日過ごそうなんてそもそも思わない。……昨日の夜、お風呂で私の姿見て、あなた、何か感じたはずよ。あなたは意識しているかどうかわからないけれど、せっかくの一人旅なのに、私に強引に誘われて、私のそばにいてやろう、って、あなた、どこかで思ったの。あなたは優しい人なの。そう思わない？」

　絵里子は黙って首を振った。

「そういう優しさに、ご主人も娘さんも甘えきっているのよ。安心しきっているの。この人はどこにも行かないで、ずっと自分の味方だと、信じきっているの。私も同じね。あなたに甘えて……一日つきあわせちゃった」

「いえいえ、そんな、私のほうこそ……今日一日、とっても楽しかったんです」

「そうねえ、鳥にえさをあげることがあんなに楽しいことだなんて、私も知らなかった」

　鹿子さんが笑い声をあげた。

「ねえ、こんなふうに一人旅するの、もしかして初めて？」

「……ええ」

「ご家族のことが気になる？」

図星だった。ホテルにチェックインしてからスマホの電源は切ってあるが、夫から、もしくは萌から、何かしらメッセージが入っているんじゃないかと気が気ではなかった。今だって、ホテルに戻ったら、スマホの電源を入れようか、と考えていたくらいだ。

「弱いですね、私。一日か二日、家族と離れたくらいで」

「弱いんじゃない。優しいの」

そう言って鹿子さんが左手で絵里子の肩を叩いた。

「絵里子さんの今までの人生のことなんて、私はちっとも知らないけれど、絵里子さんは今まで、もう十分に家族のために生きてきたんじゃない？　あなたは確かに優しい人だけれど、ご主人や娘さんのために一生懸命やり過ぎたのかもしれないね。だから、あっちもつけあがるのよ」

ふふふ、と鹿子さんが笑う。

「これからは、こんなふうに、ふらりとどこかに出かけるとか、やりたいことやったら。あなたはもう十分に誰かのために生きたんだよ」

「そう……ですね」

「生きたいように生きようよ。人生って意外に短いものよ。限りがあるの。体も少しずつ動かなくなる。……絵里子さんて、いくつになるの？」

「五十二です」

「まだまだこれからよ。折り返し地点くらいよ。今から何かを始めたって遅くない。やりたいことをなんでもやろう」

道の先にホテルが見えてきた。駐車場に器用に車を停めながら、鹿子さんは言葉を続ける。

「私はね、機嫌良く死にたいのよ。ただ、それだけ。この世からいなくなるときに、あんなことしておけばよかった、こんなことしておけばよかった、なんて、後悔したり、誰かをうらんだりしたくはないの。やりつくしたー、生きたーって思って死にたいのよ」

二人で車を降りた。

「ホテルには別々に入りましょう。私は少し、一人で海を見て行くから。私たちの旅はここで終わり。あなたに会えて、あなたと話ができて、本当にいい旅になった。ありがとう」

そう言って鹿子さんは絵里子の体をふわりと抱いた。

「こちらこそ、ありがとうございました」

それだけを言うのがやっとだった。

昨日と同じように一人で夕食をとったあと、絵里子は部屋の照明もつけず、暗い海を見ながら、昨日と同じレコードをくり返し聴いた。レコードのA面が終わると、ひっくり返してB面を聴いた。レコードにA面とB面があることなど、長いこと忘れていた。鹿子さんは、まだまだこれからよ、と言ってはくれたが、絵里子にとっては、今までの人生も十分長かった。それでも、まだ、自分は新しい何かをつかめるだろうか。そう思っても、何かが頭に浮かぶわけではない。けれど、鹿子さんの言うとおり、自分はもう家族のために十分に生きた。それだけは胸を張って言える、と思った。それから、自然に眠くなるまで絵里子は夜の海を見つめ続けた。

「うん。絵里子がそうしたいと言うのなら、そうすればいいと思うよ。あっちのマンションは半分倉庫みたいになってるけど、ベッドもそのままだし」

「……ありがとう」

「でも、ずいぶん迷ったんじゃない？　だって、この干物の量。これ、絵里子の家族の分もあるよね」

詩織はテーブルの上に広げられた干物の量の多さに目を丸くしている。詩織の言うとおり、確かに今日の午前中までは、絵里子は自宅のマンションに帰る気でいた。けれど、東京に向かう特急列車のなかで、どうしても家に帰りたくない、という思いが、強くなっていった。自分がこのまま家に帰り、また、旅行前のように夫と萌の面倒をみる生活を続ける限り、絵里子も、絵里子の家族も何も変わりはしないのではないか。昨日、鹿子さんと別れてから、ふいに頭に思い浮かんだのは、共依存という言葉だった。夫と萌が自分に甘えていただけではない。自分も夫と萌に依存して生きてきたのではないか。その生き方に甘えていたのではないか。二日ほど離れてみてそう思った。けれど、二日では足りない。自分はもう少し、家族と離れていたい。

　電車を乗り換えて、自宅には帰らず、すぐに詩織の店に向かった。詩織が倉庫代わりにしているマンションでしばらく過ごさせてはくれないだろうか、という絵里子の頼みを、詩織は断らなかった。

「本当にありがとう」心からそう思って、絵里子が頭を下げると、詩織は、

「誰も住んでないし、絵里子がいてくれたほうが部屋も綺麗になりそうだし、暇なら、店も手伝ってもらおうかな」

　と笑った。

「ただささあ、居場所だけ、俊太郎さんには伝えておいてね。何しろ……」

　そう言って詩織はｉＰａｄのメールフォルダを見せた。夫の名前がずらずらと並んでいる。

「ごめん……」

絵里子は思わずあやまった。

「まあ、私から言ってもいいけれど」

「ううん。私から、伝える」

「そうしてくれると助かる」

そのとき、入り口のドアが開き鈴が鳴る音がした。詩織が接客のために立ち上がった。絵里子は自分のスマホの電源を入れた。ホテルをチェックアウトしたあとも、電車のなかでも、電源を入れる気持ちにはならなかった。画面が明るくなると、ＬＩＮＥとメールにたくさんの着信表示がある。夫と萌から来た何通ものメッセージ。絵里子はそのひとつひとつを読まずに、夫と萌にＬＩＮＥを送った。しばらく家に帰らないこと。詩織の家にいるので心配しないでほしい、ということ。文章を書きながら、絵里子は思った。まるで反抗期の子どもみたいだ、と。無責任なことかもしれないが、今は二人の顔を見たくはない。妻として、母親として、それは世間的に咎められることなのかもしれない。けれど、そんなことに今は耳を貸したくはない。あの住み慣れたマンションに帰ったら、なあなあのまま、いつもと変わらない毎日が続いていく。それだけは嫌だった。

　夫と萌へのメッセージが既読になることも確かめないまま、絵里子はスマホをバッグにしまった。絵里子は胸のなかでつぶやいた。今はやりたいようにやらせて。それは絵里子が生まれて初めて抱いた感情なのかもしれなかった。

その日の夜は、閉店まで詩織の店にいて、二人で詩織の自宅マンションに向かった。みなもが何やら夕食を作っているらしいから、と詩織は笑った。

「なんだかみなもの友だちが来るらしいけれど大丈夫？」

「もちろん」

「その子、みなもの写真のモデルをしている子なんだよね。風の子」

風の子、と言われて、なんのことだか一瞬わからなかった。そういえば、いつか詩織が言っていた、風の子は風俗、水の子は水商売の子。ほんの一瞬、顔が強張るような気がしたが、絵里子は不思議と、その子に会ってみたい、という気にもなっていた。

詩織のマンションのドアを開けた途端、何やらいい香りが漂ってくる。

「ただいま」

そう言う詩織と共にリビングに足を進めた。

「おかえり」というみなもの声がキッチンの方からするが、料理から手が離せないのか、リビングには出てこない。リビングのソファに髪の長い若い女性が座っている。絵里子が頭を下げると、彼女も軽く会釈を返した。

目の前に座る彼女を綺麗な人だと絵里子は思った。

肩まで伸びた、手入れの行き届いたまっすぐな黒い髪、派手なメイクはしていないけれど、顔立ちが整っていることはわかる。ごくシンプルなVネックのグレーのニット。襟元から覗く鎖骨と色の白さが、彼女の色っぽさを際立たせている。

　じろじろと見つめては失礼だ、と思っているのに、絵里子の視線はどうしても彼女の体のどこかしらを彷徨《さまよ》ってしまう。

　ネットで見た風俗嬢はもっとギャル系の若い女性が多かったが、目の前にいる彼女は、みなもとそれほど年齢が変わらないように見えた。

「さあ、食べよう食べよう」

　エプロン姿のみなもが大皿を手にリビングに入ってくる。詩織がワインを開け、皆のグラスに均等に注いだ。自分も何かしなくては、と腰を浮かしかけた絵里子を詩織が手で制する。

「これはフィリピンの煮込み料理、アドボっていうの」

　みなもにそう言われて皿を見ると、肉と野菜のトマト煮のようなものが盛られていた。

「みなもの料理、意外と悪くないわよ」

「その言い方！」

　みなもが詩織の腰のあたりを手のひらでぺしっと叩いた。二人が笑い合う。ローテーブルには、白いご飯が盛られた木製の大きなボウルが載せられていた。

「ご飯といっしょに食べてね」

みなもがそれぞれの皿にご飯とアドボを盛り付けてから言った。

「じゃあ、まず乾杯しよう」

みなもの声に皆でグラスを合わせた。

あまり食欲のなかった絵里子だったが、みなもの作ったアドボはよく煮込まれていて、おいしく感じた。思わず、

「これ、とっても上手にできてる」とつぶやくと、

「でしょう！」とみなもが親指を立てた。

「そうだ、紹介し忘れていた」

みなもが白ワインを一口飲んで言った。

「こっちが私の友だちの楓《かえで》ちゃん。それで、こっちが絵里子さん。詩織の友だち。今、家庭ほっぽり出して家出してる不良主婦」

「こら、みなも！」

詩織の声にみなもが子どものように舌を出す。

「えっ、家出中なんですか？」

楓が絵里子の顔をのぞき込むようにして言った。女性なのに、美しい楓に見つめられてどぎまぎした。

「……そうなんです」

なんと返事をしていいのか困ったが、取り繕《つくろ》うように絵里子は言った。

「楓ちゃんには、私の写真のモデルをお願いしてるんだ」

そう言いながら、みなもはテーブルの隅にノートパソコンを広げた。絵里子の目にモノクロの裸体が飛び込んできた。端正な、というより、完璧な裸体と言ってよかった。長く白い首から続く、細い肩、ぺたんとしたおなかの脇には腰骨が浮き出ている。幾本かのあばら骨さえ見えて痩せすぎにも見える体のなかで、ふたつの大きな乳房がその存在を主張していた。乳頭はモノクロの写真なのに、色素の薄さがわかる。

「綺麗……」

思わず、絵里子はそう口にしていた。

「ありがとうございます」

楓はその言葉を言い慣れているような気がした。これだけ美しい体を持っていたら、たくさんの人から賞賛の言葉をもらってきたはずだ。ぼうっとした顔で写真を見つめている絵里子にみなもが言った。

「小さなギャラリーだけど、春に個展をするつもりなんだ。絵里子さんもモデルやる？」

「まさか！」絵里子が慌てて答えると、

「あら、やればいいじゃない。私の写真も展示してもらうもの」

と詩織は涼しい顔で答えている。

「私の体なんて人間以前だもの」と絵里子が答えると、

「また、絵里子さんのネガティブシンキングが始まったわあ」

とみなもに茶化された。

「詩織なんて、言われなくても脱ぐのに！」

「だって見てもらいたいもの、私の裸！」

「詩織はポジティブすぎてたまにうざい！」

二匹の猫がじゃれ合うようなみなもと詩織の会話を、楓もにこにこ笑いながら見ている。穏やかで物静かな人だ、と絵里子は思った。どこか知性的でもある。例えば、彼女と街ですれ違ったとしても、風俗の仕事をしているなどと思う人はいないのではないか。そこまで思って、絵里子はふと気づいた。自分は、風俗という仕事に就いている女性を心のどこかで見下しているのではないかと。

その後も詩織とみなも、楓の共通の友人の話題が続き、絵里子は時折、ワインを口にしながら、聞くともなしにその会話を聞いていた。楓は酒が強いのか、水のようにワインを飲む。気がつけばワインのボトルは空になっていて、みなもがキッチンから新しいワインのボトルとオープナーを手にしながら、リビングに戻ってきて言った。

「絵里子さん、楓になにか聞きたいことがあるんじゃないの？」

「えっ……」

「だって、絵里子さんが家出した理由ってさ」

そこまで言うと、みなもが声を出して笑った。

「こら、みなも」

と詩織にたしなめられても笑い声はやまない。

「旦那さんが風俗にはまって、それが絵里子さんにバレてさ。それで怒って家出して」

「ちょっとみなも、べらべらしゃべり過ぎ」

詩織がそう言っても、みなもの口は閉じなかった。

「どうせ、絵里子さん、風の子なんて、少し、頭の足りない、エッチが大好きな軽薄《けいはく》な女がやってるって思ってるんでしょ？」

「………」

みなもの言葉に咄嗟に言い返すことができなかった。図星だった。

「こんな機会なかなかないよ、普通の主婦が風の子と話すなんて。なんでも聞いてみたら」

みなもの放った普通の主婦、という言葉にかすかに苛立ちながらも、返す言葉を絵里子は持っていなかった。まるでみなもにいじめられているみたいだ、と思いながらも、絵里子はしばらくの間黙ってしまう。女四人、同じ食事と酒を口にしながらここにあったはずのあたたかな空気を、絵里子の沈黙が急に冷ましていく気がした。

「なんでも聞いてください」

最初に口を開いたのは楓だった。絵里子を見る楓の瞳は、まっすぐで力強い。その瞳が絵里子にはまぶしかった。

「あの……」

思い切って絵里子は口を開いた。

「あのね、私、楓さんのようなお仕事している人に初めて会ったの。あの、楓さんのお仕事って……」

「デリヘルです」そう答える楓の瞳には迷いがない。

「デリバリーヘルスってことね」みなもが言い添えた。

「そう、つまり指定されたホテルに出向いて……でも、することは同じです」

絵里子の頭のなかに、いつか風俗についてネットで調べた夜のことが思い出された。店舗型と無店舗型。夫が通っていたのは店舗型のほうだ。でも、することは同じ。楓の口調は穏やかだが、その言葉が絵里子の胸のうちにさざ波を立てる。

「あのね、楓さん……」

口を開いた絵里子を楓が見つめる。絵里子は言葉を続けた。

「……楓さんはどうして風俗で働いているの？」

「なんか尋問みたいだなあ」

みなもの言葉を遮るように楓が答えた。

「いいの。なんでも話せるから、なんでも聞いてください」

そう言って楓は絵里子に笑顔を向けた。

「ネイリストなんですよ、私。昼間はネイルの店で働いています。……みなもさんのようにカメラマンの方に頼まれてモデルをすることもあるけれど」

「つまり、風俗の仕事はお金、ってことだよね」

みなもがワインを一口飲み、楓の顔を見た。楓は頷き答える。

「そう、お金。将来は自分のお店を持つのが夢だから」

そう言って目を伏せる楓の瞼にアイシャドウが艶めいている。

「割り切って仕事してる、ってことね」

詩織が煙草に火を点けながら楓に尋ねた。

「そうじゃないと続かないですよ。このお客さんが終わったら、自分の懐《ふところ》にいくら入るか、その最中だって、そういうことしか考えてないから……」

「でも、私、楓さんに初めて会ったときにも思ったんだけど、風の子って、みんな意外に地味だよね」

そう言いながら、詩織が口から細く煙を吐く。

「いろんな店があるから一概には言えないけど、私のいる事務所は髪のカラーリングは

NGなんです。デニムもダメ。あまり派手にすると怒られます。見てくれも行動も。さばさばしている子はあんまり売れなくて。とにかく、ぎこちなく、はじらいを見せろって。くり返し言われました。あと、胸は大きいほうがいい」

そこまで言って楓は何かを思い出したように笑った。

「私、最初に事務所に入ったとき、あんまり売れなくて。言われたんですよ。ほら、恋人つなぎ、ってあるでしょう？」

みなもが得意げに詩織と指と指を絡ませ、手を掲げた。

「そう、その恋人つなぎ。それを最後に必ずしろって。それで、恥ずかしそうに『今度、いつ会えるかなあ。別れるの寂しいなあ』って言えって」

「効果はあったの？」

「ええ。すぐに売れっ子になりました」と楓は静かに笑った。

「男って馬鹿だねえ」

楓の話と詩織の言葉に、絵里子の心は乱れた。その馬鹿な男が自分の夫なのだ。そう思うと、なんとも言えないふがいなさとやるせなさが湧き起こる。

「疑似恋愛をしろ、とも言われました。一晩だけの恋人になれ、って」

疑似恋愛……。それを求めて夫は風俗店に通いつめたのだろうか。

「そういう疑似恋愛をして、お客さんを好きになっちゃうこととかある？」

詩織が楓に尋ねた。

「ありません」きっぱりとそう言って楓は静かに微笑んだ。

「たまに勘違いしてつきまとってくるお客はいますけど、そういうお客は事務所の人がなんとかしてくれるから」

「お客さんって、どんな人が多いの？」

黙ってしまった絵里子の代わりにさらに詩織が聞いた。

「ごく普通のサラリーマンがほとんどです。だけど、話し出すとすごいですよ。仕事や家庭の愚痴とか不満が。……もちろん、みんな、性欲のはけ口を求めて来ているんだけれど、それだけじゃないような気がします」

「それだけじゃない？」

「うん、なんというか」そこまで言うと、楓はワイングラスを手にとった。

「本当は、ただ話を聞いて、ただ抱きしめてくれる人を求めているんじゃないかな、なんて」

「寂しいんだ……」詩織の言葉が絵里子の胸に重く響いた。夫も寂しかったのだろうか。仕事に夢中になっている夫を支えることしかできないと思っていた。寂しさなんて夫には無縁のものだ、と。楓が言うような寂しさを、夫は誰にも言えずに抱えていたのだろうか。

　夫が忙しい、ということはわかる。大事な仕事を抱えていることもわかる。けれど、絵里子がわかるのはそこまでだ。夫が具体的にどんな仕事をし、何を考え、悩んでいるのか、絵里子にはわからない。夫もどこか、絵里子に話してもわからないだろう、と思っている節がある。絵里子が会社という組織をやめて三十年近く経つのだ。夫が抱えているかもしれない仕事の重責を絵里子はリアルに想像できなくなっている。夫婦、家族といううわっつらの形に安住しすぎて、その中身や二人の関係性をなおざりにしたのではないだろうか。

「絵里子さんが聞きたいこと、本当はもっとあるんじゃないの？」

　みなもが俯いてしまった絵里子の顔をのぞき込む。

「えっ」思わず絵里子はみなもの顔を見つめた。

「本質的なことだよ。つまり、本番があるかないか？　絵里子さんが一番聞きたいことって本当はそれじゃないの？」

「ねえ、その話、絵里子がしんどいならやめたほうがよくない？」

　詩織が絵里子のグラスにワインを注ぎながら言った。

「絵里子が聞きたくないなら、ここでやめようよ。ね、絵里子」

　絵里子の顔に皆の視線が集まる。心は迷ったが、それでも絵里子は言った。

「うん、ここまで聞いたんだもの。聞きたい」

絵里子の言葉を受けて楓が口を開いた。

「基本的にはありません。でも、やってる子もいるし、やっている子のほうが人気があります。私はしないけど……」

客と体を交わすことはしない。そう聞いて、絵里子の気持ちはほんの少しだけ軽くなった。

みなもはいつの間にか、詩織の膝の上に頭を載せ、目を閉じている。眠っているのかどうかはわからなかったが、詩織はみなもの髪の毛をまるで子猫に触れるように撫でている。

「だけど……」

楓が絵里子の顔を見て言った。

「私、思うんですけれど」

絵里子はゆっくりと頷いた。

「比較したらいけないし、できないことかもしれないですけれど、風俗に行くのって、そんなに悪いことでしょうか？　浮気や不倫のほうが、罪が重いような気がしませんか？」

「………」

黙ったまま、絵里子は想像してみる。夫が風俗通いではなく、浮気や不倫をしていたら。どちらの罪が重いのか、絵里子の頭のなかは混乱していた。本当のことを言えば、楓が口にしたすべてのことから夫は無縁であってほしかった。

　それ以前に、万一、目の前にいる美しい楓の元に夫が通いつめていたとしたら……。そう考えるだけで、胸のあたりに針を刺されたような痛みが走る。

「風俗で遊ぶお客さんをかばうわけではないですけれど、浮気とか不倫するより、お金という対価を払って遊ぶぶんにはまだ、かわいいもんじゃないですか？　私は、男の人とも女の人とも性的な関係は結べますけど、どっちかというと、男の人なんて嫌いだった。父の影響もあったかもしれません。母を怒鳴ってすぐ手を上げるような人でしたから……だけど、この仕事始めて」

　そこまで言って、楓はワインを口にした。

「男の人って弱い、本当に弱い生き物なんだと思ったんですよ。笑っちゃうくらい弱い。私はうんうん、って話聞いてるだけですけど、まじですか、って言うくらい弱い。私みたいな見知らぬ人間の前で子どもみたいに泣いちゃう人がいるんです。普段はそんなに強がっているのか、強がらないといけないのか、武装しないと生きていけないのか、って。だからって、それを肯定しているわけじゃないですよ。もっと自由に、楽に生きればいいのに、と私は思う。でも、世の中にはどうしても、それができない人がいるんですよね。風俗に行く人って、ただ性欲を解消しているだけに見えるかもしれませんけど、みんな、なんというか……うまく言えないけれど」

詩織と二人、楓の言葉を待った。

「誰かにやさしくされたくて、来るんじゃないですか」

絵里子は手にしていたグラスに視線を落とした。ワインの表面に、天井から吊されたペンダントライトの明かりがゆらゆらと揺れている。絵里子の心もまた、同じように揺れていた。

「男なんて、みんな馬鹿なんだよ！」

寝ているのだとばかり思っていたみなもが急に起き上がり、声を上げた。

「やさしくされたいのは、男だけじゃないよ。男も女も、大人も子どもも、みんなそう思って生きてるんじゃない？　だけど、ちょうどいいタイミングで、やさしさを受け取れないときもある。そういう虚しさを抱えて、人って生きてるんじゃないの。やさしくされたいのなら、先に誰かにやさしくすればいい。簡単なことだよ。そうすれば、いつかやさしくされる日が来るかもしれないじゃない。自分だけ家族に隠れて風俗に行って、女に頭撫でられて、しくしく泣いて、やさしくされたいなんて、甘えるにもほどがあるっつーの！　これだから男は」

詩織がみなもの腕を引き寄せた。羽交い締めするように背中からみなもの体を抱きしめる。

「たまにはいいこと言うじゃない」

詩織がみなもの髪の毛をくしゃくしゃにする。みなもが照れながら言った。

「楓の仕事を否定してるわけじゃないんだよ。それだけはわかってくれる？」

「もちろん」わかってる、というふうに楓が穏やかな笑みを浮かべた。

「絵里子さん。私、風俗の仕事って」

楓が絵里子の顔を見つめて言った。

「こんなこと言ったら語弊《ごへい》があるかもしれませんけれど、介護の仕事だと思っています」

「介護？」

「自分だって最初から風俗の仕事に抵抗がなかったわけじゃないんです。だけど、あるとき、これは介護の仕事なんだって思ったら少し気が楽になったことがあって……」

楓がワインを口にする。ピンク色に染まった薄い唇を絵里子は見た。

「性的な介護でもあり精神的な介護でもあります。自分は性的な交わりを通して、人を介護しているんだって、それでお金をもらってるんだ、って考えたら、ほんの少しだけ、風俗の仕事への後ろめたさが消えたんです。絵里子さんのご主人がどんな気持ちで風俗に行かれたのか、私はわからない。ただの性欲だったのかもしれない。けれど、やっぱりご家族以外の誰かにケアしてもらいたいって気持ち、少しはあったんじゃないですか。

い、というときが」

絵里子さんも、そういう気持ちになることがありませんか？　誰かに体や心をゆだねたい、というときが」

「そう聞かれればなかったとは言い切れない。でもね、私がそう思う相手は」

絵里子は口を開いた。

「体や心をゆだねたい、って思う相手は、いつだって夫だったんです」

絵里子は楓の目を見て言った。

ひゅーっと、みなもが指笛を鳴らす音と、「やけるわね」と言う詩織の声も聞こえた。

けれど、絵里子が過去形でその言葉を口にしたことに、絵里子以外、誰も気づいていなかった。

深夜に楓は帰って行った。絵里子は、詩織のマンションに泊まることにした。

「なんだか……今日はごめんね。疲れたでしょう」

絵里子のための羽毛布団を用意しながら詩織が言った。

「ううん……」

そうは言ったものの頭の芯がどんよりと重い。

「明日はいつまでも寝てていいよ。お休み」

そう言って詩織は寝室に引き上げていった。

ソファに横になると、楓の言葉や、みなもの言葉、いくつもの思いが絵里子の頭のなかをかけ巡った。カーテンの隙間から、街灯の明かりが漏れてきて、絵里子の顔を照らした。詩織の用意してくれた暖かい羽毛布団に顔を埋めながら、今頃、夫と萌はどうしているだろう、もう幾度も思ったことを、絵里子はくり返し、思っていた。


「じゃあ、私、ほんの少し留守にするけれど、すぐに戻るから」

「うん、わかった」

詩織は駅前の銀行に用事があると言って店を出て行った。


旅行から帰ってきて、詩織の使っていないマンションに暮らすようになって、すでに一週間が過ぎていた。パート先のホームセンターにはしばらく休むと伝えた。上司は「わかった」と返事をくれたが、絵里子の代わりにすぐに誰かが雇われるだろう。店に出るのは毎日でなくてもいいよ、と詩織は言ってはくれた。けれど、一人でマンションの部屋にいると、どうにも気持ちが鬱屈《うっくつ》してくる。絵里子がいてくれたほうが倉庫代わりにしているマンションも綺麗になるから、とも言ってくれたが、絵里子が改めて掃除をしなくてもいいくらい、部屋は片付けられ、清潔に保たれていた。

「絵里子がいたいだけいればいいよ」

その言葉に今は甘えようと思った。

詩織の店のバックヤードを片付けていると、店のドアからちりん、と鈴が鳴る音がした。

「いらっしゃいませ」反射的に声が出た。バックヤードを出ると、ドアの前に見慣れた娘の姿があった。

「萌……」

絵里子がそう言ったとき、再びドアが開いた。

「銀行空いてて良かったあ。いらっしゃいませ。あら……」

詩織を見て、萌は頭を下げた。詩織は萌と絵里子、二人の顔を交互に見て困ったような顔をしている。

「絵里子、今、お店は大丈夫だから、その辺でゆっくりしてきたら」

その言葉に促され、絵里子はバックヤードに戻ってコートとバッグを手にし、萌と二人店を出た。駅前に紅茶専門店があったはず。絵里子は萌になんと言っていいのかもわからず、黙って歩き出した。隣を歩く萌も何も言わずについてくる。萌の体から、絵里子が選んだ柔軟剤《じゅうなんざい》の香りがかすかに漂ってきて、切なくなった。

店のいちばん奥のテーブルに萌と向かい合わせに座った。絵里子がアールグレイのミルクティーを頼むと、萌も「同じものをください」と店の人に告げる。

萌は店のなかを物珍しげに眺める。その萌の姿を絵里子は見るともなしに見た。旅行を含めて約十日。家には帰っていない。萌のことが気にならなかったと言えば嘘になる。

けれど、今は、ただ一人になりたい、という気持ちのほうが勝っていた。

萌は、絵里子が洗濯のたびに丁寧にアイロンをかけていた白いボタンダウンのシャツに、フューシャピンクのカーディガンを着ている。髪の毛もメイクもきちんとしている。いつもの萌だ。そのことに絵里子はほんの少しほっとした。

萌がこちらを見た。

「ママ、家に帰ってきて」

絵里子は言葉に詰まった。店の人がやってきてティーポットとカップ、砂時計を置いていく。「どうぞごゆっくり」そう言い、去って行った。店のなかには、絵里子と萌以外、客がいない。

「って、言うと思った？」

そう言って萌は笑った。なんと言葉を返していいかわからず、絵里子は砂時計の内側を滑り落ちて行く紫色の砂を見た。

「パパ、しょげているけど、なんとかやっているよ。ママがいたときみたいに家のなかは綺麗じゃないけどね」

萌は自分のカップに紅茶を注いだ。ベルガモットの香りが立ち上り、カップが赤茶色の液体で満たされていく。

「全部、家事は折半《せっぱん》。自分のことは自分でやってもらってる。パパ、毎朝、着て行くワイシャツがないって騒いでいるけどね、私、知らんぷりしているの」

「食事は？」思わず絵里子は聞いた。

「うん。私はバイト帰りに食べてきちゃうし、パパも外で食べたりしているよ。朝は自分で用意して、って言った。食パン囓《かじ》りながら、家飛び出して行くよ。まるで漫画みたい」萌がその姿を思い出したのか声を出して笑う。

「ママが甘やかしていたから、パパなんにもできないよ。いい気味」

「萌、大学は……」

「前よりはちゃんと行ってるよ。バイトも」

「……まだ、前と、同じ場所？」

「ううん。あそこはもうやめた。だって店長が」

そう言って萌は口を噤み、しばらくして再び口を開いた。

「あの人とはもうなんでもない。なんの関係もない」

萌が絵里子の顔をまっすぐに見て言った。

「あのとき、パパとママが警察に迎えに来てくれたとき、本当にうれしかった。それに……」

萌が絵里子に頭を下げる。

「ごめんなさい」

それを聞いて絵里子の胸は詰まった。

ごめんなさい。萌の口からそう聞いたのは、はるか昔、萌がまだ幼かったとき以来なのではないか。

「ほんとうにごめんなさい」

その言葉に、絵里子が見つめていたカップがぐらぐらと揺れ始めた。

「ほんとうに怒ってるんだなあ、って思ったの。それでびっくりしたの。ママって人も怒るんだって」

「でも、萌に怒ったことなんて何度もあるじゃない」

「あんなの、ママ、怒ったうちに入らないよ。私ねえ、ママ」

「うん？」

「反抗期のときあったでしょう。ママにずーっと反抗して。あのとき、なんで、あんなにイライラしてたか、わからなかったんだけど……」

「うん」

「ママが家を出てからずーっと考えてたの。あの頃、ママがぜんぜん怒らないから、それでイライラしてたんだよ。私が何をしてもママはずっとずっと我慢してた。怒らないで、やさしい言葉だけかけてくれてた。だけど、それで私またイライラして……この人、人間じゃないんじゃないかって思ったこともあったよ」

絵里子の脳裏に萌の激しい反抗期の頃の姿がよぎる。確かに萌の言うとおり、強い言葉を萌に発したことはなかった。いつかこの激しい嵐が過ぎてくれればいいと、それだけを願っていた。

「パパがしてることも知っているはずなのに、ママは怒らなかった。私のときと同じように、我慢して我慢して。この人、どうなってるんだろう、ってずっと思ってた。だから、私、家にいるのも嫌で……」

そう言って萌は目を伏せた。

「だけどね、ママ。ママがこうやって家出して、ちゃんと怒って家出までできる人なんだ、って思ったんだよ。ママは人間だった、良かった、って思ったの」

「人間……」

「そうだよ。ママはママである前に一人の人間なんだよ。ママは私やパパのことに気を遣い過ぎて、人間じゃなくなってたんだよ」

そこまで言って萌は噴き出した。つられて絵里子も笑った。

萌が空になった絵里子のカップに紅茶を注いでくれた。

「ママ、しばらく一人で自由にしなよ。詩織さんのところで、ママがほんとうにやりたいこと、考えてみればよくない？　すぐに家に帰ってくることなんかないよ。パパだって、寂しいと思っているけれど……」

カップを手にしたまま、萌は店のなかを見回しながら言った。

「すぐに家に帰ってきたらだめだよ。パパにうんと寂しい思いをさせるの。ママ、私ね、ママがほんとうにそうしたいと思うんなら……」

萌が絵里子の顔を見つめた。

「離婚したって、いいと思うよ」

黙ってしまった絵里子の顔を見て萌は慌てて言葉を続ける。

「あっ、ママはもういらないとかそういう意味じゃないからね」

萌と視線を合わせて絵里子はふっと笑った。

「うん、わかってる」

「万一、パパとママが離婚したって、私にとってママはママだし。そりゃ両親が揃っていたほうがいいとは思う。だけどねママ」

萌の顔が急に真剣になる。

「私ね、ママが何かを我慢しているのをそばで見ているのがつらいの。パパに不満があって、どうしてもそれが我慢できないのなら、離婚っていう方法を選んでも私は反対しないよ。ママには好きなことをして生きてほしい。毎日、楽しく暮らしてほしい。そういうママが私は見たいの。ママにはそういう権利があるんじゃないの？」

「……そうだね」

目を伏せて絵里子はもうすっかり冷め切ってしまった紅茶を飲んだ。

「しばらくは詩織さんのマンションにいるんでしょう？」

「うん、多分、しばらくはね」

「私、そこに遊びに行ってもいい？」

「もちろん」

「あのね、ママの料理で食べたいものがあるの。煮込みハンバーグ。ママの真似して作ってみたけれど、ぜんぜんうまくいかなくて」

「いつでも来ていいよ」

絵里子がそう言うと萌は子どもの頃のような顔で笑った。

「じゃあね、また連絡する。ＬＩＮＥ読んでよね」

萌はばいばい、と手を振って店を後にした。商店街のなかを駅に向かって歩く萌の後ろ姿を見送った。その背中にランドセルを揺らしていたのは、つい最近のことのようにも思えるけれど、もう十年近く前のことなのだ。自分は思っている以上に遠くまで来てしまった、ということに気づき、絵里子は小さくため息をついた。

夫を支え、萌を育てた日々が楽しくなかったわけではない。大変なこともあったけれど、今になって萌に楽しく暮らしてほしい、と言われると、情けないことに絵里子は途方にくれてしまう。妻、母親という硬い殻に守られていた自分はまるで空虚な存在だったのでは、と問われている気持ちになる。

　今のところ離婚までは考えていないが、今はとにかく夫とは距離を置きたい。それを萌が許してくれるのなら、自分はいったいこれからどうしたいのか、時間をかけて考えてみよう、と絵里子は思った。

　詩織のマンションにいる間の、当座の生活費は、結婚前から貯めていた貯金を切り崩せばなんとかなりそうだった。そうは言っても、もし、別居生活を長く続けるのなら、何か仕事を見つけなければならない。今は手伝いとも言えないくらいの労働を詩織の店でしているが、詩織の店の売り上げから、自分が生活するためのお金を出してもらうのは気が引ける。万一、一人で生きていくのなら、仕事のことも考えなくちゃ、と思いながらも、そんなことができるのだろうかという迷いも同時に浮かぶ。

　詩織に今から店に戻るから、とＬＩＮＥをすると、「もう今日は一人で大丈夫だから。帰ってゆっくりして」と返事が来た。楽しく暮らすってどういうことなのか、絵里子は考えながら高級住宅街と呼ばれる町の商店街の道を歩いた。絵里子の住む町と違って、すれ違う人たちの装いもどことなく上品だ。そこに交じっていることにかすかな違和感を持ちながらも、絵里子は今日は自分を甘やかそう、とふと思った。

　食べたいものを食べて、眠るまで好きなことをしようと。

　絵里子も名前だけは聞いたことのある高級スーパーに行き、高いステーキ肉を一枚買った。出来合いのサラダに少し値の張るワイン。外国のチョコレートやポテトチップスも買った。いつもなら値段をチェックするが、今日はあえて見なかった。

スーパーを出て目についた雑貨店にも入ってみた。触り心地のいいタオル、手編みの籠、小さな石のついたピアス。そのどれもが、生活のために絶対に必要なものではない。けれど、心を豊かにしてくれるものだ。絵里子は散々迷って、アロマの入浴剤を買った。雑貨店を出たあとは、商店街の外れにあるドラッグストアで、ひとつひとつテスターの香りを確かめてから、いちばん好きな香りのシャンプーとトリートメントを買った。それに化粧水と乳液。詩織のマンションにはなんでも一通り揃ってはいたが、それを使い続けるのは遠慮がある。それから、熟した柿のような色の小さなネイルも。店を出る前に目を引かれて口紅の棚に近づいた。新しい口紅などもう何年も買っていなかった。ドラッグストアに売られているのだから高価なものではない。絵里子は手の甲に口紅をとり、それを小指で唇に塗ってみた。心なしか、顔が晴れやかになったような気がした。けれど、唇がかさついていて口紅の色がうまく乗らない。絵里子はリップクリームと新しい口紅を手に再びレジに向かった。

夫にも食べさせたことのあるステーキの焼き方で、一枚だけ肉を焼いた。この前よりもうまく焼けたような気がする。台所の引き出しから苦労して見つけたワインオープナーでコルクを抜き、グラスにワインを注ぐ。サラダと肉を皿に盛り、ランチョンマットの上に置いた。いただきます、と声に出して手を合わせ、ワインを一口飲む。アルコールのあたたかみが胃のあたりに滑り落ちていく。肉を端から小さくカットして口に入れた。おいしい、と絵里子は心のなかで思った。テレビはつけなかった。けれど、無音のなかで食事をしていることが落ち着かなくて、書棚にあったポータブルのラジオをつけた。どこかのＦＭ局がクラシックを流している。ラジオを聞くなんて何年ぶりだろう、と思いながら、絵里子は肉を嚙んだ。一人きりの食事なんて、今まで何度もしてきたはずなのに、今日は今まで感じなかった寂しさが湧き起こる。

いけないいけない、と思いながら、絵里子は食事を続けた。

バスタブにお湯を張り、さっき雑貨店で買ってきた入浴剤を入れた。ラベンダーの香りが浴室いっぱいに広がる。絵里子の自宅のマンションとは違って、詩織のマンションの浴槽は広い。絵里子は手足を伸ばして深呼吸した。

夫とはいつか話をしないといけない。風俗に通っていることを怒っていること。恥ずかしいと思ったこと。そして、もう行かないでほしい、ということ。絵里子は今一度、夫に自分のほうを向いてほしかった。自分の顔を、自分の目を、夫にじっと見てもらいたい。浴槽のなかで絵里子は自分の体を見た。乳房があたたかなお湯のなかで揺れている。下腹部に手を当ててみた。

「年に一度、確認のためにするのよ」

いつか、ホームセンターのパート仲間が言っていたことを思い出した。絵里子より五歳くらい上の女性だった。昼の休憩時間、ひょんなことから話がそんな方向に進んで、仲間たちと声をひそめて話した。皆、絵里子と同じように、「最後にしたのなんていつだか思い出せない」と神妙な顔で言葉にしたが、一人の女性がそう言ったのだった。

「年に一度、二人で旅行に出て、それで、できるかどうかしてみるの。年齢を重ねたって意外とできるものよ。それで安心して、また一年一緒に生きていけるか、ってそう思うの」

そのときは、そんなものか、と思っただけだった。けれど、五十二になってみて、あと何年生きるかわからないが、このまま夫と体を交わさずに、いや、男性と体を交わさずに生きていくのはあまりに寂しいことなんじゃないかと思った。夫でも、誰でもいい。心寂しいときに、誰かに自分をきつく抱きしめてもらいたい。絵里子は人と比べて性欲が強いほうではないと思う。それなのに今、自分のなかに湧き起こった情動に驚いていた。

あ、と思ったのは、中指が絵里子の突起に触れたときだった。今、セックスがしたいと思っている。中指で突起を優しく撫でる。最後までするつもりもなかった。けれど、自分を慰めたいと思う。そんな欲求がまだ自分のなかに熾火《おきび》のようにあることに驚いてもいた。絵里子は中指を上下させながら思った。夫が風俗に行きたいと思うのは、もしかしたら、こんな夜なんじゃないかと。そんな夜に、夫は私ではない誰かに寂しさを埋めてもらっていたのかと。そう思いながら、絵里子の心のなかはせつなさとおぞましさであふれそうになっていた。

「隆さんが動かないの。呼んでも目を開けないの。ねえ、どうしたらいい」

絵里子の母から電話がかかってきたのは、絵里子が詩織の店にいたときだった。夫や萌と離れてすでに二カ月が経っていた。

母はひどく動転している様子で、何度も同じことを繰り返す。

「今すぐ救急車を呼んで。お母さんも一緒に乗って。病院の名前がわかったら、私の携帯にもう一度電話をして」

子どもに言い聞かせるように母にそう言い、絵里子は電話を切った。詩織が心配そうに絵里子の顔をのぞき込む。

「母の旦那さんに何かあったみたい」

「ああ、それならすぐに行ってあげて。店のほうは心配しなくても大丈夫」

「ごめんね。忙しいのに……」

「私たちももうそういう年齢になったっていうことだよね」

詩織の母も入退院を繰り返していた。詩織は一人っ子だ。母の介護が始まったらどうしたらいいんだろう、と昨日店で話をしたばかりだった。

　詩織の言葉に甘えて絵里子は店を出た。ここから母の住む町まで行くには一時間くらいかかる。タクシーに乗ったほうがいいのだろうか、と一瞬思ったが、途中で渋滞に巻き込まれないとも限らない。それ以上に高額なタクシー代も今の自分には負担が大きい。どこか冷静にそう考えている自分は案外冷たい人間だ、と思いながら、絵里子は駅に急いだ。

　電車の中で母から病院の名を告げられ、絵里子はスマホで病院の場所を調べた。母の住む町より東京に近い駅のそばにある大学病院だった。

　病院の受付で母の名を告げると、霊安室の場所を教えられた。ああ、やっぱり。母から電話をもらったときから予想していたことが現実になったことを知らされ、絵里子は重いものを飲み込んだ気分になった。

　霊安室に行くと、母が部屋の隅のパイプ椅子に座り、大きな声でしゃくり上げていた。

「絵里子」

　娘の顔を見た母は子どものように絵里子の脇腹に顔を埋める。絵里子は母の背中をさすった。

「心臓疾患《しっかん》だって。この前、人間ドックに行ったときには何も言われなかったのよ。こんなことってあるの？　昨日の夜だって、私が作った魚の煮付けをおいしい、おいしいって」

そこから先は言葉にならない。絵里子は寝台のそばに近づいた。白い布をそっとめくると、まるで眠っているかのような隆さんの顔があった。安らかな顔だと絵里子は思った。目を閉じ、手を合わせる。目を開いた瞬間に、隆さんの通夜や葬儀のことが頭をよぎる。この母の様子では、一人で取り仕切るのは無理だろう。母を支える形で自分が動かないといけないのではないか。それよりも前に隆さんの息子さんに連絡をする必要がある。萌や夫にも知らせないといけない。そこまで考えて、ああ、夫に会わなければならないのか、と絵里子の心は沈んだ。隆さんの死よりも、夫と顔を合わせなければならないことのほうが気が重い。

「お母さん、隆さんの息子さんに連絡できる？」

泣きながら母は首を振る。葬儀の喪主は母になるのか、それとも隆さんの息子さんになるのかもよくわからない。とにかく連絡をしなければ、と絵里子は母の手書きの電話帳を受け取り、病院の外に出た。電話に出たのは隆さんの前妻だった。絵里子は隆さんが亡くなったことを告げた。一瞬の間があり、

「そうですか」と冷静な声が返ってきた。迷ったものの、絵里子は率直に聞いた。

「あの喪主はどちらが……」

「私の長男に任せます」有無を言わせない強い声だった。

「そうですか、承知しました」そうは言ったものの、それをどう母に伝えればいいのか、絵里子は思案にくれた。それでも、あの状態の母に冷静に喪主が務められるかどうかもわからない。一《ひと》波《は》瀾《らん》あるのではないか、絵里子の胸に暗いものがよぎった。

夫にも連絡をしなければ、と思い、スマホの画面に夫の連絡先を表示させたものの、電話をかける勇気がない。しばらくの間考え、絵里子は萌にＬＩＮＥを打ち、最後に「パパにも知らせてくれる？」と一言付け加えた。妹の芙美子も仕事中だと思い、ＬＩＮＥを送った。画面にはこの前、芙美子とＬＩＮＥのやりとりをしたとき最後に送った、おやすみなさいというクマのスタンプが残っている。文明の利器も時に不《ふ》謹《きん》慎《しん》だ、と思いながら、絵里子は隆さんが亡くなったことをぽち、ぽち、と文章にした。

隆さんの前妻のあの口調からすると、すぐに病院にやってくるような気がした。その前に母に少し休んで欲しかった。霊安室のパイプ椅子でうなだれている母を抱き抱えるようにして、地下のカフェに誘った。

絵里子はミックスサンドとカフェオレを二つ頼んだ。

「お母さん、少しでも何か食べておいたほうがいいよ」

そう声をかけるが、母は何も言わず、目をハンカチで拭う。隆さんが亡くなって、悲しいのだ、ということはわかる。けれど、泣いている母を見ていると、父の葬儀にも顔を出さなかった昔の母の姿が絵里子の脳裏をよぎる。父が亡くなったあと、泣いている母を絵里子は見たことがない。悲しそうな素振りも絵里子には見せなかった。三度目の結婚の相手がこうした形で亡くなることは悲しいのか、とどこか鼻白んだ気持ちにもなってくる。

「あと十年くらいは」

「ん？」

「あと、十年くらいは一緒にいられるものだと思っていたの。二人で船で世界一周をしようねって、この前もパンフレットを見ながら話していたのよ」

「そう……」

母の話を聞きながら、母の娘ではなく、母の母にでもなったような気分になる。テーブルの上の絵里子のスマホが着信を知らせる。隆さんの息子さんからだった。すぐにでも遺体をそちらから引き取りたい、葬儀会社に連絡したので、ということを一気にまくし立てられる。

「いえ、でも、今日だけは、こちらの病院にご遺体を置かせていただけないでしょうか。母も随分憔悴《しょうすい》しておりますし、今朝起こったことで気も動転していますし。私の娘も隆さんには孫のように可愛がっていただいて、今こちらに向かっているところなんです」

絵里子は頭を下げながら繰り返した。正直なことを言えば、今すぐ引き取ってもらっても構わなかった。けれど、母と隆さんの遺体を今日、引き離してしまったら、母の混乱が長く深くなっていくような気がした。絵里子の懇願《こんがん》に相手は何とか納得し、明日の昼過ぎ、隆さんの遺体を葬儀会社の担当者が引き取る、ということで話はついた。電話を切って、絵里子は長いため息をついた。事情を母に説明する。

「残酷ね……」

母はただそう言って、皺に埋もれた目から涙を流し続けた。

夕方になって萌がやってきた。隆さんの遺体を見て、おじちゃん、と言いながら、泣き続けた。芙美子は絵里子同様にどこか冷静だった。息子さんとのやりとりを簡単に説明すると「まあ、それは仕方がないことかもしれないね」と疲れた顔で言った。

夫がやってきたのはもうすっかり日が暮れた頃だった。絵里子が見ない間に痩せたのか、どこか精悍《せいかん》な顔つきになっている。絵里子を目で認めるとかすかに頷いた。絵里子がさっき話した息子さんとのやりとりを芙美子が夫に説明している。話を聞き終えると、「わかった」と小さな声で答えたのが絵里子の耳にも届いた。夫が焼香《しょうこう》する後ろ姿をただ絵里子は見ていた。

「病院で夜を明かすわけにもいかないでしょう。明日の朝、また早く来ることにして、私は今日はお母さんの家に泊まるわ」

絵里子がそう言うと、

「私も泊まる」と萌が答えた。夫と芙美子には仕事がある。通夜と葬儀の日が決まったらまた、連絡する、と絵里子は告げて、乗り換えに都合のよい駅までタクシーで行くという夫と芙美子を病院の入り口まで送った。

「ごめんね、お姉ちゃん。お母さんのこと頼むね」そう言いながらタクシーに乗り込む芙美子のあとに夫が続く。何か言いたそうに絵里子の顔を見ていたが、結局は何も言わなかった。さっき、霊安室で目を合わせたときのように、絵里子の顔を見て頷き、タクシーに乗り込んだ。ほどなくドアが閉まり、タクシーが走り去っていく。

　夫の顔を見たら、何かもっと激しい感情が湧くかと思っていたが、絵里子の心のなかは驚くほど静かだった。

まだ、ここにいる、と子どものようにごねる母と萌をタクシーに乗せ、三人で母の家に向かった。後部座席に絵里子と母が、助手席に萌が座った。母が絵里子に体を預けてくる。絵里子はただ、静かに涙を流している母の背中を黙ったままさすった。

　母の家に入ると、隆さんが救急車で運ばれたときの慌てぶりが見てとれた。玄関には靴が散乱し、台所には朝食の準備が途中で投げ出されている。家に上がった母は、隆さんが今朝まで寝ていた布団を見て、声を上げて泣いた。獣《けもの》のような声だった。

　今日はこの布団で寝る、という母を止めようとは思わなかった。そうでもしないと母の気持ちは休まらないと思った。絵里子が襖を閉めたあとも、母のすすり泣きがいつまでも聞こえていたが、小一時間もすると聞こえなくなった。

　夕食をまだ食べていなかったので、炊飯器に残っていたごはんと漬け物で簡単にお茶漬けを作った。もう春が近いというのに、出しっ放しになっている居間の炬燵《こたつ》に足を突っ込んで、萌と食べた。そうは言っても二人とも食欲はなく、あまり箸は進まない。

「あっけなかったね。おじちゃん」

　箸を置いて萌は涙を流した。

「海に行ったとき私を背中に乗せてさ、沖のほうまで泳いでくれたんだよ、おじちゃん。丸ごとの西瓜買ってくれてさ、浜辺で西瓜割りもさせてくれた」

　そう言って萌はべそべそと泣いた。

「いい人だったね」

　絵里子のその言葉に嘘はなかった。けれど、萌ほど心の通い合いがあった、ともいえない。泣いている母を見ても、萌を見ても、そして、亡くなってしまった隆さんを見ても、どこか醒めている自分がいる。

「お風呂で温まって早く寝なさい。明日も早いから」

　追い立てるように萌に食事の後片付けをさせ、絵里子は浴槽に湯を張りに行った。浴室のドアの横に籐で編んだ脱衣籠があった。隆さんのパジャマがくしゃり、と放り投げられている。そんなことをするつもりはなかったのに、絵里子はそのパジャマを手に取り、鼻に近づけてしまった。生きている男のにおいがした。このにおいを発していた隆さんはもうここにはいない。そう思ったら、突然、涙が湧いた。隆さんがいなくなったことが悲しくて泣いたわけではない。父のことを思い出したのだ。父が暮らしていたアパートに残されていた父の洋服のにおいを、絵里子は幾度も嗅いだことがある。あのときのせつなさを思い出して胸がつまった。浴槽に満たされていくお湯を見ながら、絵里子はひとしきり泣いた。

隆さんの布団で深く眠りこんでいる母を確認して、絵里子は居間の炬燵をずらし、萌と二人分の布団を敷き始めた。濡れた髪の毛にタオルを巻いた萌が居間に入ってくる。

「ママ……」

「何？」

「あのさ、今日はいっしょに寝てもいい？」

「なあに？　子どもみたいに。いっしょに寝たら狭いでしょう」

「だって、寂しいんだもん」

そう言いながら、絵里子が敷いた布団の上にぺたりと座りこむ。萌の気持ちもわかるような気がしたから、絵里子は一つの敷き布団の上に二枚の掛け布団の端を重ねて敷いた。

絵里子が風呂に入り、髪の毛を乾かして居間に戻ると、萌が布団のなかでうつ伏せになってスマホを眺めている。絵里子が布団に入ると、ほら、と言いながら、スマホの画面を向けてきた。萌が大学に受かったときの写真だ。あの頃、よく着ていた茶色いダッフルコート姿の萌が、この家の池の前で微笑んでいる。その両脇には、二年前の絵里子と夫の姿があった。隆さんは「良かった、本当に合格して良かった」と絵里子や夫以上に喜んで、挨拶に来た絵里子たちを随分と高いお寿司でもてなしてくれた。

「あのとき、おじちゃん、たくさんおこづかいもくれたね」

「そうだった。萌は全部、洋服に使っちゃったけど」

　萌が笑いながら画面をスクロールして隆さんの写真を探しては、絵里子に見せる。そのそばには、穏やかに微笑む母の姿が常にあった。誰と結婚しても同じよ、といつか母は言っていたけれど、隆さんとの結婚が母にとって悪いものではなかったということは絵里子にもわかる。三度結婚をして、やっと巡り合えた相手だったのかもしれない。

「もう、寝ないとだめよ」

　絵里子は立ち上がり、照明の紐を引っ張った。訪れた暗闇のなかで、萌が絵里子に体を寄せる。キャンディのような、石鹸のような、萌の甘い香りが絵里子の鼻孔をくすぐった。

「ママ……」

「なあに」

「前に、離婚してもいいよ、なんて言っちゃったけど」

「うん」

「本当は」

そう言って萌はまた泣いた。

「ママと離れているのは寂しい」

絵里子は萌の肩に布団をかけ直した。万一、離婚するようなことがあって、萌と別々に暮らすことになったとしたら、夫の身に何かあったとき、夫の死に目に一人で立ち会わせる、自分と同じような目に萌を遭わせるのではないか。さっきひとしきり、風呂場で父を思い出して泣いたとき、絵里子が考えていたのはそんなことだった。

隆さんの葬儀は隆さんと絵里子の母が住んでいた家の近くではなく、隆さんの前妻とその息子さんの家に近い都心の斎場で執り行われると連絡があった。どこか納得できない気持ちを抱えたまま、絵里子は葬儀の前夜、萌と二人で喪服を取りに自宅のマンションへと戻った。

ドアを開いた途端、絵里子は思わずあっ、と声を上げそうになった。玄関の三和土に萌が脱ぎ散らかした靴が散乱している。廊下を進んでキッチンに入ると、どこからかゴミのにおいがして、シンクには使ったままの食器が積み重なっている。リビングのソファには夫のワイシャツやスーツがまるで投げ捨てたように載せられていた。言葉より先に手が動きそうになるが、絵里子はそれを必死の思いで止めた。

「ママはびっくりしているかもしれないけれど、これでも片付けたほうなんだよ」

という萌の言葉を苦々しく思いながら寝室に入った。換気をしていないせいなのか、夫のむっとするような体臭が鼻につく。絵里子のベッドは整ったままなのに、夫の掛け布団は半分撥《は》ね上げられたようにめくれ、その下のシーツに大きな皺がいくつも寄っている。絵里子は思わず窓を開けた。シーツも枕カバーも洗濯していないのだろう。それでも夫のベッドを整えようとは思わなかった。

　クローゼットの中からクリーニングのビニールがかけられたままの喪服を出し、持ってきたトートバッグに入れ、上の棚に入っているはずの黒いハイヒールの箱を探す。絵里子は背伸びをするが、手が届かない。自室で喪服を探しているはずの萌を呼んだ。

「ママあ、私の喪服がない」

　この前、夫や自分の世話はもうしなくていいと言った同じ口がのんきな声でそう言いながら、萌が部屋に入ってきて、ひょいと靴の箱を絵里子に手渡してくれる。できることなら絵里子は一刻も早くマンションから出たかった。イライラした気持ちを抑えながら、萌の部屋に向かう。そこは寝室よりもひどい有様だった。ベッドの上、椅子の背、至るところに洋服がある。床にも服の山ができていて、「片付けなさい！」とヒステリックに言いたくなるのをぐっと堪える。

「自分で探しなさい。ママはもうおばあちゃんの家に帰るから。明日の葬儀にだけは遅れないでね」

絵里子の背後で萌の「ええーっ」という声がしたが、知るものか、とその声を振り切るようにして、絵里子は玄関で靴を履いた。外廊下を歩き、エレベーターを待つ。上がってきたエレベーターから同じ階の斎藤さんが出てきて、驚いたような顔で絵里子を見る。

「あらあ、最近、お見かけしないから、どうしたのかと思っていたのよ」

そう言いながら品の良さそうな笑顔を絵里子に向ける。

「……私の母が少し体調を崩していて、それで」

「まあ、どこも大変ね。二階の山口さんのところも」

「すみません、少し急いでいるので」

いつもなら噂好きの斎藤さんの話につきあっていた絵里子だったが、今日はそんな気持ちの余裕もなかった。困惑したような斎藤さんの顔を見ないように、絵里子はエレベーターの中で頭を下げた。

もうここには帰ってこないかもしれないのだ。今さらご近所づきあいなど知ったことか。今見たばかりの散らかった部屋も、萌の喪服が見つからないのも、私のせいじゃない。最寄り駅までゆっくりと歩いてはみたものの、後ろを振りかえっても萌が追いかけてくる様子はない。ふーっと深く息を吐いて、絵里子は駅の改札を一人で通り抜けた。

翌日は、このところすっかり春めいた陽気が一気に冬に戻ったかのように底冷えのする寒い日だった。萌は結局、喪服が見つからなかった、友だちに借りてきた、と、無邪気に絵里子に話す。絵里子は、だらしがない、と叱ることもしなかった。母には冬のコートを着せて、ウールのマフラーを巻かせた。母の憔悴ぶりは相変わらずだが、それでも葬儀に参加することで気持ちを切り替えてほしいと絵里子は思っていた。

喪服姿の人で溢れた斎場に入ると、すぐさま夫の姿が目に入った。夫も萌のように喪服を探すのに苦労しただろうか。多分、そうだろう、と思いながら、絵里子を見て目配せした夫を絵里子は無視して、入り口で母の名前を伝えた。

会社を経営していた隆さんの葬儀は、絵里子が想像していたよりも参列者が多く、盛大なものだった。当然、母は親族席の最前列に座るのだろうと思っていた。けれど、絵里子の母が案内されたのは、親族席からほど遠い席だった。困惑しながらそれでも一度は席に座ってみたものの、人の頭上の先に隆さんの遺影が小さく見える。自分や萌はまだしも、母に対してこのぞんざいな扱いはいったいどういうことだろう。母はそれでもその席に座り、肩を落として俯いている。思わず立ち上がった絵里子の腕を引っ張ったのは、いつの間にか隣に座っていた夫だった。

夫は絵里子の目を見てかすかに顔を横に振る。事を荒立てるな、と言いたげなその顔に不快な思いが泡立つ。絵里子は夫の腕を振りきり、最前列に座っている喪主、隆さんの息子さんに近づいていった。

絵里子の顔を見て、息子さんがぎょっとした顔をしている。絵里子は一度頭を下げ、小声で言った。

「申し訳ありません。あちらで少しお話を」

息子さんの隣にいる隆さんの前妻が絵里子の顔を睨んだ。けれど、黙っているわけにはいかなかった。絵里子に促されるようにして、息子さんが席を立ち、絵里子に続いて、入り口に向かった。

暖房のあまり利《き》いていない斎場ロビーの柱の陰で絵里子は一息に言った。

「私の母を一番前に座らせてやってください」

「あの、でも、それは母が」

この期に及んで自分の母が決めたことだ、と言わんばかりの息子さんに対して、絵里子は無性に腹が立った。みぞおちの下あたりがかっ、と熱くなる。まるでその場所に高温のマグマが溜まっているようだった。更年期の症状か、と絵里子は今まで思っていたが、違う。そこにあったのは、はっきりとした輪郭を持つ怒りの感情だった。私は怒っているのだ。その感情をずっと無視し続けていた。私は怒っていいのだ。

「隆さんの最期を看取ったのは母です。その母に対して、あんまりじゃないでしょうか」

少しずつ自分の声が大きくなっていくような気がしたが、絵里子は言葉を止められなかった。斎場に入っていく人たちが何事かと、絵里子と隆さんの息子さんに視線を留める。

「隆さんの妻は母です。母には親族席に座る権利があるはずです」

権利、などという言葉を絵里子は初めて口にしたような気がした。隆さんの息子さんはしばらくの間、困った顔をして絵里子を見つめていたが、絵里子は視線を逸らさなかった。

「……わかりました」

低い声でそう言って息子さんは斎場の中に入っていった。最前列に座っている彼の母親に耳打ちをしている。母親が振りかえって絵里子を睨んだ。負けるものか、と絵里子もその目を見つめた。しばらくすると、斎場の係員が絵里子の母を最前列に案内した。そうは言っても最前列の一番端、遺影からは一番遠い。それでもこの席よりかはずっといい。絵里子は自分を納得させようとした。

肩を叩かれ振りかえると、後ろの席に芙美子と秀君が並んで座っていた。先ほどの一部始終に気づいたのか、絵里子の顔を見て、意味ありげな目配せをした。絵里子も曖昧な表情を返した。

「私ももっと前でおじちゃんに会いたかったな」

ぽつりとそう言った萌の膝を絵里子はぽんぽん、と優しく叩いた。母が隆さんの側で最後を見送れるのならそれでいい。これ以上の騒ぎを起こすつもりもなかった。絵里子の座った席からでも、俯いて肩を震わせる母の姿が見えた。どこか冷静に進められている葬儀のなかで、母一人だけが血の通った人間のように思えた。最後の最後、棺《ひつぎ》が閉じられる瞬間まで、母は隆さんの遺体に取りすがって泣いた。母を棺から引き離したのは、母の側にいた絵里子の夫だった。母は夫に抱えられるようにしてその場を離れた。

隆さんの遺体が骨になるのを待つ間も母は泣き続けていた。隣のテーブルには芙美子と秀君、同じテーブルの、母の隣には萌が、その前に絵里子と夫が並んで座った。できれば夫とは離れていたかった。絵里子は目を伏せた。その沈黙に耐えかねたのか、萌が珍しくテーブルの上にあったポットから湯呑みにお茶を淹れ、皆の前に置いた。

しばらくすると、絵里子たちのテーブルに隆さんの息子さんが近づいてきた。

「あの……」

絵里子が顔を上げる。

「詳しい財産分与についてですが」

絵里子のなかで何かが弾けた。

「今日はそんな話をする日でしょうか」

思わず立ち上がった絵里子の腕を押さえたのは夫だった。ほんの一瞬、冷静になってまわりを見ると、その場にいた皆がなんの騒ぎか、という意味ありげな視線を絵里子に送っている。絵里子に視線を向けたまま、ひそひそと隣の者に耳打ちをしている人たちもいた。死んだ人を弔いに来た人の目つきではない。絵里子は虫酸《むしず》が走った。さらに口を開こうとした絵里子より先に夫が言った。

「それはまた後日に、ゆっくりお伺いしますので」

そう言って夫は深く頭を下げた。息子さんがどこか納得のいかない顔でテーブルから離れていく。その背中から絵里子は目を離さなかった。トイレに行きたいという母に、萌がついて行った。テーブルには夫と絵里子、二人だけになった。絵里子は自分の分だけ、湯呑みにお茶を注いだ。夫がすぐさま口を開く。

「いつまで怒っているんだ」

「…………」

絵里子はただ黙っていた。

「いつまでもこうしているわけにはいかないだろう」

「しばらくは帰らないわ。母の面倒も見ないといけないし」

「それでも連絡するから」

そう言われて絵里子は黙った。

この状態の夫のままならしたい話などない。目の前にいる夫にも、隆さんの前妻にも息子さんにも腹が立っていた。私は今、怒っているのだ。くつくつとした鬱屈が絵里子のなかで赤く燃えて火柱を上げていた。

葬儀の終わったあとも、絵里子は母を一人にしておくことができなかった。母は憔悴しきっている。母のことだから隆さんの後を追うようなことはないだろうが、それでも心配だった。とりあえず一週間は一緒にいよう。絵里子はそう決めて、萌と詩織に連絡を入れた。

葬儀の翌日に、隆さんの前妻から連絡があり、今住んでいる家は母のものになることだけが伝えられた。

「えっ、それだけですか？」

故人の遺産について、自分が口を挟むのは、はしたないと思ったが、絵里子はそれでも言った。

「十分だと思いますが」

それだけ言って電話は切られた。迷った末に絵里子は母にそのことを伝えた。

「十分よ」

敷きっぱなしの布団のなかで母はそれだけ言って布団をかぶった。

隆さんが母に遺したのは、母一人には広すぎるこの家だけだった。もし母がこの家を手放せば、母は亡くなるまで食べることに困ることはないだろう。そこに隆さんの狡猾《こうかつ》な計算のようなものを感じて、絵里子は思わず顔をしかめた。最後まで好きにはなれない人だったな。故人に対して失礼だが、どうしてもそう思ってしまう。

母は食卓まで起きてくることもなく、絵里子は三度の食事を母の枕元に運んだ。最初の二、三日は、ほとんど食事に手をつけなかった。これでは母が参ってしまう。絵里子は母を起こし、半ば無理矢理に、まるで赤んぼうに離乳食をあげるように、ひとさじひとさじ口に入れた。

それでも、母は日が経つにつれ、居間の炬燵まで起きてくるようになった。いつも身ぎれいにしている母だが、白髪が目立ち、化粧をしていないせいか、一気に年齢を重ねたように見える。

それほど寒くはない日に、絵里子は思いきって言ってみた。

「お母さん、髪の毛、染めてあげようか」

母は迷っていたが、絵里子が差し出した手鏡に映った自分を見て、ぎょっとした顔をした。買い物ついでに近くのドラッグストアに寄り、髪染めクリームを買った。母を日当たりのいい縁側に座らせ、ケープを巻いた。絵里子もビニールの手袋をして、母の髪を細かく分け、クリームを塗っていく。母にこんなことをしたのは初めてのことだった。

父の面倒は亡くなるまで看た。けれど、こんなふうに母に優しく接したのは初めてなのではないか。母も絵里子にそうされるのが慣れないのか、どこか体を緊張させている。

　ガラス戸越しに見える広い庭に、すずめのような小さな鳥が群れで降り立つのが見えた。松の大木や、絵里子には名前のわからない木々が庭のあちこちに植えられている。庭の隅には隆さんの趣味だったのか、木製の棚にいくつもの盆栽《ぼんさい》の鉢が置かれていた。家と同様、無駄に広い庭だった。定期的な手入れも必要だろう。母にそれができるのだろうか。そんなことをぼんやり考えていると母が口を開いた。

「いくら好きでも最後は一緒には死ねないのね」

　その言葉に絵里子はぎょっとした。何と答えていいかわからず、絵里子は染料とともに母の髪に幾度も櫛を入れた。

「誰と結婚しても同じだったか……」

　そう言って母は大きなため息をついた。髪の毛全体に染料が行き渡った。あとは十分ほど放置すればいい。

「お母さん、熱いお茶でも淹れるね」

　絵里子はそう言ってビニールの手袋をはずした。

　お湯が沸くまでの間、絵里子は台所から縁側にいる母を見た。広い庭に視線を向けているが何を思っているのか。ケープを巻かれた母は、ここからは小さな女の子のようにも見える。なぜだかそれを見ていたら胸がつまった。

お盆に湯呑みを載せて、母の元に運んだ。母が湯呑みを手に取り、小さな手のひらで包みこむ。

「性懲りもないね。結婚なんて一度で十分だった。それなのに同じこと三度も繰り返したのよ。結婚するたびに、今度こそは大丈夫だろうと、そう思っていたのに。男の人に自分の人生なんか預けたらだめね。わかっていたのに……」

深い沈黙が母と絵里子の間に横たわっている。そのことに耐えられずに絵里子は口を開いた。

「また結婚すればいいじゃない」

「もう懲り懲り。こんなおばあさん、誰がもらってくれるのよ。……絵里子、あんた、もし俊太郎さんと離婚したとして、もう一度、結婚したいと思う？」

「まさか」絵里子は思わず言った。離婚、という言葉にどきりとしたが、万一、そんなことになっても気持ちは同じだ。もう懲り懲り。母の言うとおりだった。

髪の毛を染めて、幾分気持ちに張りが出たのか、その日の夕食を母は残さず食べてくれた。夜は母の隣に布団を敷いて寝ていた。絵里子の自宅のマンションとも詩織のマンションとも違って、広い和風建築の一軒家はこの季節でも底冷えがする。母には毛布を重ねていたが、それでも足下が冷えるだろうと、湯たんぽを買って入れていた。

真夜中、絵里子は母の泣き声で目を醒ますことが多かった。しくしくという泣き声が長く続くときは、絵里子は布団から起きて母の背を撫でた。

その日も足下に湯たんぽを入れると、母が言った。

「ありがとう。あんたはほんとうに優しい子だ」

母はそんなことを言う人ではなかった。隆さんを亡くしてどんな心境の変化があったのか絵里子には到底わからない。けれど、母に優しいと言われて、それが母の老いを示しているようで、喜びよりも先に悲しみの感情が泡立った。

母と二人、眠るまで同じ天井を眺めた。

「お父さんのときもあんたはえらかったね。最後まで一人で面倒看て。私がなにもしないから」

そう言われてみて、自分が死に近づく父の面倒を看たのは、何もしない母へのあてつけの気持ちがあったのかもしれないと思った。今なら聞けるかもしれない。絵里子は布団のなかで体をかたくした。迷った末に口を開いた。

「お母さん。お父さん、浮気してたんでしょう」

母はしばらくの間、黙っていた。天井の常夜灯がぼんやりと部屋のなかを照らしている。浮気のことを尋ねるのはこれが二度目のことだった。

「そう……うん、そうよ」母はあっさりと認めた。

「それがわかったとき、悲しかった？」

「悲しくないわけがないじゃない」母の声に力がこもった。

「まさか、と思ったわ。最初にわかったとき、死のうと思った。それくらい悲しかった」

絵里子は子どもの頃の記憶を辿ってみる。母が父に冷たい態度をとっていることには気づいていた。けれど、母が悲しそうな素振りを絵里子に見せたことはなかった。

「父さんの、浮気相手ってどんな人だったの？　お母さん、知っていたの？」

「くわしいことはわからないけれど、父さんよりずっと若い人だった。相手の方は早くにご両親を亡くして、銀座で働き始めて。父さんと出会った頃には一人で小料理屋をやっていたのよ。会社の接待でその店を訪れた父さんとなんとなく縁ができて、そこから」

いつか芙美子が言っていた、父の病室で見かけたどことなく雰囲気のある人、という言葉を思い出した。一人で小料理屋をやっているのだったら、その言葉にも納得できる。

「お母さん、その人と会ったことあるの？」

「あるわけがない。……怖くて会えずじまいだった」

いつも強気の母から、怖くて、という言葉が出てきたことに驚いてもいた。

「銀座にあるその人の店の前まで行ってみたことはあるのよ」

「一人で？」

「そう……大通りから路地を少し入ったところでね。細い縄暖簾のお店。昼間だったけれど、店の前もきれいに掃き清められていてね。それを見ただけで、こんな店を一人で構えることのできる人はきれいで強い人なんだろうと確信したの。……着物姿の人が通りかかると、もしかしてこの人なんじゃないか、なんて」

　母の話を聞きながら、絵里子は夫が通っていた「渋谷ブルーベリージャム」のあたりまで足を運んだことを思い出していた。猥雑な性風俗の店が並んでいたあの一角。銀座の小料理屋とは大違いだが、やったことは母と変わらない。思わず、夫との一件を母に話してしまおうか、という気持ちがせり上がってくる。絵里子は迷った。けれど、自分が抱えているのは、銀座の小料理屋の美しい女将《おかみ》との浮気話ではない。「渋谷ブルーベリージャム」のサイトのトップページが絵里子の脳裏に浮かぶ。萌とそう年齢の変わらない女の子たちが下着姿で……。絵里子はぎゅっと目を閉じた。そのとき、母のすすり泣くような声が絵里子の耳をかすめた。顔を母のほうに向ける。顔を両方の手のひらで覆っている。

「お母さん、大丈夫？」絵里子は布団から起き上がって言った。

　泣きながらも、母は声に出さずに頷く。

「隆さんが亡くなったことは悲しいのよ。だけどね、お父さんに裏切られたことを思い出すと、あの出来事がいちばん悲しい。悲しさに優劣なんてないだろうけどね。男の人って信じられない、ってあのときいちばん思ったの」

母が絵里子のほうに顔を向けた。

「あのことがなかったら、二回も再婚してないわ。結婚するたび、この人なら大丈夫かもしれない、って賭けに出た気分だった。だけど、結果は同じね。私は隆さんのことを信頼していたけれど、残ったのはこの家だけ。やっぱり前の奥さんのほうが大事だったんだって、死んでからはっきり思い知らされたの」

「お母さん、財産のことが納得いかないなら」そう言った絵里子の言葉を母が遮った。

「ううん。何も厄介なことを起こすつもりはまったくないの。だけど、亡くなってから隆さんの真意がわかったということだけ。男の人はやっぱり信用できないね」

そこまで言うと母はまた手のひらで顔を覆って泣いた。

三度の結婚を経てなお、母が得た結論がそれだとしたら、結婚とはいったい何なのか。さめざめと泣き続ける母の腕をさすりながら絵里子は思い出していた。夫から結婚を申し込まれたときの気持ちの高まり。永遠の愛を誓った瞬間の鼓動の速さ。夫さえいれば何も怖くはない。この人といれば自分の人生はずっと凪の状態が続いていくのだろう。そう思った若い日の自分。今ではそれがもう何もかも遠い。

母はいつの間にか眠りについていた。絵里子も一度、布団には入ったものの、一向に眠気は訪れない。パジャマの上にフリースの上着を着て部屋を出た。温かいミルクでも飲もう。絵里子は台所に行き、小鍋に牛乳を入れ、弱火にかけた。夜の台所の寒さに、絵里子は思わず身震いした。そのとき、居間の炬燵に置いたままになっていたスマホが震える音がした。ガスの火を止めたときから、絵里子は夫からの電話だろう、という気がしていた。

「もしもし、僕だけれど」

聞き慣れた声なのに、絵里子にはまるでそれが見知らぬ男の声のように聞こえた。

夫と話をする場所を決めたのは絵里子だった。話は当然長くなるだろうし、誰かに聞かれたくもない。けれど、自宅には戻りたくなかった。絵里子は今住んでいる詩織のマンションの場所を夫に伝えた。今日、土曜日の午後の仕事は休ませてもらった。夫がやって来るのは午後一時。昨日の晩もうまく眠ることはできなかった。今朝も早い時間に目が覚めてしまった。朝食を用意したもののあまり食欲もなく、もうそうする必要もないくらい部屋は綺麗に整えられていたが、念入りに掃除機をかけ、それでも時間が余ってしまって、床の至るところを拭き掃除した。お昼過ぎになって、夫は何か食べてくるのだろうか、昼食を用意したほうがいいのか、とふと思ったが、そう思ってしまった自分はどこまでお人好しなのだろうと、絵里子は心のなかで苦笑した。

　玄関のチャイムがふいに鳴り、鼓動が早くなった。ドアを開ける。強張った表情の夫をなるべく見ないようにして、部屋の中に招き入れた。夫は白い紙袋を絵里子に渡した。

「近くの店でおいしそうなケーキがあったから」

　笑わずにそう言う。夫婦の危機に直面しているこの人もきっと緊張しているのだろう、と思いながら、絵里子は黙って紙袋を受け取った。コーヒーを出して、ダイニングテーブルに向かい合わせに座る。

　今日は暖かいので掃き出し窓は開け放ったままだった。マンションに面した大通りから子どもを大きな声で叱る母親の声が聞こえてくる。この部屋で声を荒らげることになるかもしれない。絵里子はそんな予感を感じて立ち上がり、掃き出し窓を閉めロックした。

「家に帰ってきてほしい」

　絵里子が再び椅子に座ると、夫が座ったまま頭を下げた。夫の頭頂部が目に入る。ずいぶんと白髪が増えた。そんなことを感じている自分の冷たさに驚きながらも絵里子は口を開いた。

「ただ、それだけ?」

　絵里子自身ぞっとするような声に、夫が顔を上げる。

「それで私が家に帰ると思う?　その一言で、ああそうですか、って納得すると思っている？」

夫にこんな物の言い方をしたのは初めてのことだった。けれど、絵里子の心は決まっていた。今日は思っていることをなんでも言うのだ。それは絵里子にとって恐ろしく、苦痛を伴うことでもあった。

「家に帰らないでどうやって生活してくんだ」

「私一人ならどうにでもなる。詩織は少しずつ店を任せてくれて、社員として雇ってもいい、と言ってくれている。ここにはいつまででも住んでいていいって。それに母と二人で暮らしたっていいと思っている」

最後の一言は本心ではなかったが、それでも絵里子は言った。

「君は母親としての役割を放棄するのか？」

「萌はもう十分に大人よ。二十年、私は母親としての役割を務め上げたと思っている。それに萌が望むのなら、萌と二人で暮らしたっていい」

「離婚する、ってことか……」

夫がうめくように言った。

「その前に大事な話が終わっていないでしょう」

それこそが、絵里子が今日夫に一番問わなければいけない話だった。絵里子は夫の目を見て言った。夫は絵里子から視線を外し、コーヒーカップを見つめている。

「あなたはどうして風俗に通っていたの？」

そう言ったあと、絵里子はコーヒーカップを手にした。自分の手がかすかに震えていることに気がついた。自分と夫という一組の夫婦にできた癌細胞のような出来事。表皮を切り開き、腫瘍を白日の下にさらすつもりだった。それを聞かなければ私は、私たちは一歩も前に進めないだろう。夫が顔を上げ、絵里子の顔を見て、すぐに視線を逸らした。きっと私は今、鬼のような顔をしているんだろう、と絵里子は思った。

「最初は……」長い沈黙が続いた。絵里子は夫の言葉を待った。

「最初は誘われて行った。二回目からは自分一人で行くようになった。大きな仕事を任せられて、その重圧に耐えられないときに、そこで憂さを晴らしたかった……」

「それを晴らすのは私では駄目だったというわけね。ポイントカードを作るほど通いつめていたんだもんね。私があなたのために食事を用意したり、洗濯物を畳んだり、風呂場のしつこいカビと格闘しているときに……それだけ、そこが楽しかったのね」

「…………」夫は墨を飲んだような顔で黙っている。

「その子はいくつなの？　その店にいる子は。あなたが通いつめるほど気にいったその子は？」

尋問めいている、と絵里子は思ったが、口から出てくる言葉を止めることはできなかった。

「二十三、だったと聞いている」

絵里子の腕がさっと粟立《あわだ》った。風俗で働く子が自称する年齢など当てにならない、と思っていても、嫌悪感が背中を走る。萌とたいして年齢が変わらない。目の前にいる夫がすーっと遠くに離れていってしまったように感じる。目の前にいるのは、長い年月、苦楽を共にした夫ではなく、ただの男。夫をそんなふうに感じたのは初めてのことだった。みぞおちのあたりにかっと熱を感じる。コントロールできない怒りが今、絵里子のなかで黒い竜のように暴れていた。気づいたときには絵里子は思わずカップに添えていたコーヒースプーンを手に取り、夫の顔に投げつけていた。スプーンは夫の眼鏡に当たり、金属的な嫌な音を立てて、テーブルに落ちる。夫が顔をしかめた。絵里子は思わず立ち上がり、コーヒーカップを摑もうとして手のひらを伸ばした。その手を摑んだのは夫だ。摑まれた腕から伝わる夫の体の熱が絵里子の怒りに油を注いだ。この人に触れられたくないとこんなにも強く思っている自分に絵里子自身が愕然とした。泣いてはだめだ、と思っているのに、涙が一筋右の目から零《こぼ》れる。それを子どものように手の甲でぬぐって、絵里子は再び椅子に座った。

掃き出し窓のカーテン越し、春を感じさせる日の光が部屋のなかに注ぎ込んでいる。世界はこんなにも明るく清潔なのに。

「私は長い間、家のなかにいてね」

夫が絵里子の顔を見つめる。そんなふうに見ないでほしい、と思ったが夫は目を逸らさない。

「いろんなことから置いてけぼりになっていたみたい。ううん、それが嫌だったわけじゃない。それが自分の務めだし、幸せだと思っていた」

言いながら、なぜだかキッチンのガス台が目に浮かんだ。調理をするたびに一点の汚れもないように磨いていた自分。調理をすればまた汚れるのに、それでも必死になって綺麗にしていた。磨き上げたガス台を眺めることが好きだった。ガス台だけじゃない。トイレも浴室も窓ガラスも、必死になって綺麗にしていた。験《げん》を担ぐわけではないが、家のなかを綺麗にしておけば、自分の家族にも災厄はふりかからないと思っていた。こんな形で夫に裏切られるなんて、そのときは思いもしなかった。

「あなたが通っていた風俗店のカードを見つけてから、私、いろんな女の人に会ったの。あなたも知ってる詩織。彼女は今、あなたが知っているような人じゃない。顔を変えて、女性とつきあっている。年下の恋人がいるの。彼女、とても今、幸せなんだと思う。それが私にとってはまぶしかった。自分がそうじゃないから」

絵里子はもうすっかり冷めてしまったコーヒーを口にした。やけに苦く感じる。

「旅行に出て、病を抱えている人にも会った。闘病しているのにその人も幸せそうだった。彼女に会って時間は有限だと思い知らされたの。あと何年生きるか、そんなこと誰にもわからない。あと十年もないのかもしれないし、三十年続くのかもしれない。五十二って若いのか年寄りなのか、わからないよね。だけどね、私はこのまま、あなたのしたことを見て見ぬふりをして生きていくことはできないの」

目を伏せて話しているのに、夫の視線を強く感じる。目を逸らしてくれないか、と思いながらも絵里子は話を続けた。

「詩織の彼女の友だちの、風俗の女の子にも会った。お客さんに恋愛感情を抱くことはない、と彼女は言った。だけど、来る人はみんな自分だけでは抱えきれない寂しさがあるんじゃないかと言っていた。あなたも、そんな寂しさを感じていたの？」

絵里子は夫の目を見た。空洞のような目だ、と思った。暗い、暗い穴がどこまでも続いている。長くいっしょにいたって共有できないものがあることなんて、頭ではわかっていた。けれど、目の前にいるこの人はそれを外で解消しようとしたのだ。私が知らない誰かと。私の知らない場所で。私に内緒で。

「浮気や不倫じゃないのだから、そんなこと、あなたが私に隠れて風俗に通いつめていることくらい易々と許せるのかと思っていた。だけどね、どうしてもだめなの。そのことを考えるとおぞましくなる。あなたという人に向き合えなくなるの」

絵里子は自宅を離れてから、ずっと考えていたことを言おうと思った。一度、深く息を吐いて、再び口を開いた。

「卒業したい、結婚生活から」

「離婚する、っていうことか」

「ううん、籍を抜くつもりはない。戸籍上はあなたの妻で、萌の母のままでいい。その権利は放棄したくないの。それくらい私には許されるでしょう?」

「じゃあ……別居ということか」

「そう言いたいなら言ってもいい。とにかくしばらくはあなたと暮らすつもりはないの。別居っていう言葉も私には正直しっくりこない。卒業よ。学校を出るみたいに家を、結婚生活を卒業したいの」

気がついたときには部屋のなかはすっかりうす暗くなっていた。どこからか低く雷の響く音が聞こえる。ぽつり、ぽつり、と掃き出し窓を雨粒が叩く音がする。

「家には帰らない」

絵里子は宣言するように言った。

「私とあなたは長い間夫婦としてやってきて、なんだかひとつのかたまりのようになって。それでいいんだ、と自分を納得させてきたけれど、いつの間にか、私は溶けてなくなってしまった。青臭いことを言うようだけれど、私は時間をかけて自分を取り戻してみたいの。家族の面倒を見るのはもう十分やった。自分の食べたいものを食べて、自分がしたいことだけをしたいの。私が私として生きるための時間を少しくれないかな」

「……俺にはもう気持ちがない、と」

「それすらも私にはわからないのよ。私が自分のしたいように生きることで、あなたが私のことを必要ない、と思うようになるのなら、それはそれで仕方のないことだと思っている」

雨が次第に強くなってきた。ひと雨ごとにこれから暖かくなっていくのだろう。季節は巡るけれど、私たちの関係も元いた場所に戻ることができるのだろうか。その巡りを自分は止めようとしている。それでも一度、自分の足下をじっくりと見つめてみたいのだ。それが絵里子の強い願いだった。

「君はこうと決めたら誰のいうことにも耳を貸すことは絶対にないものな」

夫はそれだけ言うと静かに立ち上がり、部屋を出て行った。玄関のドアが閉まる音がする。こんな雨のなかを傘も持たずに出て行った夫のことが、ちらりと心配になったが、絵里子はその思いを強制的に心の奥深くにしまい込んだ。夫が持ってきたケーキの箱はテーブルに置いたままだった。絵里子は立ち上がりキッチンに向かう。ゴミ箱の蓋を開け、ケーキの箱をたたきつけるように捨てた。

「えっ、いいんですか？」

「うん。いいの、茂木さんがやりたいようにやって。私に似合うと思うスタイルに。カットもカラーも全部おまかせする。パーマが必要ならそれも」

「わかりました！　なんだかうれしい。頑張ります」

そう言って茂木さんは絵里子にカット用のケープを着けてくれた。茂木さんの鋏《はさみ》は迷うことなく動き始め絵里子の髪を切り始めた。白いケープの上を濡れた髪の束が滑り落ちていく。

詩織のマンションに暮らし始めてからも美容院だけは変えなかった。自宅の最寄り駅のそばにあるその美容院にかれこれ五年以上は通っている。駅に降り立つたび、絵里子の胸のなかにちりちりとした思いが浮かんでは消えたが、自宅のマンションには絶対に帰らない、とだけ決めて、美容院を出たあとは電車に飛び乗った。

髪型を大胆に変えてみたい、と思ったのは、思い返せば、ＯＬ時代に高峯さんとの恋愛が終わったとき以来のことだった。結婚して、萌が生まれてからは、悪目立ちせず、手入れしやすければなんでもいい、という消極的な気持ちで髪型を選んでいた。昨日の夜、風呂上がりに浴室の鏡を見ながら思った。髪型を変えてみようか、と。髪型も、髪色も全部変えてしまいたかった。

鏡越しに見える茂木さんの目は真剣だ。いつもは軽快なおしゃべりで絵里子をリラックスさせてくれるのに、今日はカットに集中している。仕事をする女の目だ。絵里子は黙って、渡されたｉＰａｄに目を落とし、雑誌を拾い読みした。

「これくらいいっちゃってもいいですか？」

ふいに声をかけられて絵里子が顔を上げると、茂木さんが襟足の髪を指で挟んでいる。

「もちろん」

「了解です！」

そこまで切ってしまえば、襟足も首筋もあらわになる。けれど、そこに人の視線が行くのなら、手入れをすればいいだけのことだ。顔回りはできるだけすっきりさせておきたい。詩織の店の手伝いを始めてから、体重が減ったことも、絵里子をほんの少し大胆にさせていた。ｉＰａｄをスワイプする指の先にはざくろ色のネイルが塗ってある。ネイルを塗り始めたら、何も塗っていない爪がまるで裸の状態でいるように思えた。詩織の店で接客するとき、美しい下着を手にする自分の手があまりにも貧相に思えて、それ以来、爪と手を手入れした。仕事の合間にはこまめにハンドクリームを塗った。手の皺が消えるわけではないが、それでも家事とパートで酷使していた手はやわらかな艶をたたえるようになった。

この夏に詩織は二軒目の店を出すことになった。広尾の店は絵里子さえ、その気なら、店長になってほしいと頼まれていた。まだ正式な返事はしていないが、絵里子はその申し出を受けるつもりでいた。最初の頃は詩織がいなければ接客などできなかった。それでも、二カ月が過ぎる頃には、お得意様の顔や好みを覚え、新しくやってきた客の好みに合うような下着を選ぶことが少しずつできるようになっていた。

「わあ、これ、とっても綺麗」

試着室からそんな声が聞こえてくると、絵里子の心も躍った。詩織がくれる給与のなかから、絵里子も自分の下着をできるだけ買うようにした。

「いくら、割引が利くって言ったって、そんなに買ったら生活費も残らないじゃない」

と詩織にたしなめられるほどだった。でも、自分が使っていないものをお客さんにすすめるわけにはいかない。今まで絵里子が買っていた下着の三倍から五倍ほどの値が張るものだが、その良さは実際に身につけて初めてわかった。小さな宝石をつけている気分だった。それも誰からも見られない宝石。買った下着をチェストの引き出しに並べて眺めることも好きだった。高価な下着を身につけていると、上にどんな洋服を着ていても、なぜだか背筋が伸びる。綺麗なものは心を豊かにする。そんな当たり前のことに改めて気づかされた。下着だけでなく、洋服にも気をつかった。そうはいっても高価な洋服を好きなだけ買うことはできなかったから、詩織がもう着ない、といったシンプルなモノトーンのワンピースや洋服を譲り受け、スカーフやネックレスでアレンジした。靴も普段履いていたぺったんこの靴でなく、少しヒールのあるものに替えた。ヒールの靴を履くなんて、冠婚葬祭や同窓会のときを除いてＯＬのとき以来のことだった。最初はつま先の痛みや靴ずれに難儀したが、それでも時間が経つと慣れた。

「カラー、少し明るめにしましょうか。……アッシュブラウンも似合うと思うけれど」

「じゃあ、それで」

即答する絵里子に茂木さんが目を丸くしている。今まで、前と変わらないように、というオーダーしかしてこなかったのだから当たり前だ。茂木さんが似合うというのなら、どんな奇抜な髪型でもいい。絵里子は新しい自分に生まれ変わりたかった。染め上がった髪を丁寧に洗い流してもらう。自分のなかに溜まった古い澱《おり》のようなものもさっぱりと洗い流してもらいたかった。

「うん、かっこいいですね」

絵里子の耳元で、ブローをするドライヤーの音に負けないように茂木さんが言う。鏡のなかに、少し前下がりのボブではあるが、後ろは襟足ギリギリ、短めの前髪の自分が映っているのを見た。髪の短さは少し気恥ずかしくもあるが、悪くない、と絵里子は思った。

「なんだか、こういう大ぶりのピアス、似合いそうですね」

茂木さんが自分の耳に下がっている鼈甲《べっこう》色のリング状のピアスを指差しながら言う。

確かにそうだ。今度、どこかで探してみようと絵里子は思った。

新しい髪型も、新しい下着と同じだ。この髪型に似合うように、体重を増やさないように節制して、お客さんにも物怖《ものお》じしない服装をするのだ。

「ほんとに素敵」と何度も褒《ほ》めそやす茂木さんの言葉に照れながら、絵里子は店を出た。

「ママ、なんか、かっこいいね」

この頃は週末になると絵里子の元にやって来ている萌が玄関ドアを開けた絵里子を見るなり言った。

「すごい似合ってる」

下着を売る店で働くようになって思ったことだが、服装や髪型、メイク、アクセサリーなど、女が女を褒めそやすのは心からの言葉だ。絵里子も最初は誰かを褒める、ということがうまくできなかった。詩織の接客はプロだしスムーズだ。お客さんを褒める言葉がつるつると口をついて出る。けれど、いつか詩織に言われて気づいた。

「褒めているのが本心からなのかそうじゃないのか、相手にはすぐにわかるから」

怖い気持ちにもなったが、それでも来店するお客さんのいいところをどこかひとつ見つけて褒めるようにした。褒めれば、褒め返される。それは女同士のやりとりのルールだ。絵里子は褒められる、ということにも慣れていなかったが、この頃は心から「ありがとうございます」と笑顔で返すことができる。

「萌の口紅、素敵じゃない」

「うん。これサンローランの新作のティント、いいでしょう」

萌は褒められることに無邪気だ。

「あとでママにも塗ってあげる。で、今日の夕飯何？」

「圧力鍋で時短ビーフシチュー」

「やったあ」

「萌も手伝ってよ。手伝わないなら食べさせない」

「えー」と子どものように口を尖らせる萌に無理やりエプロンを押しつけ、玉葱《たまねぎ》の皮を剝かせた。狭いキッチンに二人並んでシチューの下ごしらえをした。ふと横に目をやる。包丁を持って人参を乱切りにしている手つきはまだまだ危なっかしいが、それでも萌の華奢な肩を見ると、二十歳を過ぎた娘なのに、かわいい、と思う。自宅にいたときのような、どこかしら薄い紙一枚挟まっている気がする隔たりを今は萌との間に感じない。それもべったりと毎日一緒にいないからだ、と絵里子はわかっている。

「あと二十分くらいで出来るかな」

圧力鍋をガスの火にかけて、絵里子はエプロンを外した。

「ママ、紅茶飲む？」

そう言いながら、萌がケトルに水を入れる。詩織のマンションなのに、親子で自分の家のように使わせてもらっていることに絵里子は少し罪悪感を持つ。詩織はいつまでだっていていいよ、と言ってくれてはいるが、その言葉に甘え続けるわけにもいかない。自分一人だけが住む部屋を借りるのか、萌と二人暮らしをするのか、一人になってしまった母と暮らすのか、それとも……。どれを選ぶにしても、夫とこれからどうしたいか、決めなければならない。けれど、絵里子はその決断をもう少し先延ばしにしたかった。自分一人だけの甘い生活にもう少し浸っていたい。

　出来上がったシチューを皿に盛り、萌と向かい合わせに座った。絵里子が席に座っていないのにすぐさま食べ始める萌を見て、

「こらっ」と絵里子がたしなめると、

「だって、おなかぺこぺこなんだもん」と言いながらもスプーンを置く。

「じゃあ、食べようか」

「いただきます」

　いつか、萌が幼いときにこんなやりとりを幾度もしたことを絵里子は思いだしていた。萌が幼稚園の頃だろうか。家族がみんな揃ってから、手を合わせていただきますを言うのよ。萌は小さな手を合わせて、舌足らずにいただきます、と口にしていた。家族三人、テーブルについてから、食事を始める。それが暗黙のルールになっていた。けれど、萌が中学に入り、部活の朝練が始まり、夫も朝早く出て行くようになると、絵里子はただの給仕人になった。いただきます、も、ごちそうさま、も言わずに、二人は家を飛び出していった。二人が残した朝食を、洗濯機の回る音を聞きながら、一人でもそもそと食べていた。母親なんてこんなものよね、とそのときは思っていた。けれど、あのとき、

心に思ったことをもっと正直に言っていたら。萌が激しい反抗期になったときに、腫れ物に触るようにではなく、全身でぶつかっていたら。萌と警察から帰ったとき、なぜ警察にいたのか、と大声で叫んでいたら。いくつもの、もし、が絵里子の頭に浮かんでしまう。子育てなんて後悔ばかりだ。

それでも、今、萌が自分を慕《した》ってこうしてここにやって来てくれるだけでいい。世間から見れば通りのいい親子関係じゃないのかもしれない。でも、世間なんて、いったいどこにあるんだろう。あるように思っているだけで、それには実体がないのかもしれない。

「ママ、ママ！　もう、ぼーっとして」

「ごめん、ごめん」

絵里子は慌ててスプーンを手にする。

「ママ、好きな人でもいるの？」

「まさか！」絵里子の手からスプーンが落ちて皿に当たり、耳障りな音を立てた。

「まさか、そんな人いるわけないじゃない」

絵里子は動揺しながらティッシュを一枚引き抜き、慌てて口を拭った。

「でもさ、いてもいいんじゃないの」

萌が口をもごもごと動かしながら言う。

「こら、口に物が入ったまましゃべらない」

絵里子は叱ったつもりだが萌に気にする様子はない。

「つきあわなくたって好きな人がいていいじゃない」

萌はまるで友だちに恋バナをするような口調で続ける。

「別居している状態で、そんなことになったら……」

絵里子は一瞬口ごもったがそれでも言葉を続けた。

「パパと同じになっちゃうじゃない」

「ふーん」

萌の前で初めて夫と自分との状態を「別居状態」と言葉にしたのに、萌はそれすら気にする様子もない。

「でも、今のママ、とっても綺麗なんだもん。ママのこと好きになっちゃう人がいるかもしれないよ」

「そんな奇特な人、いるわけないじゃない。ママ、いくつだと思っているの？」

「年なんて関係ないよー」

「萌……まさか」

「違う違う、私のことじゃないよ。私だって、今つきあっている人なんていないもの」

嘘かもしれない、とも思ったが絵里子はそれ以上の追及を意識的に止めた。

「家でぐつぐつしていたママよりよっぽどいい。綺麗だし、なんかかっこいい」

「ぐつぐつって」絵里子は苦笑した。萌にはそんな風に自分が見えていたのか、と改めて認識させられた。

「ママは今のママでいい。今のパパなんかひどいもんだよー」

そう言って萌はテーブルの上に置いたままのスマホを手にとって写真を探し始めるが、

「パパの写真、見ないわよ」

ぴしゃりと絵里子は言った。

「ママの怒りは当分おさまらないね」

萌の言葉に絵里子は返事をしなかった。

「でも、あの家にママがいないとやっぱり寂しいかなあ。……私、ここに住んだらダメかなあ？」

「だめ」

「こっわ。しっかし、ママ、強くなったね」

萌が来たら、あの家にいたときのようになんやかんやと萌の面倒を見始めてしまうだろう。萌の服装や下着や、帰りの時間が遅いことに気を揉《も》む。もうそういう時期は卒業したのだ。

萌は子どものように口を尖らせたまま、絵里子の顔を見ている。

「萌、ごめんね。ママはもう萌の子育ては卒業したつもりでいるの。萌はもう立派な大人だし、一人でなんでもできる。一生懸命に子育てしたんだもの。母親の役割はもう終わったんだと思う。だから萌とも、一人の大人として対等に話したい。パパとのことはどうなるかわからないけれど、ママ、もう少し、ここに一人でいたいの。わかってくれるかな？」

萌はしばらく黙っていたあと、手にしたスプーンで皿の中の残りのシチューをかき集め、それをぱくりと口に含んだ。

「わかった。でも、ママはやっぱり私のママだよ。自分のことは自分でする。パパも苦労しているけれど、ママがいなくなってママがやってきたことの大変さがやっとわかったと思う。パパとママがこのあと、どうするか、どうなるか、わからないけど……」

「うん」

「ママは私のママでいてくれるよね」

「もちろん」

絵里子のその言葉に萌がほっとした顔を見せた。

「シチューお代わりしようっと」

萌が立ち上がった。短いスカートから細いまっすぐな足が伸びている。その膝の裏の白さに絵里子は改めて萌という人間の若さを知った。自分が萌くらいの頃、今のような人生を自分が歩いているなんて、誰が想像できただろう。でも、予期せぬほうに人生が進んでいくのがおもしろい。絵里子は思った。どっちに転んでも私の人生なんだ。そう思えるほどに今の絵里子は自由で、世界は明るい光に満ちていた。

みなもの写真展が行われたのは、五月の終わりのことだった。

絵里子もオープニングパーティーに呼ばれ、会場のギャラリーに足を運んだ。地下に続く階段を降り、ガラス製の重いドアを開けると、たくさんの人に囲まれているみなもが手をあげて絵里子に合図した。絵里子も手をあげる。飾られている写真のほとんどはモノクロの女性のヌードだった。絵里子は一枚、一枚、写真を丁寧に見た。詩織の家のパソコンで見るよりも、大きく引き伸ばされた写真たちは、まるで生きている人間が目の前で自分を見ているような迫力がある。絵里子は、自分の写真はどこに飾られているのかと、どきどきしながら目で追った。そのとき、肩を叩かれた。振り返るとワイングラスを持った詩織が立っている。胸元が大きく開いたフラワープリントのドレスを着た詩織は、今日は一段と美しく見えた。

「絵里子の写真はこっち」

詩織が絵里子の腕を引っ張る。絵里子の鼓動が高まった。その写真はほかの写真よりも小さかったが、ギャラリーのいちばん奥に飾られていた。絵里子の写真はもちろん着衣で、詩織の家でいつの間にか撮られたものだった。そのとき何を着ていたのか、どんな表情をしていたのかもちろん覚えていない。

「絵里子さんの写真も飾るよ」と、個展案内のポストカードの片隅に書かれたみなもの文章を読んで仰天したが、「飾らないで」とは言わなかった。

絵里子は自分の写真の前に立った。詩織のマンションのソファに座り、ワイングラスを見つめている横顔の写真だった。髪を切ったばかりの頃だ。

「いいわね、この絵里子」詩織が絵里子の腰に手を回して言った。

「私じゃないみたい」

「百戦錬磨の恋愛を切り抜けてきた女の顔だよ」

「まさか」

「なんか物憂げでさ、色っぽくていい」

「みなもさんてすごいよね」

「あの子はものすごい才能があるのよ。私はずっと前から知ってた」

そのとき、みなもが後ろを通りかかり、詩織の頬に一度キスをし、再び、人の輪に加わっていった。

「遺影はこれにするわ」

「馬鹿言わないでよ」

「こんないい写真、もうこのあと、ないもの」

「いくらだってみなもが撮るよ。まあ、有名になっちゃったら、難しいかもしれないけれど。あ、ちょっとごめんね」

それだけ言うと、詩織は絵里子のそばを離れた。ギャラリーにやってきた人と挨拶を交わし、ワイングラスを渡す。個展を開けたことがみなも以上にうれしいのだろう。

絵里子はもう一度、自分の写真の前に立った。さっき詩織に言ったとおり、自分じゃない感じがする。ほかの写真はほとんどがヌードなのに、着衣の絵里子の写真だけが浮いている、とも感じた。でも、と絵里子は思う。この私は悪くない、と。

「なんだか雰囲気が変わりましたね」

声をかけられたものの、その女性が誰だか一瞬わからなかった。絵里子の様子に気づいたのか、女性が絵里子の耳元で囁く。

「私、みなもさんの友だちの、風俗の」

「ああ！　あのときの、楓さん？」

そう言って絵里子は楓の顔を見つめた。ロングヘアはショートに変わり、あの日会ったときに感じたような、うっすらとした影のようなものは消え去っていた。

「でも、今はもう違うんです。ネイルの店を出す資金が貯まったので。あの、もし良かったらいらしてください」

そう言いながら、楓はカードを絵里子に渡した。ネイルサロンの名前と住所が書かれた小さな紙片。右端にブーケのイラストが描かれている。

「お店、出されるのね？」

「ええ、このギャラリーの近くなので、いつでもどうぞ」

「そう、ほんとうにおめでとう！」

「ありがとうございます」そう言って目を伏せる楓の瞼に細やかなラメが光る。

「私……この写真がいちばん好きです。このなかで」

「ええっ」絵里子は目を丸くした。

「年齢のことを言ったら失礼かもしれませんが、自分もこんなふうに年齢を重ねたいと思いました」

「そんな、私なんて、ただのおばさんよ」

「また、始まった。絵里子さんの自虐《じぎゃく》自慢」

いつの間にか後ろに立っていたみなもが、絵里子の肩越しに顔を出して笑いながら言った。

「ただのおばさん。私なんて。最近、絵里子さん言わないと思ったら、やっぱり言ってた」

「そうかな……」

「そういうマウンティングなんてもう流行らないよ。自分を一段下げて物を言うなんて。私はただのおばさんです、って自虐のようでいて、実は上から物を言っているようにも私には聞こえるよ」

そう言ってみなもはグラスのワインをあおった。今日のみなもの服装は、詩織が選んだのだろうか、黒いノースリーブのミニのワンピースだった。パーカとデニム、という服装より、ずっと似合う、と絵里子は思った。珍しくその顔には化粧が施されている。チークのせいなのか、ワインのせいなのか、頬は紅潮し、いつもより生き生きと輝いてみえた。

「でもね、私にはみなもさんのようにこんな写真を撮る才能もないし」

「才能がないと生きていちゃいけないの？」

絵里子は黙った。

「何か特別なことをしなくちゃ、人は生きていたらだめなのかな？　この写真のモデルさんのなかには専業主婦の人だっているよ。独身で、子どももいなくて、仕事をしてない女性だっている。世間から脚光を浴びたり、ミラーボールみたいにぴかぴかに輝いている人ばかりじゃないんだよ。この子みたいに、世間には大っぴらに言えないような仕事をしていた子もいる」

みなもはそう言って隣に立っていた楓の肩に手を置いた。彼女がやわらかく微笑む。

雲間から顔を出した三日月のような微笑みだった。

「悩んでても、恥ずかしくても、自分のことを卑下したりしない。私はそういう女の人が撮りたいんだ。みんな真剣で、一生懸命で、自分の人生を生きてる。だから、みんな、私はただのおばさんです、なんて、言わないよ。自分の人生でいっつも闘ってる、どんなときでもバッターボックスに立ってる、いっつも土俵に立って」

　言いながら、みなもが笑い出した。

「そんなお相撲さんみたいな人はいないか。だけどね。私は絵里子さんに会ったとき、ほんとうのことをいえば、絵里子さんのこと嫌いだった」

「……」そうだろうと絵里子も思っていた。

「いつだって誰かが自分のことを決めてくれるのを待っている子どもみたいだったもの。旦那さんとのことだって、いじいじずっと悩んで詩織に泣きついて。だから、絵里子さんを撮りたいなんて思わなかった。だけど、絵里子さん、詩織のマンションに暮らすようになってからどんどん変わっていった。この人、やっと自分の人生を歩きだしたんだ、って思ったの。最初に会ったときには知らなかった顔を絵里子さんはするようになった。私が絵里子さんという女性を撮ってみたいと思う顔をしていた。だから撮ったの」

　そう言ってみなもは絵里子の写真を指差した。

「いい女の顔だよ」

「私もそう思う」楓の声が続いた。

絵里子はみなもの細い首に抱きついていた。目の端に涙がにじむ。

「昔の絵里子さんなら、こんなこと絶対にしなかった」

絵里子は背中にみなもの手のひらの温もりを感じていた。


「ここにあるほとんどがゴミね」

そう言って母は腰をさすった。

「大事なものだけ持っていって、あとは一切合切業者に引き取ってもらうわ」

芙美子と秀君が同時にマスクを外しながら、

「それがいい！」

「もう収拾つかない！」

と声を揃えて叫ぶ。母の言葉に芙美子と秀君同様、絵里子もほっとしていた。

「お茶にしようか」そう言って縁側の籐の椅子に座った母の言葉に応えて、絵里子は台所に立った。薬缶《やかん》をガス台にかけながら、絵里子はあまりに広すぎる庭を見た。隆さんが亡くなってから庭の手入れもしていないという。雑草は夏の光を受けて、大人の膝あたりまで伸び放題に伸びている。池のそばで秀君が鯉にえさをやっているのが見えた。第一志望の中学に無事合格を果たした秀君はいつのまにか眼鏡をかけていて、驚くほど身長が伸びていた。まるでこの庭の夏草みたいだ。

「お姉ちゃん、手伝うよ」

そう言って芙美子はシンクで手を洗い、食器棚から湯呑みを出した。

母とは隆さんの葬儀以来、一、二週間に一度の割合で会ってはいたが、芙美子とも、芙美子にくっついてやってきた秀君とも会うのは久しぶりのことだった。

「秀君、おっきくなったねえ」

「まあ、今はまだこうやって私にくっついて来るけれど、中学生になったらなったで大変だよね。男の子って何考えているのかわからないところもあるし。萌ちゃんだって反抗期のとき、すごい大変だ、ってお姉ちゃんこぼしていたじゃない」

「そうだったそうだった」

萌の反抗期、そして警察での出来事を思い出すと、絵里子の胸はまだちくりと痛む。

「萌ちゃんは元気なの？」ガスの火を消しながら芙美子が絵里子に尋ねる。

「なんだかんだ言いながらマンションには来るのよ。おなかすいたーなんて言いながら。どこが萌の家だかわからない」

「お姉ちゃん甘いからなあ……」

お湯を急須に注ぎながら芙美子が歌うように言う。芙美子に絵里子の今の状況を伝えたのは、梅雨の終わりの頃だった。詩織のマンションで夫の事の顛末《てんまつ》を絵里子は洗いざらい話した。芙美子は始終冷静だった。絵里子の話をただ黙って聞き、最後にただ一言だけ言った。

「夫婦のほんとうのところなんて、どんなに言葉を尽くしてもわからないものだよね」

その言葉が絵里子の深いところに響いた。夫が風俗に通っていたから、それに怒って家を飛び出した。そう簡単にまとめられてしまえば、いくつもの思いが絵里子の胸から零れ落ちてしまう。芙美子が離婚する、と聞いたとき、

「あんなにいい人なのになんで？」

と無邪気に聞いた自分を改めて恥じた。男と女が夫婦になる。子をなす。そうまでしても気持ちは簡単にすれ違う。あのときの自分はなんにもわかっていなかった、と絵里子は思った。

「仕事忙しいの？」

「まあ、それなりにね、日々闘いですよ。会社で少しえらくもなったし。秀にはまだまだお金もかかるし」

そう口では言うが、芙美子には疲れた様子もない。むしろすっきりした顔をしている。みなもが撮りたいと思うような女性に見える。絵里子は縁側にいる母を見やった。隆さんの葬儀直後は憔悴ぶりが激しかった母だが、それでも今では穏やかな笑顔を見せる日も多くなった。今、住んでいる横浜の家を売り、この近くに中古の小さなマンションを

買って移り住む、と言われたときは、母のなかでも一区切りがついたのかと思った。

お盆に湯呑みを三つ、秀君のためにオレンジジュースのグラスを載せて、絵里子は母のそばに座った。

「ありがとう」

母はそう言って絵里子を見て、目を細める。母は会うたびに穏やかになっていくような気がする。ありがとう、などと、実家で暮らしているときには言われたことはなかった。そう言われるたび、母の老いを見せられたようで絵里子の胸のうちはざわめいた。

「お母さん、そろそろ、髪の毛、染めようか」

絵里子がそう言うと、襟足に指を伸ばしながら母が口を開く。

「もういいわ。髪の黒さなんて、もうどうでもいい。いい加減、ちゃんとおばあちゃんにならなくちゃ」

なぜだかその言葉に胸が詰まった。

「今日は晴れてるし、日が陰ってきたら、海まで行ってみようか。せっかく秀君が来てくれたんだし。秀君、ほら、オレンジジュース」

庭石をぴょんぴょんと跳ねるように伝い歩きしながら、秀君が母の元に近づく。母から受け取ったオレンジジュースを喉を鳴らして飲む秀君を母が目を細めて見る。母といられる残り時間、という言葉が絵里子のなかでふいに浮かんだ。

夕方になって、母と絵里子、芙美子と秀君は海に向かった。秀君は半ば走り出すようなスピードで歩いていく。

「ちょっと、秀！　車来るからよく見て！」

芙美子も秀君の後を追う。絵里子は日傘を差した母と二人、ゆっくりと海までの道を歩いた。海についても秀君のはしゃぎようは変わりがなかった。母の家のそばにあるのは海水浴には適さない岩だらけの海だが、それでも海が見られることがうれしいのか、母の家の庭石の上をジャンプしていたように、岩と岩の間を跨《また》いでいく。

「もう、秀！　あんまりそっちに行ったらあぶない！」

芙美子も秀君のそばに行ってしまった。絵里子は二人が見える距離の、けれど波は来ない平たい岩の上に、母の家から持ってきたバスタオルを広げ、母に座るように促した。母の腕をとり、ゆっくりと座らせる。絵里子も隣に腰を下ろした。

「おとなしそうに見えても、やっぱり男の子なんだね」

絵里子がそう言うと、母は何も言わず、かすかに微笑んだまま、日傘をゆっくりと回した。引き潮の時間なのか、岩場といってもそれほど波は荒くはない。ゆっくりと波はやってきて、岩場で静かに砕け、そして、また海に返っていく。

「お母さん、私ね」

母の耳元で絵里子は話し始めた。最近、耳が遠いのでは、と思うことの多い母のために大きな声ではっきりと。夫とうまくいかず、離れて暮らしていること。友人の店を手伝っていること。夫との仲をどうするのか、自分のなかではまだ決着がついていないこと。

「そんなことじゃないかと、なんとなく思っていたわ」

母が日差しに目を細めて絵里子の顔を見た。母の目尻に深い皺が寄る。

「子どもの頃から絵里子はね」

「うん」母の言葉を聞き取るために絵里子は母に顔を寄せた。

「絵里子は子どもの頃から、言いたいことも言わずにじっと黙って耐えているような子どもだった。私に何か言いたいことがありそうな顔をしているのに、口を真一文字に結んでね。私よりお父さんのほうが好きなんだろう、と思っていたし、実際、絵里子もそういう素振りを隠さないし。芙美子にはぽんぽんとなんでも言えたのよ。同じように産んだ子どもなのにね。芙美子には言えるのに絵里子にはこれは言えない、ってことが思い返せばたくさんあった。あのね、娘にこういう言い方をするのもどうかと思うけれど」

「……」

「ん？」

「私が親なのに、絵里子にこれを言ったら怒られるんじゃないか、なんてね。親なのに絵里子のことが怖かったのよ、私」

「怖い？」思わず絵里子は聞き返した。

「私がお父さんのことを責めたり、お父さんの看病もしなかったり、再婚したり、また懲りずに結婚したり。そういう私のこと、絵里子はどこか憎んでいたでしょう？」

「憎むなんてそんな」

「でも、いい気持ちはしなかっただろうし、そういう生き方をする私のことをどこか許せないと思っていたでしょう？」

「…………」絵里子は黙った。波と風の音だけが、耳のそばで渦を巻くように聞こえる。図星です、とはとても言えなかった。

「そういうかたくななところは絵里子のいいところでもあるのよ。絵里子の思っていることは正しい。だけどね、人間、正しいことだけじゃ生きられない。世間に指をさされることだってわかっていてもね、どうしてもそっちに進んでしまうことってあるのよ。絵里子と俊太郎さんとの間に何があったのか私は知らない。だけどね、私みたいに俊太郎さんも絵里子に対して、この人には話せない、と思うことがあったのかもしれないね」

　絵里子は俯いてサンダルを履いている足に目をやった。赤いペディキュアが太陽の光を受けて艶やかに光っているが、その色がどこか場違いのようにも見えた。

「絵里子を責めてるわけじゃない。それだけはわかってくれる？」

絵里子は子どものようにこくりと頷いた。

「お母さん、後悔がひとつあってね」

「隆さんのこと？」

「ううん、違うの。お父さんのこと」

岩場に立ち上がった秀君がこちらに向けて手を振った。絵里子も振り返した。

「絵里子に全部押しつけてね。お父さんを看取ってくれたのは絵里子だけだった。最後くらい、ほんの一瞬でもそばにいるべきだったんじゃないか、なんて、この頃よく考えてしまうのよ。病院に顔を出すなんて、いくらでもできたはずでしょう。お父さんの浮気を許せなかったことは確かだけれど、最期は言葉を交わすべきだった。だけど、なんて言ったらいいのか、あのときはまだ怒りに怒っていたから」

そう言って母はかすかに笑った。母の言葉を聞いて夫への怒りもいつか治まる日が来るのだろうかと絵里子は思った。

「嘘でもいいから、あのときのことはもういいのよ、なんて、言ってあげればよかったわね。だけど、それが、どうしても言えなかった」

そう言いながら、母がゆっくり立ち上がろうとする。絵里子は母の体を支えた。日が傾き、西日が絵里子の目を射る。母の小さな日傘に二人で隠れるようにして立った。母が腰をさする。

「私の言うことなんて話半分で聞きなさいな。絵里子に説教できるほど、私はいい人でも清廉潔白な人間でもないもの」

秀君と芙美子が岩づたいに歩いてくる。母が絵里子の腕をとり、手を繋《つな》いだ。母と手を繋ぐなんて何年ぶりのことだろう。その記憶をたぐり寄せることができない。それでも、母の手の小ささとあたたかさが、絵里子の胸の奥深くに残るしこりを慰撫してくれるような気がした。

「絵里子と俊太郎さんがどういうことになっても、お母さんは何も言わない。言える立場じゃないもの。私は三回も結婚したの。絵里子が離婚したって再婚したって何も言わない。生きたいように生きなさい。五十代なんてまだまだ若いわ。八十まで生きたとしてまだ三十年もある。後悔しないように生きなさい。お母さんが言えることはそれだけ。それだけしかないわ」

秀君と芙美子が絵里子たちのところに戻ってきた。秀君が岩場で転んだらしく、膝に血が滲んでいる。

「もう、油断も隙もない。まだまだ子どもなんだから！」

「子どもじゃない！」

「親のお金でご飯食べてるうちは子どもなの！　あら、お姉ちゃん」

「なに？」

「いや、お母さんとお姉ちゃんが手を繋いでいるのって珍しいな、って」

「私が子どもに戻ってるんだもの。秀君と同じよ。足下がおぼつかないんだから」

そう言って母が笑う。

「私も繋ごうっと」

芙美子がそう言ってもう片方の母の手をとった。

「なんだよ。俺だけ仲間外れ」

すねたような口をきく秀君を見て、女三人は笑った。

「ほらほら」

芙美子が秀君に腕を伸ばしたが、秀君は恥ずかしいのか手を繋がなかった。女三人、声を上げて笑いながら、手を繋ぎ、岩場を下り、波に濡れた砂浜を歩いた。


今年の夏も去年と同じように酷暑がやって来るのだろうか、と絵里子は掃き出し窓のカーテンを開けながら、遠くに目をやった。渋谷方面にある高層マンションの角のあたりに朝日が反射し、まぶしさに絵里子は目を細める。

冷蔵庫から出した卵を茹でている間に、洗濯機をまわし始める。水まわりなど、丁寧な掃除が必要なところは週末にしているが、長い間にしみついた、毎日掃除機をかけるという習慣はなかなか手放せない。それでも１ＬＤＫのマンションの掃除など、五分もかからずに終わってしまう。

再びキッチンに戻り、冷蔵庫からブロッコリーを出して洗い、電子レンジにかけた。トマトを切る。赤い汁が白いまな板に広がる。絵里子はそのとき初めて自分が鼻歌を歌っていることに気がついて苦笑した。

上機嫌なのだ。朝、機嫌良くいられることがどんなにその日一日を左右するか、一人暮らしを始めて絵里子が知ったことだった。夫や萌と暮らしていたときには、家事は嫌いではなくても、どこか義務、という言葉が胸をよぎった。夫のため、娘のため。そう思ってどんなに体調の悪い朝でも這《は》うようにベッドから出た。あのときはそうすることで精一杯だった。朝、鼻歌を歌うような気分ではなかった。口の端はいつも下がっていたような気がする。

コーヒーメーカーで淹れたコーヒーにたっぷりの牛乳を注ぐ。全粒粉のパンを一枚スライスして、クリームチーズを薄く塗った。イッタラのガラスの皿に、半分に切ったパン、ブロッコリーとトマトを盛る。それに蜂蜜をかけたヨーグルト。

店が開くのは午前十一時で、今は午前八時過ぎだ。家を出るにはまだ十分時間がある。掃き出し窓に向かってダイニングテーブルに座り、絵里子は一人分の朝食をゆっくりと食べた。一人で食事をしていると、ふと思う。あのマンションにいたときは、まるで自分の体を動かすために燃料を供給しているような気分だった。それが寂しいとも、わびしいことだとも思うことすら忘れていた。

けれど今は違う。自分が食べたいものを、自分の体に良いものを、絵里子は選び、調理し、ゆっくりと口に運ぶ。一人とはなんて贅沢なものだろう、と思いながら、絵里子は二杯目のコーヒーを飲んだ。

食べ終わった食器をシンクに運んだあとは、洗面所でシートマスクをした。

「朝晩、シートマスクをしなさい。十年後の肌のためよ」

お店のお客さんのなかでも一番高齢なのでは、と思われる女性に、「そんなふうに肌の美しさを保つにはどうしたらいいんですか？」と尋ねたときに聞いた秘訣を、その日から絵里子は守っている。十年後の肌のことなんてそれまで考えたこともなかった。

肌だけのことではない。自分に未来があることなど意識していなかった。夫と娘の面倒を見ながら、ゆっくりと老いていく。グレーがかったぼんやりとした未来があるだけだ。そんなふうに考えていた。シートマスクをしたままゆっくりと歯を磨く。うがいをしてから、シートマスクを剝がす。さらに化粧水を手のひらにとり、広げて、温めてから、肌にのせる。それを二回繰り返した。さらに乳液、美容液をつけて、デイクリームをのばす。ドラッグストアではない、どれもデパートで少しずつ買いそろえたものだ。

「ママがデパコス使ってんの？　まじで？」

部屋にやってきた萌は目を丸くしたが、綺麗でいることも仕事のひとつだ、と絵里子は考えて、自分への投資を惜しまないようにした。洋服もそうだ。この部屋に暮らし始めた頃は詩織のクローゼットにある服を貸してもらっていたが、いつまでもそうしているわけにもいかない。店のそばに自分にも着こなせそうな洋服をそろえたセレクトショップを見つけてからは、自分の手の届く範囲で、ワンピースやスカート、アクセサリーなどを買いそろえてきた。

「売り子はただ商品を売っていればいいってわけじゃないのよ。お店のなかでは演者なんだから。主婦のにおいはなるべく消してね」

と詩織に幾度となく言われたことも大きかった。そうか、自分の今の仕事はお店という舞台に立つことなんだ、と思ったら、自分だけのためにお金を遣うという罪悪感は少しずつ消え去っていた。

「いつも背筋を伸ばして、肩を後ろに引いて。商品は宝石を扱っている気持ちでね。もちろん笑顔は忘れずに。そうだ、絵里子、歯をホワイトニングしてみるといいよ」

詩織にそう言われて、歯科医院に行き、生まれて初めて歯のホワイトニングをした。自分でも驚くような白い歯は、どこか絵里子を落ち着かない気持ちにさせたが、笑うときに歯のことを気にしなくていい、ということが、笑うことへの羞恥心やためらいを消してしまうことを知った。

「頰のあたり、少しリフトアップしたら？　ちゃちゃっと糸を何本か入れるだけなんだから」

と歯のホワイトニングをすすめるのと同じ気軽さで詩織は言ったが、美容整形のハードルは絵里子にとってはまだ高い。今や自分にとっては雇用主の詩織だが、

「うん、それはまだいいです。もう少ししたら考えます」

と絵里子は首を振った。店にいるときや、仕事をしているときは、意識して詩織には友だちのような口をきかないようにしていた。それに、思い上がりかもしれないが、鏡のなかの自分は若返っているのではないか、と思うこともあったからだ。

使っている化粧品のせいなのかもしれないが、下地を塗った肌の上をするすると何の抵抗もなくクリームファンデーションが伸びていく。大きめのブラシでフェイスパウダーをはたき、笑ったとき頬のいちばん高くなる場所に控えめにチークを入れた。そこまで化粧をして、絵里子は寝室のクローゼットに向かう。こんな暑くなりそうな日にわざわざお店に来てくださるお客様が少しでも目に涼しいと感じるように。絵里子はそう考えて、ストライプの生地を使った襟付きのロングワンピースを選んだ。それにアクリル製の薄紫の大ぶりなイヤリングを合わせる。同じ寝室の脇にある姿見に全身を映す。

そのときふいに思った。ホームセンターで働いていた頃とは大違いの自分がいる、と。あの頃の自分や、今も働いているであろう同僚たちを見下しているわけではない。けれど、あの頃はネイルが剝がれていようと、白髪が目立ち始めていようと、それをどこか

許してしまう雰囲気が店にも同僚にもあった。売り場にいても、自分が演者なんて、考えもしなかった。商売という、自分には縁遠かったものの奥深さに絵里子は改めて気づかされた。

「店長になってほしい」という詩織からの提案に、絵里子は「もう少し考えさせてくれませんか」と返事を保留にしていた。仕事は楽しい。その気持ちに迷いはない。けれど、万一、夫との暮らしが再び始まったとしたら……。夫と萌が暮らすマンションから通勤しなければならない。絵里子が拒否したとしても、二人分の家事が否応なくまた、絵里子にのしかかってくるだろう。店長と主婦の二足のわらじをはいていく力が自分にあるのか、まだ自信がなかった。

その前に何より考えなければいけないのは、夫とのことだ。このまま別居生活を続けるのか、それとも離婚するのか。考え始めると、絵里子の心は、ほぼ同じ重さの重りを載せた天秤のように微細に左右に揺れる。あと一年くらいは、いや、短くてもあと半年くらいは、このまま一人の生活を続けたい。考えれば、心はその終着点に辿りつく。すべての答えやそれに伴って生じる責任を先延ばしにしたまま、今の暮らしの楽しさを味わっていたい。それが絵里子の本音だった。

絵里子のスマホには幾通ものメールが来ていたが、それらは読むこともなくすべて削除していた。この頃は、絵里子の返信がないことをあきらめたのか、夫からのメールは来ていなかった。そうなればなったで、絵里子の胸には小さなさざ波が立つ。私と夫はそれだけの関係だったのか、と落胆の気持ちも生まれる。あのマンションにいたときのような生活をもう自分はしたくはないのだ。けれど、夫という後ろ盾なしに生きていけるのか、という不安も確かにある。いいとこどりできないのだろうか、とずるい考えが頭に浮かぶ。いや、決してずるいのではないと思い直す。自分の意志で自分の人生を選びたい。ただ、それだけなのだ。

店の前まで来ると、Tシャツにデニム姿、萌くらいの若い女の子が一人立っている。大学生だろうか。開店前にお客さんが来たことなどないが、絵里子は思わず声をかけた。

「あの、このお店に？」

「はい……」消え入りそうな声でそう答える。開店にはまだ二十分ほど時間がある。

「あら、お待たせして申し訳ありませんでした。暑かったでしょう？」

絵里子はそう言いながら、店を開け、慌てて奥に入り、クーラーをつけた。

「どうぞ、ゆっくりご覧になってくださいね。サイズやわからないことがあれば、なんでも聞いてください」

絵里子の言葉に女の子はこくりと頷き、店の中を歩き始めた。この店に萌くらいの女の子が来るのは、大抵、水の子や風の子、つまり水商売や、風俗で働く子たちだ。この店の商品の価格帯はスーパーなどで売っている下着の三倍から五倍ほどで、なかには彼氏連れでやってくる若い女性もいたが、客層は三十代から上がほとんどだ。それでも、いつか詩織が言っていたように、水の子や風の子たちの間でこの店の存在が知られていて絵里子もいつの間にか、そんな子たちの雰囲気がわかるようになっていた。水の子も風の子も、どこか少年のような雰囲気をまとっているのは、仕事で「女」というわかりやすさを演じている反動だろうか。それとも、夜の仕事で自分のなかの「女」を使い果たしてしまうのか、昼間の彼女たちの普段着はカジュアルで素っ気ない。

ふと見ると、女の子が黒いブラジャーを手にしている。黒地にガーデニアの花を金糸とケミカルレースで表現したもので、この店のなかでは価格はそれほど高くはない。

「サイズ、お出ししましょうか？」

「あの……」

「はい？」

「私、自分のサイズがよくわからなくて」

「ああ、お測りしましょうね」

絵里子は微笑みながら言い、彼女を試着室に案内した。お客様の裸の胸を見ることもサイズを正確に測ることも、絵里子はもう手慣れたものだった。

試着室のなかで服を脱ぐ音がする。しばらく待って絵里子は声をかけた。

「開けてもよろしいですか？」

「はい……」消え入りそうな声が聞こえた。絵里子はそっとカーテンを開く。胸に手をあてた女の子が立っていた。

「じゃあ、バストトップを測りたいので、手をあげてくださいますか？」

女の子はこくりと頷き、両手をあげた。女の子の背面からメジャーを通し、ぐるりと輪にして、乳頭に触れるか触れないかくらいの位置で合わせる。お客様の体に対して、自分のなかに感想を持つことを絵里子は意識的に避けている。それでも、この仕事を続けていて思うようになった。どんな胸でも、どんな体でも美しい。年齢を重ねた体には年齢を重ねた体の美しさがある。体にその人の生きてきた歴史が刻まれている。出産や子育てを経て、「胸がこんなになっちゃって……」と泣き出す女性もいた。絵里子はつたない言葉しか持たなかったが、「お綺麗ですよ。本当にお綺麗です」と言い続けた。それは絵里子の本心だった。

目の前で手をあげている女の子の胸はいかにも青くてかたいフルーツを思わせるが、そんなことはもちろん表情には出さない。

「あの、このブラジャー、胸が大きく見えますか？」女の子が口を開いた。

「はい。専用のパッドがありますから、バストを自然にボリュームアップして見せることができますよ」

「ああ、よかった……」そう言って女の子が笑った。絵里子は自宅マンションのベランダに置いたままの草花の鉢を思い出した。夫や萌が水やりをやるわけがないからそのほとんどは枯れてしまっているだろう。けれど、多少放っておいても夏にいくつもの花を次々に咲かせるポーチュラカのような笑顔だと絵里子は思った。

「宣材の写真撮るから、この店に行って下着買ってこいって店長が」

「まあ、そうですか」返事をしながら、宣材、という言葉を聞いて、やっぱり風の子だったか、と絵里子は心のなかで思った。

「私、今までユニクロの下着しかつけたことなくて」

「あら、私もここに勤めるまではそうでしたよ。そのへんのスーパーで売っているような。自分の正確なサイズなんて知りませんでした」

　絵里子がそう言うと、女の子はまた笑顔を見せた。

「サイズがあるかどうか在庫を見てきますね」

　そう言って絵里子はバックヤードに向かった。女の子のサイズは思いの外小さく、見つかるかどうか不安だったが、女の子が来るのを待っていたかのように、棚の奥にひとつだけひっそりとそれはあった。そのとき、ふいに猫の鳴き声のような音が絵里子の耳をかすめた。

　それが女の子の泣き声だとわかるまでに時間はかからなかった。絵里子は試着室に駆け寄り、そっと声をかけた。

「……お客様？」

すんすんと鼻をすするような音がして、カーテンがゆっくりと開かれた。右腕で胸を隠した女の子が目の縁に涙をためて、こちらを見ている。

「大丈夫？」

萌くらいの女の子が泣いているのを見て、接客の作法も忘れて絵里子は思わずそう尋ねていた。こくりと、女の子が頷く。

「ううん、本当はあんまり大丈夫じゃない」

絵里子はワンピースのポケットに入れていたハンカチを差し出した。女の子はためらわずにそれを受け取り、涙を拭う。それなのに、また、女の子は泣き出した。

「お母さんが使っている柔軟剤と同じにおいがしたから……」

絵里子は店の外を見た。それほど人は多くない。開店間近だ。お客様もまだそれほど多くは来ないだろう。

「少し休憩する？」

絵里子がそう提案すると、女の子はまた頷き、試着室のカーテンを閉めた。

絵里子はバックヤードのテーブルに冷たいローズヒップティーを注いだカップを二つ置いた。しばらくすると足音が聞こえた。女の子が店に来たときと同じTシャツを着て、黒いブラジャーを手にしている。

「どうぞ、ここに座って。今はお店がそれほど忙しい時間じゃないから大丈夫」

こんなふうにお客様にお茶を出すことは珍しくはなかった。お客様のなかには下着を売っているだけの自分に、驚くほど内面をさらけ出す人がいる。絵里子はただ聞いているだけだったが、「こんな話、あなたにしかできないわね」とすっきりとした顔で帰って行くお客様も少なくなかった。

女の子は遠慮がちにブラジャーを絵里子に差し出し、椅子に座った。

「よかったら飲んでくださいね」

声をかけて女の子の顔を見ると目と鼻が赤い。しばらく沈黙があり、女の子はハーブティーを口にした。小さく息を吐き、女の子は口を開く。

「宣材の写真撮られたら、ネットにも出るし、それが一生ネットの世界に残るのかと思ったら、怖くなって……」

「そう……」

「本当はしたくないの。そういう仕事。だけど、うち、お父さんいないし、お母さん、病気で、そのお金もあるし、大学の授業料もあるし」

「そうだったの……」

萌と同じくらいの年齢のこの子にそんな境遇があることを知って絵里子の胸はつまっ

ら急に怖くなって」

た。

「だけど、期間限定で今だけ、って決めて。それでここに来たのに、ブラジャーつけた
ら急に怖くなって」

　そう言って女の子はまたカップに口をつけた。絵里子はそっとティッシュペーパーの
箱を差し出した。女の子が一枚ティッシュを抜き取り、目頭を押さえる。

「ここに来るまで電車のなかにいる男の人を一人一人見たの。あの人がお客さんで来た
らどうだろう、って想像して。……そうしたら、ほとんどの男の人はだめだった」

「そう……」言いながら、絵里子の頭のなかに夫の姿がよぎった。

「でも、やらないといけないの。私がやらないといけないの。そうしないと」

　女の子の目からまた涙が噴き出した。

「期間限定でやるのよね？」

　絵里子がそう言うと、女の子は頷く。

「ずっとその仕事をするわけじゃないのよね？」

　絵里子はまるで萌に言い聞かせているようだと思った。目の前の女の子と萌ではあま
りにもまわりを取り巻く境遇は違うが、まるで女の子が自分の娘のように感じてしまう。

「うん……」

「なにも恥ずかしがることはないと思う。立派な仕事よ。あなたのことは何も知らない

けれど、あなたが生きていくためにする仕事なら、誰にも顔向けできないなんて仕事はこの世にはないんじゃないかな」

女の子はじっと絵里子の顔を見つめている。

「下着、似合うのを選んであげる。それに少しだけだけどサービスもしてあげる」

そう言って絵里子は女の子の手をとった。この子が生きていくための下着を選ぼう。そんな気持ちでお客様に下着を選ぶなんて初めてのことだった。そう考えて、絵里子は店のなかの商品を見回した。そのとき、チリン、と音がして、バックヤードに置いたバッグのなかからメールの着信を知らせる音がした。いつもは音を消しているのに、うっかり忘れていた。絵里子はそれがなぜだか夫からのメールのような気がした。なぜそう思ったのかはわからない。

時間をかけて下着を選んだ。さっき女の子が選んだものより値は張るが、薄いブルーのエンブロイダリーレースを使ったもので、小さな胸でも丸みとボリューム感のあるシルエットを作ってくれる。

「これが似合うと思うけれど、どうかしら？」

「つけてみる」

もう女の子は泣いていなかった。女の子が着替えている間、絵里子はバックヤードに行き、バッグからスマホを取り出した。

「僕が悪かった。君にとても会いたい」

たった二行のメールだった。今まで見もしないで削除していたメールにも夫はこんなことを書いていたのだろうか。かすかに自分は笑っているな、と思いながら、絵里子はスマホをバイブ機能にしてバッグの奥深くしまう。

絵里子が試着室に戻ると、すでにカーテンは開かれていた。ブラジャー姿の女の子が絵里子を見て、恥ずかしそうにしている。

「さっきのものよりとても似合う」

「私もそう思う」女の子もそう言って二人同時に笑った。

「こんなに素敵な下着をつけたの、生まれて初めて。それに自分の下着姿って悪くないんだな、って」

「とても素敵よ。よく似合う」絵里子がそう言うと、女の子はまた小さく笑った。

絵里子はその下着をプレゼント用のラッピングで包んだ。箱には薄いピンクの細いリボンをかけた。女の子が財布を出そうとする。

「いいの」

「えっ」

「これは私からあなたへのプレゼント」

「えっ、だって、そんなことしたら。お店なのに」

「いいの。だけど、約束してくれる？」

女の子が絵里子を見る。

「いつも背筋を伸ばして。前だけを見るの。自分の仕事に誇りを持ってね」

「はい」女の子が子どものような目で絵里子をまっすぐに見た。

女の子は店を出たあとも、道の曲がり角に辿りつくまで、振り返り、幾度も頭を下げる。女の子の話が嘘だったら、私はまるで商売には不向きだわ。そう思いながら、絵里子は店のドアを閉めた。でも、それならそれでもいい。一回だけなら騙されてもいい。詩織に知られたら怒られるに決まっているが、それが私なのだ。騙されてもいいじゃない。それに若い女の子とはいえ、自分が誰かにあんなアドバイスめいたことを言うのは生まれて初めてなのではないか。ただの世話焼きおばさんになっただけとも言える。けれど、その自分の変化が絵里子はうれしかった。

誰もいなくなった店で絵里子はバックヤードに戻り、バッグの奥深くにしまったスマホを見た。かすかな喜びが自分のなかに生まれているのを知って驚いてしまう。けれど、返信をしようとは思わなかった。自分に会いたいと思っていてくれる男がこの世に一人いる。夫でも子どもの父親でもない、ただの男が。そう思いたかった。いつまでも飴玉《あめだま》を口のなかで転がしているような甘い気分を、もう少しだけ味わっていたかった。

午後になって詩織が店にやってきた。詩織の顔は外の暑さのせいだけではなく、紅潮している。

「みなもの写真が賞の候補に残った」

そう言って詩織は絵里子が出した冷たいお茶を一気に飲み干し、電子タバコをくわえた。

「すごい。やっぱり才能あるんだ。みなもさん」

仕事の場である店のなかでは、詩織に対して敬語を使っているが、こういうときは絵里子も詩織に対して、友人のような口の利き方になってしまう。

「みなもは絶対にとるよ」

そう言う詩織の目が輝いている。

「そうだね。絶対にとると思う」

「これで名のある写真家になるんだ」

ふーっと詩織が息を吐く。その目はかすかに潤んでいるようにも見える。

「そうしたら、みなもを自由にしてあげなくちゃ。なんて上から目線で言いすぎか」

「え、どういうこと」絵里子は思わず聞いた。

「みなもが私と一緒にいたのは食べられないから。食べられるようになったら私からは離れていくよ。それくらい、この年齢だもの。予想がつく」

「だけど……」そう言った絵里子の顔を、詩織は口から煙を細く吐き出しながら見る。

「だけど、詩織はそれでいいの」

「………」詩織はしばらくの間、黙っている。

「いいわけがない。心も体も切り裂かれるようにつらいよ。何度も恋愛して結婚もして、いろんなことを経験済みなのに、初めて恋してそれが破れたときみたいにつらいよ」

絵里子は何も言えなかった。

「だけどね、行かないで、って足にすがりつくみたいな真似はしたくないの。それはかっこ悪いもの。本当はそうしたい、そうしたいけれど」

「すればいいじゃない」絵里子は思わず言った。

「だって、私たち、もう後がないよ」そう言うと、詩織がかすかに笑った。

「この年齢だから恥ずかしいとか、そんなこと言うの、もうやめようよ」

詩織は黙って絵里子の顔を見ている。

「だって本当にみなもさんが詩織と離れたいと思っているのかどうかもわからないんでしょう」

詩織がかすかに頷く。

「悪いほうに考えるのは、今はやめようよ。あなたと一緒にいたいんだ、っていつもの詩織なら絶対に言えるはずじゃない」

詩織はしばらくの間絵里子の顔を見つめ、つぶやくように言った。

「絵里子、本当に変わったね」

「そうかな」

「綺麗になって、強くなった」

「自分ではそんなことわからないよ」

「それなら、私も安心して頼める」

「え、どういうこと？」

「改めて、ここのお店の店長になってほしいの。それを言いにきたの。店に来る前にみなもから電話があったから、話が脱線してしまったけれど」

「え、でも……」

「うん、わかってる。絵里子が俊太郎さんとのこと、まだ決着できないこともわかってる。絵里子、もしかしたら、家に帰るかもしれない、って思っているでしょう？」

今度は絵里子が黙って頷く番だった。

「それでもいいの。絵里子が俊太郎さんとやり直したい、って言うなら、それならそれでいい。だけど、家に帰っても、この店手伝ってくれないかな？　店長として、この店、守ってほしいの。絵里子が家のことが忙しい、と言うなら、誰か人を雇ってもいい。それくらい、絵里子にこの店にいてほしいの。私が最初に苦労して出したお店だもの。私は今、二号店のことで手いっぱいだし、ネットショップの評判もいいの。だけど一人でやることには限界がある。絵里子にそばにいてほしいの。社員として、うちの会社に入ってくれないかな」

「ほんとうに私でいいの？　何もできないただのおばさんよ」

「ねえ、もう本当にそういうこと言うのやめようよ。みながここにいたら、また叱られるよ」

詩織が笑った。

「絵里子、覚えているかな。この店のお客様で、車椅子の方がいるの」

もちろん、絵里子には記憶があった。三日前、ブラジャーを買いに来た、四十代の女性の方だった。着替えも手伝い、帰るときには、店を閉めて、最寄り駅まで送ったことがあった。

「あの人からね、昨日、私に電話があったの」

絵里子はどきりとした。何か粗相があったのだろうか、と瞬間的に思った。

「私がいなくて心配だったけど、あの人で良かった、って。また、あの人に会いにお店に行きたいって」

詩織がそう言ったとき、絵里子の目から涙が一粒落ちた。

「絵里子は私なんかが教えなくても、もう接客のプロなんだよ。絵里子には才能があるんだよ。そういう才能持っているのに、家にいるの、もったいないよ」

誰かに才能がある、などと言われたことは初めてだった。何もできない、何の才能もない、ただの主婦だと思っていた。自分には他人に誇れるものなど何もない、と。

「詩織、ありがとう」

「え？」

「見つけてくれてありがとう。この仕事していなかったら、私、ただの愚痴ばっかり多いおばあちゃんになっていくだけだったと思う。私に仕事をさせてくれてありがとう」

「こちらこそ、働いてくれてありがとう、だよ。店長になってくれるよね？」

絵里子は涙を拭って、詩織に向き合った。

「私でよければ」

「また、そんなこと言う。絵里子でなくちゃだめなんだよ。店長、これからもよろしくお願いしますね」

「こちらこそ、どうぞよろしくお願いいたします」

絵里子は頭を下げた。また、涙が一粒落ちて、絵里子のワンピースに小さなしみを作った。

絵里子がその店を訪れたのは、九月が始まったばかりの頃だった。

猛暑と呼ばれる日々はまだ続いていたが、空気はもうどこか秋めいた透明感を取り戻している。店の休日の木曜日、お客様へのお使い物を買いに行ったデパートのショーウインドウも秋の装いに彩られていた。手早く買い物を済ませ、絵里子は秋の洋服を見た。家を出て、春が来て、夏が過ぎて、秋を迎えようとしている。洋服をどれか一着、と思ったものの、絵里子が考えていた値段よりもゼロがひとつ多く、買うことをやめた。けれど、三カ月倹約をすれば買える額だ。冬までには買おうと決めて、その洋服に合うような靴を探して売り場に足を運んだ。ハイヒールがいい。黒とも茶とも言えないような深い色のヒール。あの洋服とこのハイヒールを買うことを目標にして明日からまた働くのだ、と絵里子は心を決めた。

　そのデパートには靴売り場の先に小さなカウンターバーがあり、シャンパンやワインが飲める。買い物を済ませた女たちがいくつかの紙袋を足下に置いて、一人で酒を飲んでいる。パート主婦だった頃にもここの前を通ったことはあるが、立ち寄ったことはない。買い物をし、昼間から一人で酒を飲むなんて、なんだか寂しいようにも見えたし、不謹慎のようにも見えた。けれど、今日は生まれて初めてここでシャンパンを飲んでみようと思った。

　高いスツールに座り、いちばん安いシャンパンを頼んだ。すぐにそれはやってきた。細長いグラスの中で小さな泡が浮かび上がっていく。絵里子はそのグラスに口をつけた。女一人とはなんて、自由で楽しいものだろう。孤独でもいい。この瞬間は私だけのものだ。お酒には強くないから、グラスに口をつけるたび、食道をアルコールが滑り落ちていくのがわかる。そうか、女たちはここで景気をつけて、また買い物をするのだ、と絵里子は思い当たった。買い物に迷ったときにここでひと休みする。酒の勢いでやっぱり買ってしまおう、と思う客は多いはずだ。なんていいアイデアなんだろうと感心しながら、自分は洋服も靴も買えなかったけれど、今日は新しい口紅をひとつ買おう、と、絵里子はグラスを呷《あお》りながら思った。

一階の化粧品売り場はアジア系の観光客が多いのか、日本語はあまり聞こえてこない。それでも、売り子の女性が絵里子を店のスツールに座らせ、唇にリップブラシで丁寧に口紅を塗ってくれた。

「お似合いですよ」という売り言葉に絵里子も鏡をのぞき込んでみたが、確かに悪くない。「じゃあ、いただきます」そう言いながら、絵里子は考えていた。このデパートからほど近い、あの店はまだあるだろうか、と。

口紅と同じ色のネイルも買い、小さなショッピングバッグを手にして、絵里子はその店に向かった。

看板のネオンチューブは大分年季《ねんき》を感じさせるが、まだ、その店はそこにあった。

懐かしい地下に続いていく階段を降り、重いドアを開ける。夕飯時とはいえ、まだ早い時間のせいか、絵里子以外は、カウンターの端に女性客が一人いるばかりだった。あの頃いたバーテンダーの男性は見当たらない。それでも「いらっしゃいませ」とまるで自分の家に迎え入れるかのように、若いバーテンダーが絵里子を見て微笑んだ。絵里子もカウンターの中ほどに座った。

「何か、季節のフルーツを使ったものを」

ここに通っていた頃も同じことを言っていたような気がするが、いまだにカクテルの名前がよくわからない。

「スパークリングワインを使った巨峰のカクテルはいかがですか？」

「ではそれを」

ほどなくして、葡萄《ぶどう》色のカクテルが絵里子の目の前に差し出された。絵里子は目を閉じ、じっくり味わうようにカクテルを口にした。店内にはジャズが流れている。あの頃と同じように演奏者も曲名もわからないが、ジャズという音楽が好きだ、と絵里子は思った。

父の看病に疲れて、この店をマラソンの給水所のような場所にしようと思ったこと。それももう遠い、遠い過去のことだ。父が亡くなって何年になるのか。正確な年を数えようとして、絵里子は途中でそれをやめた。神様も、特定の宗教も信じない。けれど、父は天国にいるはずだ、という確信だけが絵里子のなかにあった。天国で父のやりたいことをやっていればいい。父の浮気相手だった女性が、その後どうなったのか、絵里子には知るよしもないが、もし鬼籍《きせき》に入っているのだとしたら、二人仲良く過ごせばいい。

いつか、そう遠くない未来、そこに自分も行くのだ。父なら、「よく来たね」とそっと頭を撫でてくれるような気がする。ゆらり、と目の前の景色が揺れ始める。泣いているわけではないのに、最近しきりに涙が出る。更年期の症状のひとつ、とはわかっているが、自分という生き物の残り時間を知らされるようで、あまりいい気持ちではない。

バーテンダーは絵里子が泣いていると勘違いしたのだろうか、

「お水、お持ちしましょうか？」

と気を遣ってくれる。若い人に気を遣われることが老いだということはわかっている。そのことに抗《あらが》うつもりもない。

「ううん、ほこりが入ったみたい。大丈夫」

と絵里子は彼に微笑みかけた。

「このあと、雨が降るみたいですね。ゲリラ豪雨にならないといいけれど」

そう言いながら、手慣れた様子でグラスを磨く。

女性の一人客が帰ったあとも、絵里子はスツールに腰を下ろしたまま、物思いに耽《ふけ》っていた。何かひとつのことを考えていたわけではない。父のことを思い、若い頃の恋を思い、母を思い、そして、夫のことも考えた。そうしたことが、頭のなかを形の定まらない雲のように流れていく。もう一杯、同じカクテルを頼んだときには、デパートで飲んだシャンパンの酔いも手伝って、ふわふわと暖かい毛布にそっとくるまれているかのように心地が好かった。だから、その人がカウンターの隅にいることに気がつかなかった。

夫がカウンターの左隅に座っている。絵里子は驚いて二度夫を見た。夫は絵里子に気がついていないのか、手にしていた文庫本に視線を落としている。急に何十年も時間が過ぎたような気がした。けれど、誰からも話しかけられたくない、という雰囲気をまとっている様子は若い頃と変わらない。絵里子は夫には何も話しかけずに支払いを済ませ、店を出た。まだ、雨は降り出していなかったが、今にも夜空から雨粒が落ちてきそうだった。

マンションに帰ってから、手早くシャワーを浴び、今日買ったネイルを手と足の爪に塗った。乾かしている間にスマホを手にして、一カ月ほど前の夫からのメールを見た。

「僕が悪かった。君にとても会いたい」

返信ボタンを押して、絵里子は何か文字を打ち込もうとする。「私も」と打ち込んでは消し、「よくそんなことが言えるわね」と打ち込んでは消した。何を打ち込んでみても、自分の気持ちからは遠い。夫への気持ちは曖昧模糊としている。けれど、自分という存在や萌という娘がいながら、風俗に通っていたという夫への嫌悪感は、かすかに薄れつつあるような気がした。そんなことを許してはだめだ、という気持ちと、過ちを許せない自分の頑《かたく》なさが心のなかで拮抗している。それでも、夫がまだあの店に行っている、ということは絵里子にとって純粋にうれしいことでもあった。出会った頃のように、また、再び会えたら。絵里子はスマホをテーブルに置いた。自分の心には決着がつかない。けれど、あの店に行けば夫がいるかもしれないのだ。またいつか、仕事終わりに行ってみよう。今日考えるのはそこまででいい。そう絵里子は自分を納得させ、寝支度を始めた。

それから、二度、三度と、店には通ったものの、夫はいなかった。毎日のように来ているはずだ、という確信めいた気持ちがあっただけに、落胆は大きかった。冷静に考えてみれば、仕事に忙殺されている夫が毎日、この店に通えるはずがない。自分はなんのためにここに通っているのか、その理由すらよくわからなくなったが、この店のカクテルとジャズが好きだった。一度、閉店間際にやってきたみなもを連れてきたこともある。

「絵里子さんもこんなところ来るんだ。なんか意外」

そう言いながら、みなもはバーテンダーにテキーラを頼んでいる。

「父がこの近くの病院に入院していてね、その頃、息抜きに見つけた場所なの」

「そっか」みなもが一気にテキーラを呷る。

「賞の候補になったんだってね。おめでとう」

「でも、そんなの、ぜんぜん好きじゃない」

「え、どういうこと？」

「だって選考委員は男ばっかり。男たちに選んでもらってもうれしくない」

みなもらしいな、と絵里子は小さく笑った。

「だけど、もし賞もらったら、詩織とちゃんとするよ」

「え」

「ちゃんと籍入れる。社会的にきちんとカップルになりたいんだよ」

「そうなのね。おめでとう」

絵里子はテキーラをお代わりしたみなもに向かってグラスを掲げた。詩織が聞いたらどんなに喜ぶだろうと思ったら、胸のあたりが熱くなった。

「絵里子さんも、ちゃんとしなよ。こんなところで一人で酒飲んでる場合じゃないでしょ」

ちゃんと、ちゃんと、と繰り返すみなもが、なぜだか急に成長した娘のように絵里子には思えた。

「そうだね、ちゃんとしないとね」

「絵里子さんのこと好きになってくれる人なんて、そう滅多にいないんだから」

「そうだね」と返しながら、実は、夫にばったり会えるかもしれないと期待してこの店に来ているとは、とても言い出せなかった。その夜、みなもはテキーラに酔い、足下もおぼつかなくなったので、スマホで詩織を呼んだ。みなもをタクシーの後部座席に乗せながら、「絵里子、ほんとごめんね、この子いつまで経ってもこんなで」と詩織が叫ぶように言う。

「詩織、幸せになってね」

絵里子は思わず言った。詩織は一瞬真顔になったが、

「それは絵里子もだよ。だけど、絵里子はもう十分幸せそうに見える」

そう言いながら詩織も車に乗り込んだ。

「ありがとう」ドアが閉まる瞬間にそう言うのがやっとだった。絵里子は歩道に立ちつくしたまま、詩織とみなもを乗せたタクシーの赤いテールランプが、走り去っていくのをいつまでも見ていた。

もう会うこともないのだろうか、と思いながら、二週に一度はあの店に通う日々が続き、季節は巡って冬になっていた。もうすぐクリスマスがやってくる。店長として初めて迎えるクリスマス。絵里子はその準備に余念がなかった。ただの雇われ人と、店長として迎えるクリスマスでは意味合いも違う。詩織のためにも売り上げを伸ばしたかった。遅い時間まで、店内のディスプレイを飾りつけていて、ふと窓の外を見ると、白いものが落ちてくるのが見えた。そういえば、朝の天気予報ではみぞれ交じりの雨が降る、と言っていた。仕事が終わって夜空を見上げながら、あの店に行ってみようかとふと思っ

た。

地下に続く階段を降り、重いドアを開けた。店につく頃には、もう雪は雨に変わっていた。それでも絵里子はコートだけを羽織り傘をささずに歩いてきた。こんな天気だからか、店の中には、絵里子以外に客がいない。少しがっかりしながら、絵里子はカウンターの右端に座り、フルーツを使ったカクテルを頼んだ。運命なんて信じてはいないが、絵里子は、もしまたこの店で夫と会えたら、夫との仲をもう一度考え直してみよう、と思っていた。スマホをいじりながら、カクテルをゆっくり飲んだ。小一時間そうしていただろうか。もう帰ろうと思い、洗面所に立った。戻ってくると、一人の男がカウンターのいちばん奥に座っている。見慣れた背中だ。疲れているようにも見える。髪はかろうじて切っているようだけれど、白髪がずいぶんと増えた。絵里子は冷静に観察した。

自分の席に戻るときに、夫が手にしている文庫本の表紙の文字がちらりと見えた。『青春は美わし』。父が残したヘッセの本だ。夫に読んだほうがいいと言われていたのに、まだ絵里子は読んだことがなかった。

絵里子はゆっくり立ち上がり、夫に近づいた。夫が顔を上げ、絵里子を見つめる。一瞬ぎょっとした表情をした。それはそうだろう、と絵里子は思った。夫の記憶にあるようなあの頃の私ではないのだ。

「傘がないのよ」

新しい女になった絵里子は言った。

夫は無言で横に置いた鞄の中から折り畳み傘を取り出す。絵里子の見たことのない傘だったし、紐の部分に「サカイ」という文字も縫われていない。

「駅まで送ります」

まるで今日初めて会った男のように夫は言った。

絵里子と夫は並んで店を出た。少し足がふらつく絵里子は夫の腕をとった。夫はそれを拒否しない。このまま駅まで行って別れるのか、二人で自宅に帰るのか、それとも、絵里子が今いる詩織のマンションに行くのか、絵里子には判断がつかなかった。それは駅についたときに決めればいい。小さな折り畳み傘の下で肩を寄せ合った。

雨に濡れた道路の上にバーの店名「ＣＡＬＭＥ」の「Ｃ」がたおやかな輪を描くように赤く滲んでいる。その上を二人、小さくジャンプするように飛び越えた。

解説

島本理生

白髪を通して、女同士は多くのことを語る。年齢のこと、女性であること、世間の視線と自分がどうありたいか。外見に手をかける気力が体力の低下と共に失われること。純粋なお洒落のためだけではなく、社会との折り合いや加齢による様々な影響が、白髪染めという行為には反映される。

本書の冒頭で、主人公の絵里子は白髪染めについて考える。染めるのは好きじゃない。が、「世間に対してもの申しているような雰囲気を醸し出す」のも抵抗があるから、という消極的な選択はとてもリアルで、今の絵里子の生き方も象徴しているようだ。

そんな絵里子にとって、友人の詩織はまるで別世界の住人だ。おそらく学生時代に親しくならなければ、今になって交わることは絶対になかった。逆に言えば、学生からの友人というのは、唯一、過ぎ去った時間を飛び越えられる存在なのかもしれない。

同窓会で再会した詩織は、絵里子に失恋と整形の理由を包み隠さずに語る。これは私の想像だが、詩織は整形前も年齢相応に綺麗だったのだろうと思う。ただ、自分の一方的な恋愛感情に年齢という重みが加わったとき、その対象となった年下の女性には恐怖でしかないというのもよく分かる。なぜならそれは多くの女性が若いときに味わう感覚だからだ。

私はこの場面を読んだときに、どうして人が小説に救われるか、分かった気がした。それは誰にも言えないことこそを、小説の登場人物たちは弱さをさらけ出して打ち明けてくれるからだ。絵里子は「心を開いて自分の本当のことを話してくれる詩織の存在がありがたいと思った」と感じるが、私も同じ気持ちになった。

詩織の店の下着を初めて身に着けたとき、絵里子は「なんて醜いおばさん」と悲しみを覚える。その肉体は昨日も一昨日も絵里子のものだったはずなのに、時間の止まっていた彼女の目には「魔法にかかったみたい」に映る。

でも、それは母親の世界においては珍しいことではないのだ。詩織やみなもから見れば絵里子は古風な女かもしれないが、どんなに時代が変わっても子育ては自分よりも優先する命を二十年近く世話し続けることだから。動物の子のように産んですぐに立ってくれたらいいが、人間の成長には物理的に時間がかかる。そこにずっと手をかけてきた絵里子が今になって「自分でもどうしたいのか、よくわからないの」は仕方ないと思う。私はむしろ絵里子が醜いと思った肉体に、深い優しさを感じた。それは他者のために積み重ねた時間を内包している肉体だ。

そう、絵里子は優しいのだ。

一人きりで癌の父親の世話をし、父の死後に母親から再婚を告げられたときも、絵里子はとっさに責めることができない。どうしてそこではっきり言ってしまわないのだろう、とじれったく思うときもあるが、一人で生きていけるほど強くないと言う母親に対して絵里子は考える。「なぜ、哀れむ気持ちが湧いてくるのか」と。

絵里子はいつもそうやって自分の感情の前に、相手を慮《おもんぱか》る。父親の浮気や夫の風俗通いに傷つきながらも、つい「哀れ」を感じてしまう。それは真実を知ることに対する恐れもあるかもしれない。でも、やっぱりそこには誰よりも優しさがあって、周囲は絵里子に当たり前のように甘えていた。だからこそ彼女は変わるべきだったのだろうと思った。

一人旅に出てから、絵里子の心に増えたものがある。それは、おいしい、だ。そんな絵里子に旅の楽しみ方を教えてくれる鹿子も魅力的だ。

絵里子よりも年上の女性の口から「私はね、機嫌良く死にたいのよ」という台詞が飛び出したとき、死、という単語とは裏腹に、その前向きな力強さにはっとした。

人はかならず死ぬ。でも、死を待つように生きるか、生きたいように生きるかは、少なからず自分の意志が左右する。絶望も希望も死ではなく生き方の中にあるのだ、と思った。

そして母親の再婚相手の隆の葬式で、絵里子は腹を立てる。私は彼女がようやく正当に怒れるようになったことを嬉しく感じた。絵里子は夫に風俗通いについても尋問する。「長くいっしょにいたって共有できないものがある」ことを、頭ではなく体で知った絵里子はけっして絶望の中にはいないように思える。なぜならそれを知ることは、真の意味で他人を知ることだから。

一方で、それを突き付けられた夫の俊太郎はこう言い返す。

「君はこうと決めたら誰のいうことにも耳を貸すことは絶対にないものな」

夫の目には絵里子がそんなふうに映っていたのか、と愕然とする。もしかしたら俊太郎は、自分の言葉に妻は耳を貸してくれない、と失望して夜の世界に癒やしを求めたのかもしれない。

そういう男側の弱さに対するみなもの、「ちょうどいいタイミングで、やさしさを受け取れないときもある。そういう虚しさを抱えて、人って生きてるんじゃないの」という批判は秀逸だ。

一方で、絵里子の母は言う。「親なのに絵里子のことが怖かったのよ」と。そして「俊太郎さんも絵里子に対して、この人には話せない、と思うことがあったのかもしれないね」と。それは狡い言い分ではあるけれど、正しい人には理解されない感情を抱えたとき、意識的に避けてしまう気持ちも分かる。

実際、絵里子は妹の芙美子の離婚も理解できず、それだけで家庭を壊すことができるものだろうか、と腑に落ちずにいたのだ。楓を前にして、風俗に勤める女性をどこか見下していたことにも気付く。正しさは大切だけど、安易に物事をジャッジする側に回る危うさも孕んでいる。なにより目の前の人を、一個人として見なくなってしまう。

絵里子が自分を失っていたとき、彼女自身もまた、まわりの人の中にも「自分」があることを忘れていたのかもしれない。善でも悪でもない輪郭まで鮮明になることで、私は絵里子という女性を真に知ることができたように感じた。

そんな絵里子に、詩織の店の客は心を開いて打ち明け話をするようになる。あれ、と思う。これってよく考えたら変わる前の絵里子の身にも起きていたことだ。そう、絵里子のいい部分は変わっていないのだ。彼女はずっと優しい。ただ、そこに強さと意志が備わった。

そして一人の人間になった彼女の元にメールが届く。「僕が悪かった。君にとても会いたい」と。それは俊太郎もまた一人の男性に戻ったからこそ出た言葉だと思った。

以前の絵里子にとって、一人旅もシャンパンも寂しく不謹慎なことだった。これは古い考えに見えて、たぶん今も家庭がある大半の女性にとってはそうなのだ。

ヴァージニア・ウルフの『自分ひとりの部屋』の中に若い女性に向けた「ワインを飲

んで自分ひとりの部屋を持ちなさい」という一文がある。

日本の多くの女性は、家庭を持つと、自分の部屋を失う。子供じゃなくなったら今度はプライベートな空間を失うというのは皮肉なことだと思う。そして家族と寝食すべての境界が曖昧になっていく。それは問題さえ起こらなければ、幸福な一つの形かもしれない。一方で、さきほどの本には、こんな続きがある。

「お金を稼いで自分ひとりの部屋をお持ちくださいと申し上げるとき、わたしはみなさんに〈現実〉を見据えて生きてくださいとお願いしています」

その言葉の意味を、本書と共に、今あらためて考えたいと思う。

絵里子は現実の中で、一貫して他の男性ではなく俊太郎と向き合いたがっていた。自分が変わったからといって、かならずしも愛が消えるわけではないのだ。

同時に、人の感情は半永久的に所有しておけるものではない。だから絵里子と俊太郎がそれを望むかぎり、何度でも出会い直せばいい。変わった部分と変わらない部分とをなぞり直すために。そんなふうに私は思う。

（しまもと・りお／作家）

『たおやかに輪をえがいて』二〇二〇年二月　中央公論新社刊

初出『婦人公論』
二〇一七年十月二四日号～二〇一九年八月二七日号

中公文庫

たおやかに輪《わ》をえがいて

2022年12月25日　初版発行

著　者　窪《くぼ》　美《み》　澄《すみ》

発行者　安 部 順 一

発行所　中央公論新社
〒100-8152　東京都千代田区大手町1-7-1
電話　販売 03-5299-1730　編集 03-5299-1890
URL https://www.chuko.co.jp/

DTP　嵐下英治
印　刷　大日本印刷
製　本　大日本印刷

Published by CHUOKORON-SHINSHA, INC.
Printed in Japan　ISBN978-4-12-207295-4 C1193

定価はカバーに表示してあります。落丁本・乱丁本はお手数ですが小社販売部宛お送り下さい。送料小社負担にてお取り替えいたします。

各書目の下段の数字はＩＳＢＮコードです。978－4－12が省略してあります。

中公文庫既刊より

あ-92-1　夜ふかしの本棚　朝井リョウ／円城塔／窪美澄／佐川光晴／中村文則／山崎ナオコーラ

六人の作家が心を震わせた五十九冊をご紹介。腹が立つほど面白い名作、なぜか苦手なあの文豪……夜ふかしを誘う魔法の読書案内。〈本にまつわるＱ＆Ａ付き〉

206972-5

し-46-1　アンダスタンド・メイビー（上）　島本理生

中三の春、少女は切ない初恋と大いなる夢に出会う。それは同時に、愛と破壊の世界へ踏み込むことでもあった――。直木賞候補作となった傑作、ついに文庫化！

205895-8

し-46-2　アンダスタンド・メイビー（下）　島本理生

憧れのカメラマンのアシスタントとなり、少女から大人への階段を歩み始めた黒江。ある事件を発端に、母親の秘密、隠され続けた自身の過去が明らかになる。

205896-5

し-46-3　Ｒｅｄ　島本理生

元恋人との快楽に溺れ抑圧から逃れようとする塔子。その先には、どんな結末が待っているのだろう――。『ナラタージュ』の著者が官能に挑んだ最高傑作！

206450-8

あ-91-1　眠れない夜は体を脱いで　彩瀬まる

「手を見せて」と不思議な盛り上がりを見せる深夜のネット掲示板。そこに集った人々の「私」という違和感に寄り添う物語。〈解説〉吉川トリコ

206971-8

あ-80-1　あかりの湖畔　青山七恵

湖畔に暮らす三姉妹の前に不意に現れた青年。運命の出会いが、封じられた家族の「記憶」を揺さぶって――人生の小さな分岐点を丹念に描く傑作長編小説。

206035-7

あ-80-2　踊る星座　青山七恵

ダンス用品会社のセールスレディは、ヘンな顧客や不倫上司に絡まれぶちギレ寸前。踊り出したら止まらない〈笑劇〉の連作短編集。〈解説〉小山田浩子

206904-6

し-54-1 千の扉 柴崎 友香

築四十年、巨大な都営住宅で暮し始めた千歳は、ある人探しを頼まれるが……。人々の記憶と戦後七十年間の土地の記憶が交錯する傑作長篇。〈解説〉岸 政彦

206975-6

つ-31-1 ポースケ 津村記久子

奈良のカフェ「ハタナカ」でゆるやかに交差する七人の女性の日常。それぞれの人生に小さな僥倖が訪れて……。芥川賞「ポトスライムの舟」五年後の物語。

206516-1

か-86-1 老後の資金がありません 垣谷 美雨

老後は安泰のはずだったのに！ 家族の結婚、葬儀、失職……ふりかかる金難に篤子の奮闘は報われるのか？ 〝フツーの主婦〟が頑張る家計応援小説。

206557-4

か-86-2 夫の墓には入りません 垣谷 美雨

ある晩、夫が急死。これで〝嫁卒業〟と思いきや、介護・墓問題・夫の愛人に悩まされる日々が始まった。救世主は姻族関係終了届⁉ 心励ます人生逆転小説。

206687-8

か-61-1 愛してるなんていうわけないだろ 角田 光代

時間を気にせず靴を履き、いつでも自由な夜の中に飛び出していけるよう…好きな人のもとへ、タクシーをぶっ飛ばすのだ！ エッセイデビュー作の復刊。

203611-6

か-61-2 夜をゆく飛行機 角田 光代

谷島酒店の四女里々子には「ぴょん吉」と名付けた弟がいて……うとましいけれど憎めない、古ぼけてるから懐かしい家族の日々を温かに描く長篇小説。

205146-1

か-61-3 八日目の蟬《せみ》 角田 光代

逃げて、逃げて、逃げのびたら、私はあなたの母になれるだろうか……。心ゆさぶるラストまで息もつがせぬ傑作長編。第二回中央公論文芸賞受賞作。〈解説〉池澤夏樹

205425-7

か-61-4 月と雷 角田 光代

幼い頃暮らしをともにした見知らぬ女と男の子。再び現れたふたりを前に、泰子の今のしあわせが揺らいで……偶然がもたらす人生の変転を描く長編小説。

206120-0

各書目の下段の数字はISBNコードです。978－4－12が省略してあります。

か-61-5
世界は終わりそうにない　角田光代
恋なんて、世間で言われているほど、いいものではない。それでも……愛おしい人生の凸凹を味わうエッセイ集。三浦しをん、吉本ばなな他との爆笑対談も収録。
206512-3

な-64-1
花桃実桃　中島京子
会社員からアパート管理人に転身した茜。昭和の香り漂う「花桃館」の住人は揃いも揃ってへんてこで……。40代シングル女子の転機をユーモラスに描く長編小説。
205973-3

な-64-2
彼女に関する十二章　中島京子
五十歳になっても、人生はいちいち、驚くことばっかり――パート勤務の宇藤聖子に思わぬ出会いが次々と。ミドルエイジを元気にする上質の長編小説。
206714-1

な-74-1
三の隣は五号室　長嶋有
今はもういない者たちの日々がこんなにもいとしい。小さな空間の半世紀を驚きの手法で活写する、アパート小説の金字塔。谷崎潤一郎賞受賞。〈解説〉村田沙耶香
206813-1

な-74-2
愛のようだ　長嶋有
四十歳にして初心者マークの戸倉はドライブに出かける。友人の須崎と、その彼女琴美とともに――。著者史上初「泣ける」恋愛小説。
206856-8

か-57-5
夜の公園　川上弘美
わたしいま、しあわせなのかな。寄り添っているのに、届かないのはなぜ。たゆたい、変わりゆく男女の関係をそれぞれの視点で描き、恋愛の現実に深く分け入る長篇。
205137-9

か-57-6
これでよろしくて？　川上弘美
主婦の菜月は女たちの奇妙な会合に誘われて……夫婦、嫁姑、同僚。人との関わりに戸惑いを覚える貴女に好適。コミカルで奥深いガールズトーク小説。
205703-6

い-110-4
閉経記　伊藤比呂美
更年期の女性たちは戦っている。老いる体、減らない体重、親の介護、夫の偏屈と。ホルモン補充療法に挑戦、ラテン系エクササイズに熱中する日々を、無頼かつ軽妙に語るエッセイ集。
206419-5